Ein Ticket nach Shanghai

Roman

Herbert Schida

Ein Ticket nach Shanghai

Roman

Bibliografische Information der Deutschen Nationalbibliothek:
Die Deutsche Nationalbibliothek verzeichnet diese Publikation in
der Deutschen Nationalbibliografie; detaillierte bibliografische
Daten sind im Internet über http://dnb.de abrufbar.

Cover und Zeichnungen: Herbert Schida, www.schida.net
Lektorat: Ursula und Heinrich Jung
Herstellung und Verlag: BoD – Books on Demand, Nor-
derstedt

ISBN: 978-3-7528-4682-9

1

Wien, Gloriette

Der Regen peitscht gegen die hohen Scheiben des Großraumbüros. Ich sitze vor dem Computerschirm und drehe mich zur Seite. Der Blick aus dem Fenster entspannt die Augen. Sie brennen, wenn ich mehrere Stunden auf den leicht flackernden Bildschirm meines CAD-Arbeitsplatzes starre.

Ich sehe über die Dächer von Wien. In der Ferne liegt die Gloriette auf einem Hügel und darunter ist das Dach des Schlosses Schönbrunn zu erkennen.

Mit meiner Mutter bin ich früher, an den Sonntagen, durch den Schlosspark gegangen. Der Vater musste arbeiten und wollte nicht gestört werden. Er ist selbständig und an den Wochenenden erledigt er Dinge, zu denen er an den Arbeitstagen keine Zeit findet. Weiter rechts liegt der Lainzer Tierpark, für den einst der „Arme Schlucker" die Mauer gebaut hatte. Er war Baumeister und gab das beste Angebot ab. Finanziell soll er sich dabei übernommen haben. Kaiser Josef II. schenkte ihm in seiner grenzenlosen Güte das Bergwirtshaus in Alland mit zugehörigem Grundbesitz. Nicht schlecht! Es ist eine schöne Geschichte und zeugt vom Wohlwollen der Obrigkeit.

Heute ist es in unserem Projektgeschäft nicht anders als früher. Das billigste Angebot bekommt in der Regel den Zuschlag. Bei schlechter Kalkulation kann das zum Ruin der Firma führen. Gut, dass ich in einem der großen Schlachtschiffe der Industrie tätig bin. Es bewegt sich träge im Wasser. Größere Wellenberge können ihm nichts anhaben. Viele Projekte ziehen sich über mehrere Jahre hin.

Die Augen entspannen sich beim Anblick des vielen Grüns und ein Seufzer kommt über meine Lippen. Ich blicke auf meinen CAD-Arbeitsplatz. Die Abkürzung CAD steht für den englischen Begriff „Computer-aided design", das bedeutet Computer-unterstütztes-Konstruieren oder Zeichnen.

Ein Schreibtisch mit großem Bildschirm, davor ein Tablett und eine Tastatur sind alles, was ich als Arbeitsmittel benötige. Der Computerarbeitsplatz ist mit allen Rechnern der Konstruktionsabteilung vernetzt. Es ist leicht auf Zeichnungen anderer Projekte zuzugreifen, wenn es notwendig ist.

Das Bild des Konstrukteurs hat sich in den letzten Jahren gewaltig verändert. Als ich vor sechs Jahren in der Firma NILE zu arbeiten begann, standen in meinem Großraumbüro unzählige Zeichenmaschinen. Heute gibt es nur noch wenige davon. Ein paar ältere Kollegen können sich nicht von ihnen trennen. Einen Vorteil haben die Dinger. Wenn ein Besucher kommt und eines dieser antiquarischen Wunderwerke sieht, weiß er, dass er sich in einer Konstruktionsabteilung befindet.

Mein unmittelbarer Kollege, Alfred Neumann, gehört zu denen, die sich nicht von ihrer Zeichenmaschine trennen können. Hin und wieder steht er davor und bewegt die Scheren- und Parallelogramm-Führungen über einer fertigen CAD-Zeichnung. Hier und dort ein kleiner Strich und ein zufriedenes Lächeln gleitet über sein Gesicht. Diesen verzückten Ausdruck habe ich bei ihm niemals gesehen, wenn er vor dem Bildschirm saß.

Mit Alfred wurde ich vor sechs Jahren zu einer Einheit verschmolzen. Ich hatte keine Wahl und er wahrscheinlich auch nicht. Wie in einer Zwangsehe mussten wir das Beste daraus machen. Er teilt mir seitdem alle Arbeiten zu. Anfangs waren es nicht die Angenehmsten, die sich ein Absolvent einer Höheren Technischen Lehranstalt wünscht. Ich musste Zeichnungen ordnen, technische Beschreibungen kopieren, Bauteile aus verschiedenen Katalogen heraussuchen und, und, und. Es war eine langweilige Tätigkeit, doch irgendwer musste sie tun.

Drei Jahre halte ich durch, sagte ich mir damals. Erst nach dieser Zeit der Praxis bekam ich den Ingenieurtitel verliehen. Dieses kleine Anhängsel zu meinem Namen war mir ungeheuer wichtig. Ob es eine österreichische Erscheinung ist, kann ich nicht sagen. Es hob mich von der Masse der Menschen in meinem Umkreis ab. Seitdem ich mich „Ingenieur" nennen darf, begegnet man mir freundlicher und meine geäußerten Meinungen finden mehr Beachtung.

Bei den Ämtern und Ärzten werde ich seitdem nicht mit meinem Namen aufgerufen, sondern mit „Herr Ingenieur". Eine erhoffte Bevorzugung konnte ich nicht feststellen. Überall muss ich genauso lange warten wie die anderen. Bleibt mir somit nur die Befriedigung der Eitelkeit.

Da mich die Hilfsarbeiten im ersten Jahr nicht sonderlich interessierten, sah ich in den Pausen den anderen Konstrukteuren über die Schulter. Von ihnen lernte ich viel. Als Alfred mitbekam, dass ich geschickt mit dem Computer umging, gab er mir häufiger Aufgaben, die kompliziert waren und schnell mit diesem Hilfsgerät erledigt werden konnten. Die Arbeit machte Spaß und das war mir wichtig.

Alfred wurde mit der Zeit immer abhängiger von meinen Leistungen. Er erkannte es und seitdem verbesserte sich sein Ton mir gegenüber. Das Wort „Bitte" kam jetzt manchmal über seine Lippen.

Gegenüber unserem Abteilungsleiter trat nur er in Erscheinung und für meine gute Arbeit erntete er allein das Lob. Es störte mich nicht, solange ich mich nicht mit den Hilfsarbeiten abgeben musste. Die konnte ich aus Kapazitätsgründen nicht mehr erledigen und Alfred übernahm sie. Das war mir eine innere Genugtuung.

Der Rechner braucht lange, um meine zuletzt bearbeitete Zeichnung am Schirm aufzubauen. Nervös trommle ich mit den Fingern auf die Tischplatte.

Mein Telefon summt. Ich greife zum Hörer und melde mich.

„Guten Tag! Hier Firma NILE, Peter Pichler, was kann ich für Sie tun?"

Gespannt lausche ich, wer sich am anderen Ende der Leitung meldet.

Es ist die Sekretärin, die sich kurz hält.

„Der Chef möchte Sie in einer halben Stunde sprechen!"

Ein solcher Anruf bedeutete nichts Gutes. Was will der Abteilungsleiter von mir? Warum lässt er nicht Alfred zu sich kommen?

Es muss etwas Persönliches sein. Eine kleine Gehaltserhöhung kommt nicht in Frage, die hatte ich erst vor drei Monaten erhalten. Wenn es nicht die Projektarbeiten und das Gehalt sind, bleibt nur eines übrig, die Kündigung.

Böses schwant mir.

Meine Kollegen erzählten vor ein paar Tagen am Mittagstisch in der Werkskantine, dass mit einer größeren Entlassungswelle zu rechnen ist. Welche Abteilungen davon betroffen sind, wusste niemand.

Dieses Damoklesschwert schwebt jederzeit über den Köpfen aller Mitarbeiter. Unwillkürlich sehe ich nach oben. Über mir hängt nur eine Leuchtstofflampe.

Wen kann ich jetzt anrufen und eine Auskunft bekommen?

Der Betriebsrat müsste es wissen. Er segnet jede Entlassung ab.

Meine Nervosität nimmt zu. Lauter wird das Trommeln mit den Fingern auf der Schreibtischplatte.

„Was ist mit dir? Hast du nichts zu tun?", ruft mir Alfred von seinem Platz aus zu. Verärgert sehe ich ihn an und unsere Blicke kreuzen sich.

„Ist dir eine Laus über die Leber gelaufen! Sag, was los ist!", setzt er nach.

„Ich soll zum Chef kommen. Weißt du, was er von mir will?"

„Na, abstechen wird er dich wollen", entgegnet Alfred lachend.

„Blöder Kerl!", entfuhr es mir unbedacht.

Alfred lacht und es scheint ihn zu freuen, wie sorgenvoll ich dreinschaue.

Ich starre auf die Zeichnung am Bildschirm. Es ist mir nicht möglich, mich zu konzentrieren und weiter zu arbeiten. Verärgert stehe ich auf und gehe in Richtung des Kaffeeautomaten. Er befindet sich am Ende des Gangs, der zu dem Großraumbüro führt. Zwei Bistrotische stehen an der Wand mit leeren Plastikbechern, die irgendwer nicht weggeräumt hat. Ich stecke eine Wertmarke in den Schlitz des Automaten und drücke die Taste für Kaffee. Ein Becher rutscht in die Halterung und verklemmt sich. Die heiße Brühe plätschert daneben.

„Pech gehabt!", vernehme ich hinter mir eine bekannte Stimme. Es ist ein Arbeitskollege, den ich zu meinen Freunden zähle. Wir sind gleichaltrig und zur selben Zeit in die Firma gekommen.

„Die sollten endlich einen besseren Automaten aufstellen. Wenn unsere Anlagen so funktionierten, wie diese Kiste, wären wir schon lange pleite", bemerke ich verärgert.

„Male den Teufel nicht an die Wand und sprich dieses verdammte Wort nicht aus!"

„Welches meinst du?"

„Na ‚Pleite'! Die Firma, bei der ich nach der Schule angefangen hatte war gut und ist trotzdem eingegangen."

„Es muss einen Grund gegeben haben, dass es passierte."

„Die Wirtschaftslage war schlecht und keiner wollte unsere Sachen kaufen."

„Das kann uns bei NILE nicht passieren. Unsere Anlagen sind in der ganzen Welt gefragt", erwidere ich auftrumpfend.

„Es gibt keine absolute Sicherheit. Hast du von dem Gerücht gehört, dass hundert Leute entlassen werden sollen?"

„Hin und wieder spricht man davon. Es ist nur Geschwätz", beschwichtige ich unsicher.

Den eingekeilten Plastikbecher ziehe ich aus der Halterung und werfe ihn in die Abfallbox neben dem Automaten.

Ein neuer Versuch.

Die zweite Wertmarke löst den Mechanismus aus und platziert den Becher falsch. Geschwind greife ich zu und korrigiere ihn in der Halterung. Ich war nicht schnell genug. Der Kaffee fließt aus dem wurmfortsatzähnlichen Rohrstück über meine Finger.

„Autsch!“, rufe ich vor Schmerz und sehe, wie mein Freund sein Grinsen zu verbergen sucht.

Er ist der Nächste. Ich bin gespannt, wie er sich anstellt. Er legt seine Hand gleich an die Fallöffnung für die Becher und greift zu.

„Du hast schnell gelernt!“, bestätige ich ihm anerkennend.

„Das habe ich von den Affen im Zoo abgeschaut, die halten minutenlang ihre Hand unter den Futterautomaten. Wer ausharrt, wird belohnt. Die Ungeduldigen gehen leer aus.“

„Haha! Bin ich ein Affe?“

„Etwa nicht!“

Ich bin im Moment nicht zum Scherzen aufgelegt. Mein Freund bemerkt es und schweigt. Vorsichtig schlürfen wir unsere Kaffeebrühe. Sie schmeckt so schlecht wie sie aussieht. Wahrscheinlich kommt der Automat aus Deutschland. Die wissen nicht, wie man einen guten Kaffee macht.

„Du wirkst nervös. Hast du Ärger mit deinem Projekt?“

„In der nächsten halben Stunde soll ich zum Chef kommen.“

„Warum?“

„Wenn das Gerede über Entlassungen stimmt, bin ich einer der Ersten, der gehen muss.“

„Mach dich nicht heiß! Ich habe das alles hinter mir, in der alten Firma."

„Wie ist es dir damit ergangen?"

„Sauschlecht! Wenn ich daran denke, wird mir noch heute übel."

„Da siehst du, wie ich mich im Moment fühle. Du kennst unseren Betriebsrat. Lässt der nichts durchsickern?"

Mein Freund senkt den Blick.

„Ich hörte, dass aus unserer Abteilung zwei gehen müssen. Wer es sein wird, ist nicht bekannt."

Das Blut schießt mir in den Kopf. Mir wird schwindlig. Ich suche Halt an der wackligen, runden Tischplatte.

„Ist dir nicht gut?", fragt mein Freund und fasst mich an der Schulter.

„Wahrscheinlich bin ich einer der beiden Abschusskandidaten."

„Das glaube ich nicht. Du steckst mitten in einem Projekt und machst die ganze Arbeit. Eher könnte es Alfred treffen als dich."

„Zuerst werden die Jungen entlassen, die noch keine Familie zu versorgen haben und zuletzt kommen die Älteren und Verheirateten dran. Ich gehöre zu den Jüngsten, da kann ich gleich meine Sachen packen."

„Alter bleib cool! Mach dir nicht ins Hemd weil du zum Chef musst!"

Aus seiner Hosentasche zieht er eine kleine Dose hervor, in der sich Tabletten befinden.

„Hier nimm eine davon! Sie sind ungefährlich. In einer solchen Situation helfen sie."

„Ist das Stoff?"

„Das sind nur Reisetabletten fürs Fliegen."

Ich nehme eine und spüle sie mit einem Schluck Kaffee hinunter.

„Wann fängt das Zeug an zu wirken?"

„Bei mir sofort. Wenn du erst in einer halben Stunde hin musst kann nichts schiefgehen."

„Hat das Zeug Nebenwirkungen?"

„Mich beruhigen sie nur. Manche bekommenen Durchfälle oder schlafen auf der Stelle ein."

„Das fehlt mir noch!"

Eilig gehe ich zurück zum Arbeitsplatz.

Alfred steht vor meinem Bildschirm und starrt auf die Zeichnung.

„Wo warst du die ganze Zeit? Die Sekretärin hat mich angerufen. Du sollst gleich kommen. Worum geht es?"

„Du hast mir gesagt, dass ich abgestochen werde. Ich habe mir einen letzten Kaffee gegönnt."

Verärgert geht Alfred zu seinem Tisch. Ihm scheint es jetzt auch nicht geheuer zu sein, dass mich der Chef sehen will. Eventuell glaubt er, dass es um meine Entlassung geht und er in der Zukunft allein die Arbeiten bewältigen muss. Ein wenig Schadenfreude überkommt mich bei dem Gedanken.

Das Büro des Chefs liegt auf der anderen Seite des großen Saals. Es ist verglast. Der Abteilungsleiter kann den ganzen Konstruktionsraum jederzeit überblicken. Gegenüber seiner Tür hat die Sekretärin ihren Tisch und verschiedene Schränke für Ordner.

Sie bittet mich gleich in die Glaskabine zu gehen.

Die Reisetablette scheint zu wirken. Nichts regt mich auf. Mit der Entlassung habe ich mich abgefunden und Schlimmeres kann es nicht geben. Der Abteilungsleiter sitzt an seinem Schreibtisch und deutet mir mit einer Handbewegung an, ihm gegenüber Platz zu nehmen. Mit einem Signierstift streicht er wie wild Textstellen in einem Projektbericht an. Ich setze mich auf den angebotenen Stuhl und sehe ihm zu.

Herr Müller ist ein korpulenter Mann in den mittleren fünfziger Jahren. Er lässt sich von meiner Anwesenheit nicht beirren. Es ist möglicherweise die Retourkutsche für mein verspätetes Kommen.

Er überfliegt die letzte Seite des vor ihm liegenden Berichtes. Ich überlege, wie lange er mich noch unbeachtet warten lässt.

Langsam hebt er den breiten Kopf und sieht mich wie geistesabwesend durch seine auffällige, dunkle Hornbrille an. Ich komme mir vor, wie die Maus vor der Schlange. Er fixiert mich als Opfer.

Wird er zubeißen?

Dank der Tablette verliere ich nicht die Fassung und zwinge mich zu einem freundlichen Lächeln.

„Guten Morgen, Herr Müller, Sie wollen mich sprechen?", beginne ich in ruhigem Ton.

„Morgen", antwortet er kurz und betrachtet noch einmal die letzte Berichtsseite.

Es entsteht eine Pause, die ich unangenehm empfinde und überlege ob ich etwas sage, um die beklemmende Stille zu unterbrechen. Mein Chef legt den Bericht zur Seite und sieht mich an. Sein Blick ist nicht mehr abwesend.

„Ja, es gibt einiges zu besprechen", beginnt er die Unterhaltung und reibt sich nachdenklich die Schläfen.

Mich kann nichts erschüttern. Müdigkeit und ein Drücken im Bauch als Nebenwirkungen der Tablette bemerke ich und hoffe, dass der Chef gleich zur Sache kommt.

Er zögert und sucht nach passenden Worten.

„In sechs Wochen fährt Herr Toni Schuster nach China und startet mit den Inbetriebsetzungsarbeiten für das

14

große Projekt in Hongping, für das Sie die meisten Zeichnungen erstellt haben. Ich dachte mir, dass es nicht schlecht wäre, wenn Sie ihm vor Ort über die Schultern schauen und bei seiner Arbeit mithelfen. Sollte ihnen die Arbeit zusagen, könnten Sie eventuell den dritten Maschinensatz selber zum Laufen bringen und Herr Schuster kann für ein neues Projekt eingesetzt werden."

Damit habe ich nicht gerechnet. Das ist eine echte Überraschung.

Trotz Tablette kann ich meine Erregung schwer verbergen. Es freut mich, eine solche Chance zu bekommen. Ob ich dies packen werde? Sicher bin ich mir nicht. Zum Glück soll ich vorerst dem Toni über die Schultern sehen. Er würde die Verantwortung für das Gelingen der Inbetriebsetzung tragen. In meinem Kopf überschlagen sich die Gedanken.

Das Zögern bemerkt mein Chef. Er setzt sogleich hinzu: „Wenn es aus irgendwelchen persönlichen Gründen bei ihnen nicht geht, sehen wir uns nach einem anderen Mitarbeiter um. Es wäre besser, wenn Sie fahren würden, da Sie die Anlage aus den Zeichnungen bestens kennen und keine Einarbeitungszeit benötigen. Sie müssen sich nicht gleich entscheiden. Überlegen Sie es sich in Ruhe bis morgen früh!"

Was soll ich jetzt tun?

Es wird besser sein, gleich zuzusagen. Was einmal beschlossen ist, kann mir kein anderer wegnehmen.

Die Chance, sich als Inbetriebsetzer weiterentwickeln zu können, wird mir nicht ein zweites Mal geboten. Ich wage den Sprung ins tiefe Wasser.

„Ihr Angebot nehme ich an und freue mich auf die neue Aufgabe", sage ich in festem Ton.

Der Hauch eines Lächelns gleitet kurzzeitig über das Gesicht des Chefs.

„Schön, dass Sie sich schnell entschieden haben. Schließen Sie ihre Arbeiten ab! Ich spreche mit Herrn Schuster. Der wird ihnen die neuen Aufgaben zuweisen. Gibt es noch Fragen?"

„Im Moment nicht", erwidere ich verhalten.

Herr Müller nickt und gibt mir zu verstehen, dass dies alles ist was er mit mir besprechen wollte.

Ich verlasse den Glaskasten und eile zur nächsten Toilette. Viel länger hätte die Unterredung beim Chef nicht dauern dürfen. Der Druck lässt mich fast zerbersten. Nebenan in den Kabinen wird es unruhig. Abfällige Bemerkungen über den Gestank und die Geräusche aus meiner Zelle sind zu hören. Niemand hat mich gesehen und keiner weiß, wer der Verursacher ist. Ich darf nur nicht sprechen. Meine Stimme könnte erkannt werden. Jetzt muss ich nicht den Drang, sondern das Lachen unterdrücken. In meiner Kabine sitze ich geschützt und anonym. Es ist ein sicheres Gefühl, das kein anderer Ort vermittelt.

Fluchtartig verlassen die unbekannten Sitzungsteilnehmer den Toilettenraum und ich habe meine Ruhe.

Die letzte Viertelstunde lasse ich Revue passieren. Mit einer Kündigung habe ich gerechnet und als ein zukünftiger Inbetriebsetzer betrete ich die Arena. Überglücklich sehe ich mein neues Berufsbild vor mir. In Zukunft werde ich neue Anlagen zum Laufen bringen. Neidvoll hatte ich früher den Kollegen zugehört, die im Auslandseinsatz waren. Wie Vagabunden ziehen sie von einem Projekt zum anderen und lernen viele Länder kennen. Sie sehen mehr als die Touristen mit ihren rosaroten Brillen. Unbewusst war es seit langem mein

Traum, zu ihnen zu gehören. Jetzt stehe ich vor dem Tor das in ihr Reich führt.

Ich gehe zu meinem Arbeitsplatz zurück. Alfred fragt neugierig was los ist.

„Ich soll hier aufhören und meine Arbeiten beenden", antworte ich kurz.

„So eine Schweinerei! Wer macht die Zeichnungen?"

„Das ist dein Problem!"

„Die können dich nicht rausschmeißen, wir stecken mitten in einem Projekt."

Jetzt trommelt Alfred nervös mit den Fingern auf der Schreibtischplatte herum. Er nimmt an, dass ich gekündigt wurde. Ich lasse ihn in dem Glauben und es bereitet mir große Freude, ihn fassungslos zu sehen.

Verärgert setzt sich Alfred vor seinen CAD-Bildschirm und starrt wütend darauf. Ich arbeite an meinem Stromlaufplan weiter und überlege mir, welche Zeichnungen ich noch fertigstellen muss.

Verstohlen sieht Alfred von seinem Platz zu mir hin. Er wundert sich, dass ich emsig weiter werke. Es ist kurz nach drei und Alfred sieht auf die Wanduhr. Er steht auf, schaltet seinen Computer aus und sagt mir, dass er nach Hause geht.

Ich nicke ohne ihn anzusehen.

Die Kollegen in seiner Nachbarschaft sehen ihm verwundert nach. Normalerweise zählt er zu den Letzten, die das Büro abends verlassen.

Einer ruft mir zu: „Was ist mit Alfred? Hast du ihn verärgert?"

„Er hat nur erfahren, dass ich ihn verlasse."

Schadenfrohes Lachen ist von den anderen zu hören.

„Hast du gekündigt?", wollen sie wissen.

„Ich werde Inbetriebsetzer!"

„Hallooo! Das ist ein Grund zu feiern. Erzähl es uns bei einem Kaffee, den du spendierst!"

Gern nehme ich an und wir gehen zu viert zum Automaten. Ungeduldig wollen die Kollegen wissen, was passiert ist. Ich muss mich zunächst auf die richtige Lage der Plastikbecher konzentrieren. Ohne Panne gelingt es mir die gefüllten Becher auf einen der Tische zu stellen.

Ich erzähle von dem Angebot und dass ich zugesagt habe. Alle gratulieren mir und ihre Wünsche scheinen aufrichtig zu sein.

„Warum zeigt sich Alfred komisch? Freut er sich nicht mit dir?"

„Er denkt, dass ich gekündigt wurde und er ab jetzt die ganze Arbeit allein erledigen muss."

„Das schadet diesem Scheusal nicht. Er hat es immer verstanden, dass andere für ihn die Arbeit machen. Bist du jemals von ihm gelobt worden für das, was du gehackelt hast?"

„Darauf lege ich keinen Wert. Er tut sich schwer, ein Lob auszusprechen."

Alle reden über Alfred als wäre er die fieseste Gestalt mit denen sie zu tun hatten. Ich sage nichts. Es ist maßlos übertrieben, wie sie ihn schildern. Er hat seine Eigenheiten, mit denen ich mich im Laufe der Zeit arrangieren musste. Vielleicht liegt es daran, dass er eine Generation älter ist und das Verständnis von beiden Seiten zueinander fehlt.

Haarsträubende Geschichten werden über ihn berichtet. Jeder hat seine Erfahrungen mit ihm gemacht und um die Erzählung hörenswerter und interessanter zu gestalten, werden die Tatsachen mit eigenen Kompositionen ausgeschmückt. Vieles von dem, ist mir bekannt. Manches hatte mir Alfred aus seiner Sicht des Geschehens berichtet. Das hörte sich anders an.

Am liebsten würde ich Alfred in Schutz nehmen. Im Moment interessiert es mich nicht, was die anderen über ihn sagen. Meine Gedanken sind bei dem, was mich in der Zukunft erwartet und was ich mir erhoffe. Die Kollegen bemerken nicht, dass ich mich nicht an dem Gespräch beteilige. Jeder ist bemüht, mit seiner Erzählung gegenüber den Freunden zu glänzen. Kein gutes Haar wird an Alfred gelassen. Ein inneres Unbehagen baut sich in mir auf. Die Kollegen sprechen hier über jemand, der sich nicht rechtfertigen kann.

„Habt ihr schon den Osterhasen gesehen?", werfe ich in die Gesprächsrunde.

Erstaunt sehen mich alle an und verstummen für einen kurzen Moment.

„Was soll das Oida, was hat Alfred mit Ostern zu tun?"

„Ich wollte nur auf ein anderes Thema umlenken. Alfred ist nicht so interessant, dass man nur über ihn sprechen muss", bemerke ich.

„Du hast recht, man dürfte kein einziges Wort über ihn verlieren. Ich werde seinen Namen aus meinem Gedächtnis streichen und es wie Dschingis Khan machen. Der soll einst die feigen Krieger geköpft haben und keiner durfte ihre Namen nennen."

„Wo hast du das her?", hinterfrage ich.

„Ich habe es in einem Buch gelesen!"

„Du kannst lesen?"

Lautes Gelächter folgt und die Gesichter hellen sich auf. Der Osterhase und die Ostereier werden wieder interessant.

„Apropos Häschen, da muss ich euch eine tolle Story vom letzten Wochenende erzählen", beginnt einer der Freunde und alle spitzen die Ohren.

Die Geschichten über die zweibeinigen Hasen gefallen mir besser als die alten Kamellen über Alfred.

Es gibt gute und schlechte Zeiten mit ihm. In ein paar Jahren werde ich das Schlechte vergessen oder verdrängt haben.

Wir gehen zurück zu unseren Arbeitsplätzen und werken weiter. Es gibt für mich viel zu tun. Die Zeichnungen müssen bald fertig sein. Ich erstelle eine Excel-Tabelle, in der ich die abzuschließenden Aufgaben aufliste. Mit dem geschätzten Fertigstellungsdatum versehen, bekomme ich einen Überblick, wann ich frühestens fertig bin. Vor dem Endtermin werde ich meine neuen Aufgaben in der Inbetriebsetzungsabteilung nicht beginnen können. Der Abschluss aller offenen Arbeiten ist Voraussetzung für den neuen Job.

Mein Telefon summt. Ich fühle mich gestört und melde mich mürrisch. Annett, meine Exfreundin, will mich sprechen. Ich sage ihr, dass ich sie gleich zurückrufe.

Was will sie von mir?

Ihre Stimme klang aufgeregt. Wir sind seit einem halben Jahr auseinander. Sie hatte Schluss gemacht, da sie einen anderen kennengelernt hatte, der angeblich nicht so langweilig ist, wie ich. Den Kontakt zu mir ließ sie trotzdem nicht abbrechen. Ich treffe mich ab und zu mit ihr in einem Kaffeehaus oder bei ihr zu Hause. Ihrem neuen Freund scheint es nicht zu stören. Es ist für sie normal und ein Ausdruck persönlicher Freiheit während einer festen Beziehung mit anderen Männern zusammen zu sein. Wenn es sich ergibt, schläft sie mit ihnen. Das erzählte sie mir gleich am Anfang unserer Beziehung. Ich konnte damit nicht leben, da ich eifersüchtig bin und altmodisch über Zweierbeziehungen denke.

Es fällt mir schwer, mich auf meine Excel-Liste zu konzentrieren. Ich speichere die Datei und rufe Annett zurück. Sie bittet mich, dass wir uns im Café in der Nähe meiner Firma treffen. Es passt mir nicht, doch ich sage zu.
Ich fahre meinen Computer herunter und verlasse das Büro.

Im Café wartet Annett auf mich. Sie wirkt zerstreut.
Wir begrüßen uns mit einem flüchtigen Bussi. Ich bestelle beim Ober einen Einspänner. Das ist ein kleiner Mokka im Glas mit viel Schlagsahne.
„Was ist passiert?", komme ich gleich zur Sache.
„Mein Freund will mich verlassen", antwortet sie verbittert.
„Ich dachte ihr seid ein Herz und eine Seele", bemerke ich mit einem leicht zynischen Unterton.
„Bis heute war es das auch."
„Habt ihr euch gestritten?"
„Nein!", bemerkt sie lapidar.
Ich sehe sie fragend an. Zögernd sucht sie nach den rechten Worten. Mein Getränk wird serviert und genüsslich nippe ich davon.
„Ich bin schwanger und habe es ihm gesagt", flüstert sie mir zu.
„Wie lange weißt du es?", frage ich überrascht.
„Seit gestern."
„Mag dein Freund keine Kinder?"
„Wir hatten nie darüber gesprochen. Jetzt meint er, dass ihm sein Studium wichtiger ist als eine Familie zu gründen."

„Gib ihm Zeit darüber nachzudenken! Morgen wird er sich besonnen haben", rate ich ihr.

„Das glaube ich nicht. Er hat mich beschimpft, wie er es zuvor noch nie getan hat."

Annett unterdrückt die Tränen.

„Willst du das Kind haben?"

„Das möchte ich, doch ohne einen Vater soll es nicht aufwachsen."

„Es bleibt dir nur die Möglichkeit, mit deinem Freund darüber zu sprechen."

Resigniert schüttelt Annett den Kopf.

„Es wird keinen Zweck haben. Außerdem bin ich mir nicht sicher, ob er der leibliche Vater ist."

„Was soll das heißen?", erwidere ich überrascht.

„Zu der fraglichen Zeit hatte ich nicht nur mit ihm geschlafen."

„Du nimmst doch die Pille! Wie kann das passieren?"

„Ein paar Tage hatte ich sie weggelassen und da muss es passiert sein."

„Wie kann dir das passieren?", sage ich vorwurfsvoll.

„Ich weiß, dass es meine Schuld ist."

„Du kannst es dir wegmachen lassen", bemerke ich.

„Spinnst du? Ist das alles, was du mir raten kannst?", schreit sie mich an und steht auf.

Sie wirft mir einen zornigen Blick zu und verschwindet aus dem Café. Verdutzt sehe ich ihr nach.

Was habe ich Falsches gesagt? Ich kann es mir nicht erklären.

2

Wien, Schloss Schönbrunn

Es ist dunkel geworden. Ich gehe nach Hause. Den sonderbaren Auftritt von Annett habe ich bald vergessen.

Von weitem sehe ich das beleuchtete Schönbrunner Schloss. Der Verkehr auf der Hietzinger Hauptstraße ist zu dieser Zeit ruhig.

Ich überlege, ob ich meinen Eltern von dem Gespräch mit dem Chef erzähle.

Wie werden sie reagieren?

Meine momentane Freude und Begeisterung möchte ich mir durch ihre möglichen Bedenken nicht verderben lassen. Ich beschließe, ihnen heute nichts zu sagen. Erst wenn ich Genaueres weiß, sollen sie es erfahren.

Am nächsten Morgen erwarte ich mit Spannung Alfred im Büro. Er ist nicht da. Normalerweise ist er der Erste und genießt es, die später kommenden Kollegen mit einem breiten gönnerhaften Grinsen zu begrüßen. Vielleicht hat er meinen Weggang nicht verkraftet, sich betrunken und verschlafen.

Die Pendeltür wird aufgestoßen und Alfred stürzt herein. Er läuft zu seinem Arbeitsplatz und wirft die lederne Aktentasche auf den Schreibtisch.

„Hallo Alfred!", sage ich zu ihm.

Verärgert dreht er sich zu mir um.

„Servus!", presst er hervor.

„Wie geht es dir?", frage ich ein wenig zynisch.

„Das wollte ich dich fragen!"

„Mir geht es gut. Ich habe mich an den Gedanken gewöhnt, dich verlassen zu müssen."

„Es scheint dir zu gefallen, rausgeschmissen zu werden. Du denkst, dass du auf der faulen Haut liegen kannst und nicht mehr hackeln musst."

„Wieso rausgeschmissen? Du musst mich missverstanden haben."

„Das hast du gestern gesagt!"

„Ich sagte, dass ich den Arbeitsplatz verlassen werde und die Arbeiten abschließen muss."

„Sage ich doch! Glaubst du, dass man woanders auf dich wartet. Arbeitslose Konstrukteure gibt es genug auf der Straße."

Ich hole tief Luft und hebe meine beiden Hände abwehrend vor die Brust.

„Noch einmal Alfred, ich bin nicht gekündigt. Ich werde in die Inbetriebsetzungsabteilung versetzt."

Überrascht sieht er mich an.

„Wieso spricht niemand mit mir vorher darüber?"

„Das musst du den Chef fragen!"

Alfred scheint die Tatsache, dass ich versetzt werde, mehr zu stören als meine Entlassung. Es ist möglich, dass er neidisch ist, weil er in seiner Berufslaufbahn niemals ein solches Angebot erhielt.

Er beginnt auf mich einzureden und nennt tausend Gründe, die gegen einen Auslandseinsatz sprechen. Ich höre ihm zu und unterbreche seinen Redefluss nicht. Mein Schweigen schätzt er falsch ein und denkt, dass ich seine Bedenken teile. Er ist im Begriff aufzustehen und dem Abteilungsleiter zu sagen, dass ich es mir anders überlegt habe und bei ihm bleiben will.

Armer Alfred! In welcher Not musst du dich befinden, dass du dich derart echauffierst.

„Ich ändere meine Meinung nicht", sage ich trocken.

Enttäuscht zieht er sich an seinen Schreibtisch zurück und starrt auf die schwarze Fläche des Bildschirms.

Am Kaffeeautomaten treffe ich die Kollegen, denen ich gestern einen Becher der abscheulich braunen Brühe spendiert hatte. Sie haben mitbekommen, wie heftig Alfred in der Früh auf mich einredete und wollen wissen was er gesagt hat.

Ich erzähle es ihnen.

Sie denken, dass er hinter meinem Rücken alles versuchen wird, um die Versetzung beim Chef rückgängig zu machen.

„Das kann ich nicht glauben! Er ist nicht der Beste, aber ein solcher Schuft ist er nicht", nehme ich Alfred in Schutz.

„Du bist naiv! Es wird nicht lange dauern, bis du sein wahres Gesicht erkennst."

Ihre Worte gehen mir durch den Kopf.

Warum kann sich Alfred nicht mit mir freuen. Sind es Eigennutz oder Neid, die ihn bewegen oder ist es nur die Angst vor der Zukunft. In wenigen Jahren wird er in Pension gehen und diese Zeit muss er noch durchstehen. In seinem Alter würde er keine neue Arbeitsstelle finden, wenn es zu Entlassungen bei NILE käme. Für mich ist das kein Grund auf ihn Rücksicht zu nehmen und das Angebot seinetwegen auszuschlagen.

Es geht hier um meine berufliche Zukunft und keiner soll mir da hineinreden. Ich muss mit jemanden darüber sprechen, der mich versteht.

Ich rufe Toni Schuster an und frage, ob er Zeit für mich hat. Wir treffen uns beim Kaffeeautomaten im Gang und ich erzähle ihm die Neuigkeit. Toni scheint nicht überrascht zu sein und nickt zustimmend. Nach einer Weile frage ich ihn, ob er davon gehört hat.

Toni lächelt verschmitzt.

„Wenn ich ehrlich bin, war das meine Idee. Du hattest mir vor einem halben Jahr gesagt, dass dich die Arbeit direkt an der Front interessiert."

„Ja!"

„Ich würde dich gern auf der Baustelle haben, damit du die Zeichnungsänderungen sofort durchführen kannst. Ich konnte mit dir noch nicht darüber reden. Es hängt von deinem Chef ab, ob er dich ziehen lässt."

Ich sehe es ein und bin Toni nicht böse.

Er gibt mir mehr Informationen über den zu erwartenden Einsatz und schildert die Situation vor Ort mit der entsprechenden Nüchternheit eines routinierten Inbetriebsetzers. Was er sagt, klingt logisch und wohldurchdacht. Über den Zeitpunkt des Abflugs und der Verweildauer will er sich nicht festlegen.

Für mich wäre es die erste Reise mit einem Flugzeug. Der Flug zwischen Wien und Shanghai soll über zehn Stunden dauern. Ich frage mich, wie diese Zeit zu überstehen ist.

Wenn ich früher den Monteuren zuhörte, die von ihren Erlebnissen auf anderen Baustellen berichteten, fand ich das interessant. Es berührte mich nicht tiefgründig. Nie dachte ich daran, in diese Situation zu kommen. All das erscheint mir ab heute verändert. Ich erkenne, dass sich mein ganzes Leben umkrempeln wird. Eine neue Welt tut sich mir auf. Begierig sauge ich alle wesentlichen und unwesentlichen Informationen auf. Sie könnten wichtig sein.

Das Verhältnis zwischen Alfred und mir verbessert sich in den kommenden Tagen. Er wirkt locker und gut gelaunt. Ich kann mir diesen plötzlichen Wandel nicht erklären. Die anderen Kollegen bemerken die Veränderung seines Wesens ebenso und spotten unter vorgehaltener Hand darüber.

Alfred ist ein eingefleischter Junggeselle, der bei seiner Mutter und Tante in einer gemeinsamen Wohnung lebt. Die Spötteleien betreffen sein Verhältnis zu den Frauen. Am Kaffeeautomat wird offen darüber hergezogen.

„Unser schöner Alfred blüht von Tag zu Tag mehr auf. Kann es sein, dass eine schöne Maid schuld daran ist?"

„Das arme Ding ist zu bedauern."

„Vielleicht hat er Qualitäten, die wir nicht kennen."

„Was sollte das sein? Ich kann ihn mir nicht mit einer Frau im Bett vorstellen!"

„Vielleicht sollten wir ihm eine aufblasbare Puppe schenken?"

Das laute Gelächter in der kleinen Runde lässt andere dazukommen, die sich einen Kaffee nehmen.

Ich höre zu, wie sie weiter über Alfred herfallen.

„Gestern habe ich ihn beim Heurigen mit drei Frauen gesehen. Die beiden Älteren waren die Mutter und Tante und die Junge, musste um die Dreißig sein."

„Dann war es seine Tochter?"

„Der weiß nicht wie man eine Tochter macht!"

„Bestimmt wollten ihn die alten Damen verkuppeln. Zeit wäre es, ihn unter die Haube zu bringen."

„Weshalb sollte er sich in seinen alten Tagen ein Eheweib nehmen?"

„Was ist, wenn die Mutter stirbt? Wer versorgt ihn?"

„Er hat genug Geld aufgespart sich eine Haushälterin zu leisten. Der braucht keine Frau!"

„Wieso weißt du, was er braucht? Du bist Single. Eine Frau würde es nicht länger als einen Monat mit dir aushalten."

„Zweimal war ich verheiratet und habe eine Tochter", wehrt sich mein Tischnachbar."

Das Gerede über Alfred will kein Ende nehmen. Ich bleibe stumm.

„Wir könnten ihn mit unserer Sekretärin verkuppeln, die lebt bei ihrer Mutter", schlägt mein Nachbar vor.

„Eh die sich für Alfred begeistert, müsste sie blind sein und den Geruchssinn verlieren."

„Übertreibe nicht! Er ist nicht der Einzige, der in unserem Büro vor sich hin muffelt", scherzt er.

„Warum siehst du mich an, stinke ich?", protestiert sein Gegenüber.

Lautes Gelächter erschallt.

„Bleib ruhig, dich meine ich nicht!", beschwichtigt ihn mein Nachbar.

Die Pendeltür geht auf und der Chef läuft durch den Gang.

„Gibt es außer Lachen noch anderes zu tun, meine Herren?"

Alle senken die Augen und laufen eilig zu ihren Arbeitsplätzen. Ich versuche unerkannt unterzutauchen. Der Chef entdeckt mich unter der Männerschar.

„Kommen Sie in einer halben Stunde zu mir!", sagt er und läuft weiter.

Was wird er von mir wollen, überlege ich.

Bevor die halbe Stunde um ist, erscheine ich vor seinem Glaspalast. Die Sekretärin bittet mich auf einem Stuhl Platz zu nehmen und einen Moment zu warten. Ich sehe mir die Frau an und denke unwillkürlich daran, was die Kollegen über sie sagten. Bei dem Gedanken, dass sie mit Alfred zusammengebracht werden soll, muss ich lächeln. Sie bemerkt den Ausdruck in meinem Gesicht und denkt, es wäre wegen meiner neuen Aufgabe.
„Bestimmt freuen Sie sich auf den Einsatz in China?", fragt sie interessiert.
„Ja! Wissen Sie, wann es losgeht?"
„Wie ich hörte müsste es bald sein."
Gern wüsste ich von ihr, wer den Abreisetermin festlegt. Wir werden gestört. Der Chef will mich sofort sehen.

Ich gehe durch die Glastür. Herr Müller steht auf und zeigt zu dem Besprechungstisch. Er setzt sich zu mir und sieht mich an. Sein Blick durch die starke Hornbrille scheint sich wie bei einer Brennlinse zu verstärken und ich spüre einen stechenden Schmerz in den Augen.
„Sie wissen, dass wir ein neues Projekt in China bekommen haben. Es ist ähnlich dem, für das Sie die Zeichnungen fertigstellen und die Inbetriebsetzung begleiten sollen. Herr Neumann soll seine Erfahrungen bei dem zweiten Projekt mit einbringen und die Zeichnungen machen. Er erklärte mir, dass es ohne ihre Hilfe nicht geht."
Mein Gesicht wird blass. Der Abteilungsleiter bemerkt es.
„Ist ihnen schlecht? Möchten Sie ein Glas Wasser haben?"
„Nein danke!"

Herr Müller steht auf und holt vom Sideboard ein Glas und eine Flasche Mineralwasser. Ich nehme einen Schluck und es geht mir besser.

„Ihren Schreck verstehe ich! Sie haben sich auf die neue Aufgabe gefreut und nun soll alles beim Alten bleiben. Oder wie sehen Sie es?"

Ich hoffe, dass mir die Stimme vor Aufregung nicht versagt.

„Es ist, wie Sie sagen", presse ich hervor.

Er nickt mir stumm zu und überlegt.

„Vielleicht gibt es einen Ausweg aus der Sache."

Seine Worte sind wie ein Funke, der durch einen Windstoß das Feuer neu entfacht. Hoffnung keimt in mir auf. Was wird er mir vorschlagen?

„Ich könnte Herrn Neumann einen jungen Konstrukteur zur Seite geben, der die allgemeinen Arbeiten erledigt und von ihm lernt. In der heißen Konstruktionsphase auf der Baustelle in China erhalten Sie eine eigene Workstation. Auf diesem CAD-Arbeitsplatz fügen Sie die notwendigen Änderungen auf den Zeichnungen direkt ein. Zusätzlich können Sie die Zeichnungen für das neue Projekt aufrufen und kontrollieren. Das müsste Herrn Neumann genügen. Sind Sie damit einverstanden, dass wir es so machen?"

Ich bin es und meine Gesichtsfarbe normalisiert sich. Mir wird bewusst, dass nichts absolut sicher ist. Erst wenn ich das Ticket in der Hand halte, dürfte nichts mehr dazwischenkommen.

Mit weichen Knien verlasse ich den gläsernen Raum. Alfred will ich jetzt nicht sehen. Ich gehe zum Stiegenhaus und die Treppe hinab bis zur dritten Etage. Dort suche ich Toni. An seinem Arbeitsplatz liegen aufgeklappte Koffer herum, die mit Anlagenteilen und Material für die Baustelle gefüllt sind. Toni ist in eine Stück-liste vertieft und sieht mich überrascht an.

„Gibt es Ärger mit deinem Chef?", fragt er.

„Ich war gerade bei ihm und er wollte mich nicht gehen lassen."

„Wie hast du dich entschieden?"

„Ich würde eher von selber kündigen."

„Hast du ihm das gesagt?"

„Dazu ist es nicht gekommen. Mein Chef hat mir einen annehmbaren Vorschlag gemacht, mit dem ich einver-standen bin."

„Dann kommst du mit mir nach China?"

„Das ist der letzte Stand!"

Zufrieden sieht mich Toni an.

„Den Ärger hast du Alfred zu verdanken", erklärt er mir.

„Was hat der damit zu tun?", will ich wissen.

„Er hat sich beim Betriebsrat beschwert, dass er die Arbeit ohne dich nicht schafft. Die beiden kennen sich gut und der Betriebsrat suchte gleich deinen Chef auf. Sie haben sich gestritten und mich geholt. Die Sache war verfahren. Ich machte den Vorschlag, dass du die Zeichnungen für das zweite Projekt auf der Baustelle kontrollieren kannst. Somit wäre jedem gedient. Beide waren damit einverstanden. Alfred bekommt einen der jungen Entlassungskandidaten als Hilfskonstrukteur und dein Chef braucht nur einen seiner Leute kündigen."

„Das ist eine Menge Mehrarbeit für mich auf der Bau-stelle."

„Ich denke nicht. Für dich hat es den Vorteil, dass du alle Zeichnungen für das zweite Projekt kennst. Später wirst du die Anlage allein in Betrieb setzen. Ich bin nur in der Endphase dabei und sehe nach dem Rechten."

„Glaubst du, dass ich es packen werde?"

„Da bin ich mir sicher!", sagt Toni überzeugt.

Sein Vertrauen baut mich auf und ich gehe zurück zu meinem Arbeitsplatz. Den Anblick von Alfred werde ich nicht mehr lange ertragen müssen.
Verstohlen sieht er zu mir hin und grinst.
Ob er von der neuen Regelung weiß?
Es interessiert mich nicht. Konzentriert arbeite ich weiter, um die Zeichnungen bald fertig zu haben.

3

Wien, Kirche St. Maria Geburt

Spät am Abend schalte ich meinen Computer aus. Ein starkes Hungergefühl verleidet mir die Lust, weiter zu arbeiten. Wie an vielen Tagen bin ich der Letzte im Büro. Auf meiner Stechkarte summieren sich die Überstundeneinheiten. Da sie gut bezahlt werden, tut mir die längere Arbeitszeit hinter dem Bildschirm nicht leid.
Der Pförtner grüßt mich freundlich im Eingangsportal. Es ist ein anderer als der von heute Morgen. Er fühlt sich von mir ertappt, wie er sein belegtes Brot verzehrt und macht sich hinter dem Tresen kleiner als er ohnehin ist. Im überdachten Außenbereich atme ich die frische Abendluft tief ein und laufe los.
Es ist noch hell und ich gehe gern den Weg zu Fuß nach Hause. Eine halbe Stunde benötige ich ohne mich anzustrengen. Hierbei kann ich am besten entspannen und die Gedanken an die Arbeit abschalten.

Ich wohne bei meinen Eltern. Manche können es nicht verstehen. Ich wüsste nicht, warum ich mir eine andere

Bleibe suchen soll. Alles was ich brauche habe ich daheim. Meine Mutter versorgt mich bestens. Es gibt für mich keinen Grund eine eigene Wohnung zu beziehen. Daheim brauche ich mich nicht um die Wäsche, das Essen und vieles mehr kümmern.

Auf der Hietzinger Hauptstraße ist viel Betrieb. Pärchen schlendern an den Schaufenstern vorbei und betrachten die Auslagen. Ich habe es eilig. Der Hunger quält mich arg.

Nach mehreren Kreuzungen erreiche ich eine mit alten Bäumen gesäumte Straße. Meine Schritte werden schneller. Das Elternhaus ist in Sichtweite. Im äußeren Stadtteil von Hietzing gibt es viel Grün. Die Häuser stehen nicht zu eng beieinander und die Gärten sind liebevoll gepflegt.

Viele meiner Freunde beneiden mich, wo ich wohne. Obwohl ich nichts anderes kenne ist mir bewusst, wie schön die Villa mit dem parkähnlichen Garten ist.

Sie wurde zur Zeit der Jahrhundertwende gebaut. Von der Straße aus ist das breite Eingangsportal, mit farbig verglasten Türen, zu sehen. Der Vorraum ist lang gestreckt. Auf der gegenüberliegenden Seite gelangt man durch ähnlich verglaste Türen in den Garten. Rechts und links des langen Ganges sind zwei geschlossene Türen, die in die beiden spiegelbildlich angeordneten Wohnungen führen. Im oberen Stockwerk sind alle Zimmer durch einen straßenseitigen, langen Gang miteinander verbunden. An den beiden Enden führen Treppen zu den unteren Wohnungsteilen.

Das Haus hatte mein Urgroßvater mütterlicherseits vor dem Ersten Weltkrieg errichten lassen. Er war ein höherer Beamter im Innenministerium und die Familie zählte zu den alteingesessenen Bürgerfamilien von Hietzing. Es ist eines der nobelsten Wohnviertel der Stadt. Ein bisschen Standesdünkel ist bei meiner Mutter bis heute hängengeblieben. Sie legt besonderen Wert auf gutes Benehmen und Etikette.

Es ist mein Geburtshaus und darüber bin ich froh. Der Gedanke, in einem Spital auf die Welt zu kommen, wäre mir nicht angenehm. Ich weiß nicht warum ich so denke und fühle. Vielleicht hat es mit dem Kranksein und Sterben in einem solchen Gebäude zu tun.

Meine Mutter erzählte mir, dass sie vor der Votivkirche im Krankenwagen das Licht der Welt erblickte, weil der Fahrer damals nicht schnell fahren konnte. Das ist kein schlechter Platz. Jedes Mal, wenn ich an der Kirche am Ring vorbeifahre, muss ich daran denken.

Wo ich geboren wurde, wuchs ich auf und verbrachte eine schöne Kindheit. Nur eines fehlte mir aus heutiger Sicht um glücklich zu sein. Es sind Geschwister. Warum hatte ich keine? Ich habe meine Mutter nie danach gefragt und sie hat von sich aus nicht darüber gesprochen.

In der Nachbarschaft lebte ein gleichaltriges Mädchen, dem es ebenso erging wie mir. Sie hieß Susi. Wir spielten viel miteinander und waren wie Bruder und Schwester, zumindest in den frühen Kindertagen. Nach den ersten Doktorspielen wusste ich, dass es kleine Unterschiede zwischen uns beiden gab. Es folgte die Pubertät und Susi interessierte sich für ältere Jungs. Ich war lange Zeit abgeschrieben.

Von einem dieser Burschen wurde sie mit 17 Jahren schwanger und der wollte sie nicht heiraten. Da erinnerte sie sich an mich und kroch eines Nachts heimlich unter meine Bettdecke. Sie erhoffte sich, dass ich ihre Ehre rette und sie heirate. Als meine Mutter davon erfuhr, gab es ein heftiges Donnerwetter und Susi bekam Hausverbot.

Vor ein paar Jahren hat sie sich einen Mann geangelt, der sie mit dem unehelichen Kind geheiratet hat. Der Kerl sieht nicht vertrauenerweckend aus und er scheint keiner geregelten Arbeit nachzugehen, das erzählte mir meine Mutter, die überall ihre Informationsquellen hat.

Eilig versuche ich an Susis Elternhaus vorbeizukommen.

„Hallo Peter!", höre ich sie nach mir rufen. Sie steht in einem Blumenbeet und sieht wie eine Gärtnerin aus. Ihre Ärmel sind hochgekrempelt und der helle Pulli ist mit Erde beschmiert.

„Servus Susi! Was machst du noch im Garten?"

„Ich jäte das Unkraut zwischen den Blumen. Tagsüber habe ich keine Zeit."

„Wo arbeitest du?"

„Im Supermarkt, zehn Minuten von hier."

„Das ist nicht schlecht. Du kommst pünktlich nach Hause und kannst dich um deine Familie kümmern."

„Ich bin dort an der Kasse und wir haben lange auf. Ich komme erst abends heim."

„Dann geht es dir nicht besser, wie mir."

Mein Magen knurrt vor Hunger und sie hört es. Verlegen kratze ich mich am Hinterkopf.

„Ich würde mich gern mit dir unterhalten, wie früher", sagt sie.

„Du bist verheiratet. Hat dein Mann keine Zeit dir zuzuhören?"

„Wir sprechen nicht mehr miteinander. Er ist depressiv, weil er seit Jahren keine Arbeit hat. Oft lässt er seinen Frust an mir aus. Ich war eine dumme Kuh, ihn zu heiraten. Mein Vater hat mich vor ihm gewarnt, doch meiner Mutter ging es darum, dass ich nicht länger als Ledige mit einem Kind herumlaufe."

„Das stört heute niemand, ein lediges Kind zu haben."

„Meine Mutter ist altmodisch."

„Zieh weg von hier! Vielleicht klappt es dann mit deinem Mann besser."

„Eine eigene Wohnung können wir uns nicht leisten, mit dem einen Gehalt von mir."

„Es ist wahrlich ein Kreuz", bemerke ich anteilnehmend.

Mein Magen meldet sich erneut und ich bin ihm dankbar, dass er es unüberhörbar tut.

Susi hat Einsehen und lässt mich weiterziehen.

Ich denke daran wie sonderbar das Schicksal spielt. Sie war die Schulbeste und was ist aus ihr geworden?

Die Mutter wartet ungeduldig auf mich in der Küche.

„Du bist länger als sonst unterwegs. Das Essen ist kalt. Ich werde es dir aufwärmen."

„Was gibt es Gutes?", frage ich neugierig.

„Eines deiner Lieblingsspeisen, Krautfleckerln."

Mir läuft das Wasser im Mund zusammen und ich kann es nicht erwarten, dass sie mir den vollen Teller auf den Tisch stellt.

„Wo ist Vater?", frage ich beiläufig.

„Beim Heurigen, mit seinen Freunden von der Partei."

Ich erinnere mich, dass heute sein Stammtischabend ist, den er noch nie versäumt hat.

Hastig lange ich mit der Gabel zu und im Nu ist der Teller leer. Meine Mutter sieht mich lächelnd an.

„Ich habe noch mehr. Darf ich dir das auf den Teller geben?"

„Ich kann nicht nein sagen. Es schmeckt viel besser als in der Kantine."

„Das freut mich, mein Junge. Du hast einen anstrengenden Arbeitstag und da musst du gut essen."

Ein Gläschen Rotwein soll die gute Mahlzeit abschließen. Ich schenke die bereitstehenden leeren Gläser ein und wir stoßen beide zufrieden an. Es ist die Zeit, wo sich meine Mutter mit mir unterhalten will. Ich komme ihr zuvor und frage sie, warum ich keine Geschwister habe.

Verwundert sieht sie mich an.

„Wieso willst du das wissen?"

„Es interessiert mich."

Verlegen reibt sie sich die Hand und sieht zum Fenster hinaus. Lange Zeit schweigen wir.

„Es ist schwer zu erklären, mein Sohn."

„Versuche es!", rede ich ihr zu.

„Dein Vater wollte nur ein Kind."

„Und du?"

„Wenn es nach mir ginge, hättest du noch zwei Geschwister. Mein Wunsch war es, drei Kinder zu haben, weil ich ein Einzelkind war. Meine Schulkameraden hatten Brüder und Schwestern. Ich beneidete sie. Nachdem du geboren warst, hatte dein Vater gerade die Firma aufgebaut. Wir mussten jeden Schilling dreimal umdrehen, bevor wir ihn ausgeben konnten. Als es uns nach ein paar Jahren besser ging, war ich zu alt, noch Kinder zu bekommen."

Traurig sieht sie aus dem Fenster.

Ich gehe zu ihr und streiche über ihre Wange. Aus den Augenwinkeln lösen sich ein paar Tränen.

„Sei nicht traurig, du hast mich!"

Mit dem Handrücken wischt sie sich die Tränen ab und sieht mich freudig an.

„Du bist mir das Liebste auf der Welt!"

Erregt steht sie auf und geht zum Herd um mich nicht ansehen zu müssen. Sie wischt sich die Tränen aus dem

Gesicht und ich bereue die Frage nach Geschwistern gestellt zu haben.

Ich versuche sie abzulenken.

„Erzähl mir von früher, wie ihr die Firma gegründet habt."

Sie kommt zum Tisch zurück und nippt vorsichtig von dem Wein.

„Dein Vater kam aus der Steiermark und war in einem kleinbäuerlichen Betrieb aufgewachsen. Er absolvierte die Lehre als Buchdrucker und fand eine Arbeit in Wien. Hier lernten wir uns kennen und nach zwei Jahren heirateten wir. Mein Vater war im Krieg gefallen und die Mutter starb kurz vor deiner Geburt an einem Herzleiden. Ich habe die Villa und ein größeres Barvermögen geerbt, mit dem dein Vater sich selbständig machen konnte. Er gründete die Druckerei."

Die Haustür fällt ins Schloss und die Mutter hebt lauschend den Kopf.

„Vater ist gekommen. Er kann dir mehr über die Firma erzählen als ich."

Angeheitert begrüßt er seine Frau mit einem Kuss auf die Wange. Ich finde es schön, dass die Eltern nach vielen Ehejahren liebevoll miteinander umgehen. Mir nickt er freundlich zu und hebt grüßend die Hand.

„Dein Sohn möchte wissen, wie du die Firma aufgebaut hast."

Zufrieden, über mein Interesse an seinem Lebenswerk, setzt er sich zu uns an den Tisch und schenkt sich ein Glas Rotwein ein.

Die Frage nach der Firma hatte ich Mutter gestellt, um sie von ihren traurigen Gedanken abzubringen. Ich muss die Sache durchstehen und die ausschweifende Erzählung von meinem Vater über mich ergehen lassen.

„Es war damals nicht leicht, mein Junge. Das kann sich heute gar keiner vorstellen. Die Konkurrenz war groß und manches Mal dachte ich daran aufzugeben. Deine Mutter hat mir Mut gemacht und dafür bin ich ihr dankbar."

Ihr Gesicht strahlt vor Stolz, dass er sie erwähnt und die traurigen Gedanken scheinen wie weggeblasen.

„Es wurde von Jahr zu Jahr besser. Bald konnte ich vier Leute fest einstellen und das heißt was in unserer Branche."

Anerkennend nicke ich ihm zu und hoffe, dass er bald ein Ende findet. Ich möchte mich in mein Zimmer zurückziehen und Musik hören.

Vater wechselt das Thema, vom Aufbau der Firma zu den viel zu hohen Steuern für Selbständige. Jetzt kommt seine Partei ins Spiel. Wenn sie an die Macht kommt wird alles in Österreich besser werden. Er ist bei den Freiheitlichen.

In seiner Freizeit versucht er sich politisch zu betätigen. Er hatte mir gesagt, dass nur seine Partei die Interessen der Selbständigen vertritt. Er nimmt jede Gelegenheit wahr mit anderen Menschen darüber zu diskutieren.

Mich interessiert das Parteiengerangel wenig und ich versuche das Gespräch zu einem Ende zu bringen. Mutter bemerkt mein Unbehagen und unterbricht den Monolog meines Vaters, indem sie mich nach meiner Arbeit im Büro fragt.

Ich wollte zu diesem Zeitpunkt noch nicht über die Entsendung auf eine chinesische Baustelle sprechen, doch irgendwann müssen sie es erfahren.

Die Eltern hören mir interessiert zu.

Meine Mutter kann ihre Sorgen nicht verbergen. Sie hat große Bedenken und glaubt ihren Sohn zu verlieren. Ihr ist bewusst, dass ich nach einer Heirat von zu Hause wegziehen könnte. Mit einer Entsendung nach China hat sie nicht gerechnet. Das Land liegt tausende Kilometer von Wien entfernt. Ihr ist der Gedanke der langen Trennung unerträglich. Viele Fragen stellt sie mir.

Wie werde ich in der Fremde zurechtkommt? Wer wird meine Wäsche waschen? Was ist, wenn ich krank werde? Ich kann ihr keine Antwort darauf geben.

Mein Vater hat keine Bedenken. Er scheint nur darüber besorgt zu sein, dass man durch die vielen Auslandsgeschäfte zu viel Wissen aus dem Land bringt. Er sieht sein Österreich kurz vor dem Ruin und von Chinesen und deren Waren überflutet.

„Uns hat niemand geholfen als nach dem Krieg alles zerschlagen war und obendrein dürfen wir die gelbe Gefahr nicht vergessen. Eines Tages werden uns die Schlitzaugen aus dem eigenen Land vertreiben, weil sie zu viele sind."

Ich merke, dass mein Vater gern mit mir über dieses Thema diskutieren möchte. Mir ist heute Abend nicht danach und ich verdrücke mich über den Umweg zur Toilette in mein Zimmer.

<< 4 >>

Wien, Hietzing

Auf dem Schreibtisch von Toni liegt ein Zeitplan.

„Gehört der zu unserem Projekt in China?", will ich wissen.

„Ja! Du kannst ihn dir ansehen."

Ich erkenne, dass der Einsatz auf der Baustelle erst Mitte September beginnen soll und jetzt haben wir Mitte März. Das ist eine lange Zeit. Bis dahin kann viel passieren. Ein wenig bedaure ich, dass ich mit meinen Eltern über die Versetzung und meinem Auslandsaufenthalt gesprochen habe. Sie werden mich jeden Tag fragen, wann ich abreise. Was ist, wenn alles schiefgeht? Mein Vater wird denken, dass es an mir liegt und ich den Anforderungen nicht genüge.

„Warum schaust du enttäuscht drein? Passt irgendetwas nicht?", fragt Toni.

„Es dauert lange bis es endlich losgeht."

„Die genauen Daten der Reise bekomme ich frühestens einen Monat vorher. Das Abreisedatum ist erst fix, wenn die chinesische Einladung vom Auftraggeber ein-

42

gelangt ist, mit der ein Visum in ihrer Botschaft in Wien beantragt wird. Du wirst sehen, dass die Zeit bis zum Abflug rasend schnell vergeht."

„Für mich ist ein halbes Jahr eine Ewigkeit", versuche ich meine Enttäuschung zu begründen.

„Du brauchst die Monate für die Vorbereitungen. Als erstes musst du zum Betriebsarzt und dich untersuchen lassen. Er wird dich gegen alles Mögliche impfen. Manche Schutzimpfungen müssen in zeitlichen Abständen vorgenommen werden, damit der Körper genügend Zeit hat, Abwehrstoffe zu bilden und der Kreislauf nicht zu stark belastet wird. Für die Vorbereitungen der Arbeitsunterlagen benötigst du noch Wochen. Es müssen alle Zeichnungen aktualisiert und auf Datenträger gespeichert werden."

Fleißig mache ich mir ein paar Notizen. Ich darf nichts vergessen, was Toni sagt.

„Erstmals werden wir auf die Baustelle eine CAD-Arbeitsstation mitnehmen. Du wirst dort alle Änderungen in den Zeichnungen direkt vornehmen."

Mir wird bewusst, dass das halbe Jahr nicht zu lang sein wird und ich melde mich telefonisch beim Betriebsarzt an.

„Kann noch etwas dazwischenkommen?", will ich von Toni wissen.

„Wie meinst du das?", erwidert er verwundert.

„Ab wann kann ich es meinen Freunden sagen, dass ich für längere Zeit weg bin."

„Da geht nichts mehr schief, sei unbesorgt", beruhigt er mich und lächelt.

Erleichtert gehe ich zu meinem Arbeitsplatz und schalte den Computer ein. Befreundete Kollegen holen mich zu einem Plausch am Kaffeeautomaten ab. Der PC braucht seine Zeit, um hochzufahren.

Heute hat der Automat eine andere Macke als am Vortag. Mir kommt es vor als weigert er sich, sein abscheuliches Getränk abzugeben. Wir lassen von dem Gesöff nicht ab. Uns sind das kurze Zusammensein und Gespräch wichtiger als den Durst zu stillen.

„Stimmt es, dass du bald nach China fliegst?", fragt mich mein Nachbar und schlürft betont laut seinen Kaffee.

„In einem halben Jahr soll es losgehen", erwidere ich.

„Freust du dich darauf?"

Ich versuche betont cool zu bleiben und es aussehen zu lassen als wäre die Entsendung für mich das Normalste auf der Welt.

„Es ist mir gleich, wo ich vor dem CAD-Bildschirm sitze, hier oder auf einer Baustelle."

Mein Nachbar zieht die Augenbrauen hoch und wackelt zweifelnd mit dem Kopf.

„China ist ein bisschen weit weg von hier. Ich würde nicht gern dorthin reisen."

„Wieso? Kennst du das Land?"

„Ich habe viel darüber gehört und gelesen."

„Was soll dort schlecht sein?"

„Man sagt, dass die alles essen, was kreucht und fleucht. Hunde und Ratten sollen eine besondere Delikatesse sein."

„Igitt!", erwidern die anderen und verziehen die Gesichter zu Grimassen.

Nie würde ich bewusst eine Ratte verspeisen können. Hämisch sehen mich meine Kollegen an. Was soll ich dazu sagen?

„Fleisch ist Fleisch und wenn es gebraten ist, schmeckt man eh nicht mehr, was es ist", entgegne ich cool.

„Das könntest du essen?"

„Ja, wenn es sein müsste."

Sie schütteln sich vor Ekel als hätte ich gerade vor ihren Augen eine Ratte verspeist und die Schwanzspitze lugt noch aus meinem Mundwinkel hervor.

„Warum seht ihr mich entgeistert an?", beschwere ich mich.

„Ich glaube, wenn du Ratten isst, würde ich nicht mehr mit dir irgendwohin essen gehen", meint der eine und die anderen nicken zustimmend.

Ihnen ist die Lust am Kaffeetrinken vergangen und sie ziehen sich eilig an ihren Arbeitsplatz zurück. Ich stehe allein am Tisch und schlürfe die stinkende Brühe von Kaffee.

Was essen die Leute in Fernost? Diese Frage beschäftigt mich den ganzen Tag. Ich sollte öfter in Chinarestaurants gehen und mich an die Speisen gewöhnen. In Hietzing gibt es mehrere davon, die ich besuchen werde. Es gibt viele Dinge an die ich jetzt denken muss. Nie war ich lange von Zuhause weg, maximal vier Wochen. Das war zur Schulzeit, in den Ferien.

Wie es in China sein wird weiß ich nicht. Toni sagte mir, dass es in dem kleinen Ort, wo unsere Baustelle ist, alles Lebensnotwendige zu kaufen gibt. Als ich ihn nach bestimmten Dingen fragte, bekam ich keine befriedigende Antwort. Ich weiß, dass Toni anspruchslos ist. Er kennt nur die Arbeit, ist ein sogenannter Workaholiker. Wie er, will ich nicht sein und werden. Mir liegt viel daran, das fremde Land und die Leute kennenzulernen.

Freizeit soll es wenig geben, versicherte mir Toni. Vom Montag bis Samstag wird gearbeitet und die vielen Feiertage, die es in Österreich gibt, gelten für die Leute auf der Baustelle nicht. Wir müssen uns an die ortsübliche

Arbeitszeit halten. In China haben sie viel weniger Feiertage im Jahr. Bücher zum Schmökern, um die Langeweile totzuschlagen, brauche ich nicht mitnehmen. Am wichtigsten ist für mich die Fotoausrüstung.

Das Essen soll gut schmecken, sagte mir Toni. Ich weiß, dass diese Aussage nicht ernst zu nehmen ist. Ihn kann man nicht als Feinschmecker bezeichnen. Er nimmt sich wenig Zeit zum Essen und speist nur zweimal am Tag, morgens und abends.

Es ist noch vieles, was ich von ihm wissen will und fahre mit dem Aufzug hinunter in den dritten Stock.

Toni ist nicht an seinem Arbeitsplatz.

In dem großen Büroraum stehen zehn Schreibtische. Niemand ist da. Ich gehe ins Sekretärinnen-Zimmer und erfahre, dass er gleich zurückkommen wird. Ich bekomme einen Kaffee aus der Espressomaschine angeboten und sage nicht nein. Die Sekretärin versucht mich behutsam auszufragen. Sie muss erfahren haben, dass ich in der nächsten Zeit von der Konstruktionsabteilung in den dritten Stock zu den Inbetriebsetzern wechsle.

Vorsichtig versuche ich herauszufinden, wie viel sie über meine Versetzung weiß. Sie sagt mir, dass ein Schreibtisch für mich reserviert ist. Er befindet sich gegenüber dem von Toni. Das gefällt mir. Seine Nähe gibt mir das Gefühl von Sicherheit. Ich könnte von keinem mehr lernen als von ihm.

Die Sekretärin spricht über private Dinge aus ihrem Leben und zwischendurch stellt sie Fragen über mein Privatleben. Sie macht es gekonnt. Es stört mich nicht, da ich nichts zu verbergen habe. Ihr scheint es zu gefallen, dass sie erfährt woher ich komme und dass ich noch bei meinen Eltern wohne.

Toni läuft an der offenen Tür des Sekretärinnen-Zimmers vorbei und sieht mich.

„Willst du zu mir?", fragt er kurz und geht weiter.

Ich nicke ihm zu und lasse die Sekretärin höflichkeitshalber noch ausreden.

Toni steht hinter seinem Schreibtisch. Er scheint schlecht aufgelegt zu sein. Sein Gesichtsausdruck ist verfinstert als wäre ihm eine Laus über die Leber gelaufen. Ich setze mich an den Schreibtisch ihm gegenüber und warte ab. Mein zukünftiger Arbeitsplatz gefällt mir. Das Licht fällt von der linken Fensterfront auf die helle Tischplatte und hinter mir stehen genügend leere Schränke für Ordner. Diesen Platz werde ich für die Unterlagen zu meinen Projekten brauchen.

Endlich scheint Toni für mich Zeit zu haben.

„Wartest du lange?", will er wissen.

„Nur kurz! Eure Sekretärin hat mich derweil geschickt ausgefragt."

„Sie ist eine gute Seele und was sie erfährt, kann sie für sich behalten. Das ist nicht bei allen Frauen der Fall."

„Du siehst zerknirscht aus, hat dich wer geärgert?"

„Ich komme gerade von deinem Chef und der sagte mir, dass Alfred mit Unterstützung des Betriebsrats erneut Ärger macht. Er will zwei Hilfskonstrukteure im Ausgleich für dich. Das geht nicht. Dein Chef will alles zurückkurbeln."

„Alfred ist ein Bücha! Bisher habe ich ihn vor den anderen in Schutz genommen. Jetzt weiß ich, dass er mein Feind ist."

Mir ist zumute als hätte ich den letzten Bus verpasst und sehe nur noch die Rücklichter.

„Es ist nichts endgültig. Ich habe deinem Chef gesagt, dass du kündigen willst, wenn es mit der Umsetzung in die Inbetriebsetzungsabteilung nicht klappt. Das hat ihm zu denken gegeben."

„Ich würde es tun! Mit Alfred will ich nicht länger zusammenarbeiten. Dieser Obizahrer!"

Toni beruhigt sich und versucht, den umgeladenen Ärger von meiner Schulter weg zu nehmen.

„Gehen wir es ruhig an. Ich werde mit meinem Chef sprechen, dass er dich vorzeitig in die Inbetriebsetzungsabteilung übernimmt."

„Wer soll die Zeichnungen fertig machen?"

„Na du! Es spielt keine Rolle wo du sitzt. Wichtig ist, dass es keine Terminverschiebung gibt."

Ich betrachte den Schreibtisch, vor dem ich sitze.

Toni bemerkt es und lächelt.

„Die Sekretärin hat dir verraten, dass es dein neuer Arbeitsplatz sein soll. Gefällt er dir?"

„Ich kann mich daran gewöhnen, wenn ich auf der Schreibtischplatte ein kleines Plätzchen finde, das nicht von deinen Sachen belegt ist."

Toni lacht auf.

„Natürlich räume ich das Zeug weg. Ich habe es nur daraufgelegt, damit ich auf einen Blick erkenne was fehlt. Ich werde nächste Woche für kurze Zeit nach China auf die Baustelle reisen und einiges von dem, was ich im Baubüro benötige, mitnehmen."

„Es ist noch keine Inbetriebsetzung. Was willst du dort tun?"

„Der Kunde hat ein Meeting übernächste Woche angesetzt und will uns die Anlage und unser zukünftiges Büro zeigen."

„Was ist mit deinem Visum für China? Du sagtest mir, dass es lange dauert."

„Das trifft nur für dich zu. Ich war zweimal dort und danach ist die Abwicklung der Formalitäten leichter."

Ich bin enttäuscht, dass alles kompliziert ist. Was passiert, wenn Toni in China ist und ich kündige?

Er scheint meine Gedanken zu erraten.

„Mach dir keine Sorgen, wenn ich weg bin. Bis zu meiner Abreise werde ich das mit deinem Chef klären."

Ein Stein fällt mir vom Herzen. Ohne ihn kann ich wenig ausrichten und wenn es zu meiner Kündigung käme, würde ich nicht mehr in die Firma zurückwollen. Es wäre für mich ein endgültiger Schritt, ohne Wenn und Aber.

Toni erzählt mir von seinem ersten Auslandseinsatz in Syrien.

„Es war das erste Mal, dass ich geflogen bin. Mir hatten sie 19 große Koffer mit Baustellenmaterial als Reisegepäck im Wiener Büro aufgehalst und niemand begleitete mich. Es war ein Problem, die vielen Koffer im Auge zu behalten. Zum Glück ging keiner verloren. Im Vergleich dazu, wird deine Reise nach Hongping ein wahres Vergnügen sein. Alles Material wird per Luftfracht oder DHL versandt und du brauchst dich nur um deine persönlichen Sachen kümmern."

Ich würde gern mehr wissen, doch das Telefon unterbricht unser Gespräch. Es muss ein wichtiger Anruf für ihn sein. Er spricht nur Englisch und nennt irgendwelche Zahlen, die auf seinem Bildschirm erscheinen.

Mit einem Handzeichen deute ich ihm an, dass ich verschwinde.

Heute nehme ich mir vor, zeitiger nach Hause zu gehen. Ich rufe meinen Freund Martin an und wir verabreden uns.

Wien, Café Landtmann

Im privaten Freundeskreis steht mir einer besonders nah. Es ist Martin, mein Freund. Ich ging mit ihm in die Schule. Es gab Zeiten, wo wir viel zusammen unternommen hatten, und Wochen, in denen wir uns nur selten sahen. Im Gegensatz zu mir, ist er ein Draufgänger, ein Hans Dampf in allen Gassen. Andere nennen ihn einen Schürzenjäger und damit haben sie nicht Unrecht. Die Frauen scheinen all sein Handeln und Denken zu beeinflussen. Ab und zu trat er mir eine seiner Verflossenen als Freundschaftsdienst ab.

Mit diesen Mädels kann ich nicht viel anfangen. Sie waren zu einseitig, nur auf den Austausch von körperlicher Zärtlichkeit ausgerichtet. Ein interessantes Gespräch über klassische Musik oder andere Dinge, die mich interessieren, konnte ich mit ihnen nie führen. Sie fingen dann spätestens nach fünf Minuten an zu gähnen oder brachen das Gespräch abrupt ab. Keine von ihnen hatte einen guten Roman von Anfang bis zum Ende gelesen oder war aus eigenem Antrieb in ein Museum oder in ein Konzert gegangen. Viele von ihnen lebten gelangweilt in den Tag hinein. Die Interessen beschränkten sich auf Discobesuche und Mode. Ihre Gefühle und Beziehungen zu Männern waren oberflächlich. Sie kannten und wussten es nicht anders. Ich habe das bei vier, der an mich abgetretenen Mädchen erfahren.

Einen großen Vorteil hatte dieser Typ junger Frauen. Sie sind unkompliziert. Die Trennung verkrafteten sie schnell und ohne Tränen. Sie hatten Routine und Erfahrung darin. Nach kurzer Zeit landeten sie in den Armen eines anderen Mannes, der ihnen schnell über den Verlust hinweghalf. Auf der einen Seite war das für mich angenehm, da ich mir wegen der Trennung keine Gewissensbisse machen musste, zum anderen war ich enttäuscht, dass mir nichts Besseres über den Weg lief.

Mit 26 Jahren scheint noch nicht alles verloren. Ich glaube stark daran, dass ich eines Tages die Richtige finden werde. Eine Frau wie meine Mutter müsste es sein. Es ist gleich wo ich hinsehe, ich kann keine entdecken. Ich denke, dass meine Erwartungen zu hochgesteckt sind.

Meine letzte Freundin, Annett, war ebenso eine Ehemalige von Martin. Im Unterschied zu den Vorherigen, die er mir abgetreten hatte, gab sie mir den Laufpass. Im Nachhinein bin ich ihr nicht böse. Es ist gut, wie es gekommen ist.

Am Handy vereinbare ich mit Martin, dass wir uns 19 Uhr im „Café Landtmann", gegenüber dem Burgtheater, treffen.

Mit der U-Bahn fahre ich bis zur Universität und bin pünktlich dort. Martin kommt zu spät. Als er nach einer halben Stunde endlich auftaucht, weiß ich, welche

Gründe er mir auftischen wird. Es ist eine Lady, die ihn angeblich aufgehalten hat.

„Die Frauen sind dein Untergang", sage ich im ernsten Ton.

Er grinst mich vielsagend an.

„Bisher bist du nicht schlecht weggekommen, wie ich mich erinnere."

„Es gibt noch andere Dinge die wichtig sind", erwidere ich kurz.

„Hast du Ärger in der Firma gehabt?"

„Ja und nein!"

„Was meinst du?"

„Beides!"

„Beginne mit dem ‚Ja'."

Ich überlege kurz und es fällt mir nicht leicht den richtigen Anfang zu finden. Martin scheint gedanklich bei seiner Holden zu sein. Ob er mitbekommt was ich ihm sage?

„Alfred, mein Kollege, mobbt mich."

„Ist das der alte Knilch, der dich wie einen Sklaven behandelt?"

„Das war am Anfang. Jetzt tut er das nicht mehr. Er weiß meine Arbeit zu schätzen und will auf mich nicht mehr verzichten."

„Sei froh darüber! Wo liegt dein Problem? Wenn er dich braucht, wird er dich nicht wegmobben."

„Das ist es, dass er mich nicht weglässt."

„Jetzt verstehe ich nichts mehr. Hast du die Absicht, den Dampfer zu verlassen?"

„Nein, ich will nicht fort von der Firma."

„Dann willst du auf ein anderes Deck wechseln?"

„So ist es! Ich habe ein Angebot bekommen als Inbetriebsetzer auf eine Baustelle zu fahren und Alfred lässt mich nicht gehen."

„Meines Erachtens hat das nicht Alfred, sondern dein Chef zu entscheiden!"

„Die Sache ist verzwickt. Mein Chef will die angekündigte Versetzung zurücknehmen."

„Hat er dir das gesagt?"

„Noch nicht, er wird es in den nächsten Tagen tun."

„Dann gehst du zum Betriebsrat, der muss dir helfen."

„Ich bin nicht in der Gewerkschaft und zum anderen ist Alfred einer seiner besten Freunde."

„Es ist eine blöde Sache. Dir bleibt nur zu kündigen. Überall suchen sie junge Konstrukteure mit einschlägigen Erfahrungen. Du kennst dich mit CAD aus und brauchst nicht lange stempeln gehen, bis du einen neuen Job hast."

„Kannst du mir das garantieren?", entgegne ich zweifelnd.

Verdutzt sieht mich Martin an.

„Ich bin nicht du!"

„Was meinst du damit?"

„Es kommt darauf an, wie man sich verkauft. Deine Schüchternheit ist dir nicht hilfreich. Du musst sie schleunigst ablegen. Das kannst du mit Frauen am besten erreichen, die in dir den Helden wachrütteln. Meinen Erfolg habe ich nur ihnen zu verdanken."

„Die Häschen, die du hast, kannst du nicht damit meinen?"

„Auch sie gehören dazu, damit ich mich gut fühle. Sie geben mir die Illusion, dass ich unwiderstehlich bin", sagt Martin.

„Das ist es, was ich nicht kann. Es gelingt mir nicht, mich zu belügen. Entweder bin ich ein toller Kerl oder nicht."

Martin kraust die Stirn und sieht mich wie ein bedauernswertes Opfer an.

„Du musst alles kompliziert machen! Wir Männer sind simpel gestrickt, wie das Muster meines Pullovers."

Der Vergleich scheint ihm zu gefallen und er streicht langsam über die Ärmel.

„Jetzt sag mir, was du mit dem ‚Nein' meinst."

„Das Projekt, für das ich als Inbetriebsetzer arbeiten soll, ist in China."

Martin sieht mich erstaunt an.

„Toll! Wenn du auf der Baustelle bist werde ich dich besuchen", erwidert er spontan.

„Soweit ist es noch lange nicht. Wenn ich kündige, löst sich das Ganze von selbst auf."

Heftig widerspricht Martin.

„Du darfst nicht nachgeben! Für diese Chance lohnt es sich zu kämpfen. Tritt dem Alfred gehörig in den Hintern!"

Bei der Vorstellung, dass ich das in die Tat umsetze, muss ich lachen.

„Na siehst du, jetzt habe ich dich auf das richtige Gleis gesetzt. Darf ich auf der Baustelle bei dir wohnen?"

„Was willst du in China?", frage ich verwundert.

„Es sind die Chinesinnen, die mich interessieren."

„Du kennst sie nicht!"

„Mit einer Bedienerin in einem Chinarestaurant hatte ich ein kurzes Amüsement und viel von ihr gelernt."

„Was ist mit ihr?"

„Sie hatte Schluss gemacht. Es geschieht nicht oft, dass mich eine von sich aus verlässt."

„Damit hat sie dein Ego verletzt und jetzt willst du den anderen die Schmach zurückzahlen", vermute ich.

„Nein! Ich wundere mich selber darüber. Sie hat mir die Tür in eine andere Welt geöffnet."

„Aber vor deiner Nase zugeschlagen", spotte ich.

„Meine Neugier wurde geweckt und nach unserer Trennung habe ich mich mit der chinesischen Geschichte und Kultur lange Zeit auseinandergesetzt. Noch heute lese ich Bücher und sehe mir Filme über dieses seltsame Land an."

Martin kommt ins Schwärmen und findet kein Ende.

„Ich habe mich bisher nicht damit beschäftigt", unterbreche ich seinen Redefluss.

„Soll ich dich mit meiner verflossenen schlitzäugigen Schönheit bekanntmachen?", bietet er mir an.

„Ich brauche keine Chinesin, um mehr über das Land zu erfahren!", erwidere ich heftig.

„Du weißt nicht, was dir entgeht!"

„Wenn es soweit ist, kannst du mir ein paar Tipps geben, wie und was man isst und wie man sich verständigt, wenn man nicht chinesisch spricht."

Martin fängt an zu erzählen, was er gelesen und gehört hat. Ich finde bald heraus, dass zwischen dem, was Toni mir berichtete und Martin jetzt sagt, große Unterschiede bestehen. Zumindest ist Toni ein paar Mal dort gewesen und wird es besser wissen.

Ich schalte ab und schlürfe genüsslich meinen „Doppelten Einspänner". Die weiße Sahnehaube ragt über den Rand des Mokkaglases und ich streue ein wenig Staubzucker darüber.

Zwei junge Frauen betreten das Kaffeehaus und setzen sich ohne Aufforderung an unseren Tisch. Ich hatte sie vorher noch nie gesehen. Martin stellt uns vor. Die junge Frau kennt er nicht. Die Ältere muss eine gute Bekannte von ihm sein. Ständig mischt sie sich in den Monolog meines Freundes ein. Es ist mir nicht recht. Da ich nicht unhöflich sein will, lasse ich sie gewähren.

Martin erzählt den Ladys von meiner bevorstehenden Reise. Es gefällt mir nicht, dass er das jetzt tut, wo es noch nicht entschieden ist.

Er steigert sich in die Schilderungen über das Leben und die Sehenswürdigkeiten des Landes im Osten, dass man glauben könnte, er hätte sein halbes Leben dort verbracht.

Es folgen unglaubliche Geschichten, Seemannsgarn und fragwürdige Stories. Die Frauen sind gefesselt und hingerissen von seinen Schilderungen und ihre Augen fangen an zu glänzen. Zu diesem Zeitpunkt bietet er an, dass wir alle vier zu ihm in seine Junggesellenwohnung fahren. Er will uns die Geschichten dort weitererzählen und Fotobücher zeigen.

Der Jüngeren scheint dies nicht zu passen und sie sträubt sich anfangs mitzugehen. Ihre Freundin Gabi redet ihr gut zu und die Neugierde überwiegt. Ich kann dem allen nicht viel abgewinnen und überlege, ob ich gleich nach Hause fahre.

Martin nutzt die Situation für sich aus. Ich wollte mit ihm über meine Probleme sprechen. Er hat es offensichtlich vergessen. Die beiden Frauen scheinen ihm wichtiger als ich.

Meine Verärgerung lasse ich mir nicht anmerken.

„Es ist spät geworden und morgen früh muss ich zeitig aufstehen. Ich werde nicht mitkommen und gleich nach Hause fahren", sage ich ihm.

„Was soll das!", harscht er mich an.

Ein vernichtender Blick trifft mich unvorbereitet.

Eingeschüchtert willige ich auf einen Kurzbesuch ein.

Zufrieden gibt er dem Kellner ein Zeichen und bezahlt die gesamte Zeche.

Martin geht voran zu seinem Auto. Gemeinsam fahren wir mit dem alten Audi in die Lerchenfelder Straße. Seine Wohnung ist im vierten Stock eines alten Wohnhauses und nur über Treppen erreichbar. Am Gang ist eine Bassena zu sehen, die noch von einigen Mietern benutzt wird. Die meisten haben sich eine Wasserleitung in ihre Wohnung legen lassen.

Durch eine gesicherte Tür betreten wir den Vorraum. Er ist gleichzeitig die Küche. Die Wohnung besteht weiter aus einem geräumigen Wohnzimmer, Kabinett und nachträglich eingebauter Toilette und Duschkabine. Es ist eine typische alte Wiener Wohnung, in der nach dem Krieg bis zu sechs Personen lebten.

Hier hat Martin sein Junggesellenreich geschmackvoll eingerichtet. Im Wohnzimmer steht eine weit ausladende Polstergarnitur, die viel Gemütlichkeit ausstrahlt und zum Kuscheln einlädt. Ihr gegenüber befindet sich ein großer Fernseher sowie eine Stereoanlage. An den Wänden hat er Poster von Männern und Frauen angebracht, die in entsprechender Pose als Bodybuilder dargestellt sind. Ein großformatiges Foto zeigt ihn beim Krafttraining. Die körperlichen Strapazen nimmt er auf sich, um bei den Frauen durch sein sportliches Aussehen zu punkten.

In einer Ecke ist eine kleine Bar mit zwei Hockern eingerichtet. Hinter dem Tresen stehen zahlreiche Flaschen in einem Wandregal mit verschiedenen alkoholischen Getränken. Die Gläser hängen über der Bar in einer Metallarmatur.

Das Kabinett, welches kleiner ist als das Wohnzimmer, besteht aus einem Matratzenlager. Ein Türbogen mit einem Vorhang trennt es vom Wohnzimmer. Viele bunte Kissen liegen verstreut herum.

Die Küche, Toilette und Dusche sehen nüchtern aus. Sie sind dem modernen Wohnstil angepasst. Martin hat in seiner kleinen Wohnung alles gut durchdacht. Nichts scheint überflüssig zu sein.

Er bietet uns einen Aperitif an. Auf einem Tablett serviert er die Drinks in konischen Cocktailgläsern. „Stil hat er", denke ich mir und die Frauen sind beeindruckt. Er fragt, ob wir Appetit auf ein paar Baguettes haben. Gabi, die Ältere von den beiden Frauen, sagt sofort zu und geht mit Martin in die Küche um ihm bei den Vorbereitungen zu helfen.

Ich kenne mich in der Wohnung gut aus und schalte die Stereoanlage ein.

Karin, die Jüngere, sieht sich von ihrem Platz aus irritiert um.

„Möchtest du eine bestimmte Musik hören?", frage ich sie.

„Es ist mir gleich!", antwortet sie kurz.

Ich schiebe eine CD in den Geräteschlitz und beobachte heimlich, wie sie auf die Musik reagiert. Es ist die Klaviersonate Nummer 8 von Beethoven.

Überrascht sieht sie auf als die ersten Klänge zu hören sind.

„Das ist Beethoven", sagt sie leise.

„Es stimmt!", bestätige ich bewundernd.

„Ich habe früher Klavier gespielt und dieses Stück geübt."

„Magst du klassische Musik?"

„Sehr!"

Es freut mich, dass sie Beethoven mag. Wie kann ich sie unterhalten bis Martin und Gabi aus der Küche mit den heißen Baguettes zurückkommen. Ich fange an Karin auszufragen. Sie scheint das nicht zu stören und erzählt mir offenherzig, was ich wissen will.

Ich erfahre, dass sie vorgestern 20 Jahre geworden ist und zum Geburtstag ein kleines gebrauchtes Auto von ihrem Vater geschenkt bekam. Nur einen Führerschein hat sie nicht und das macht ihr großes Kopfzerbrechen. Sie hat Angst vor der bevorstehenden Fahrprüfung und will nicht daran denken. Ich tröste sie und gebe ihr zu verstehen, dass es nicht schlimm damit ist.

Die aufgeschlossene und zurückhaltende Art von Karin gefällt mir.

„Wenn du willst, kann ich dir ein wenig helfen. Auf einem freien Platz zeige ich dir, wie man richtig parkt. Am schwierigsten ist das Einparken und Anfahren am Berg. Wenn du die Nerven verlierst, kannst du dich gleich nach dem nächsten Prüfungstermin erkundigen."

Karin freut sich über meinen Vorschlag und nimmt meine Hilfe dankend an.

Mir fällt nichts weiter ein, worüber ich mit ihr plaudern kann und sehe ungeduldig in Richtung Küche. Das Dröhnen des Ventilators ist deutlich zu hören und der Duft von frischen Baguettes lässt meinen Magen knurren. Karin bemerkt es und lächelt verstohlen.

„Ich werde jetzt nach Martin sehen. Vielleicht braucht er meine Hilfe", sage ich zu ihr.

„Das kann ich tun", bietet sie sich an.

„Wie du möchtest!"

Karin steht auf und versucht die Schiebetür zur Küche zu öffnen. Irritiert weicht sie zurück und setzt sich auf ihren Platz. Ihr Gesicht ist bleich wie Kreide.

„Was ist? Ist dir schlecht? Soll ich ein Glas Wasser aus der Küche holen?"

„Lieber nicht, ich will jetzt heim!", antwortet sie verstört.

Ich will wissen, was sie gesehen hat. Vorsichtig luge ich durch den schmalen Türspalt in die Küche. Ihre Freundin Gabi sitzt auf dem Küchentisch. Ihre Beine umklammern Martins Hüfte.

Wenn Karin nach Hause gehen will, muss sie durch die Küche und das geht im Moment nicht.

Wie kann ich die Situation entschärfen?

„Vergiss, was du gesehen hast! Sie kennen sich lange und feiern heute ihr Wiedersehen", sage ich entschuldigend zu ihr.

„Das können sie machen, wenn sie allein sind!", erwidert Karin entrüstet.

„Ärgere dich nicht, das ist typisch für Martin! Wir können uns noch ein wenig unterhalten, bis die beiden mit den Baguettes erscheinen. Wo warst du im letzten Urlaub?"

Gedankenverloren beginnt sie zu erzählen.

„Ich war mit meinen Eltern an der Mittelmeerküste. Wir sind seit mehreren Jahren dorthin gereist. Wir waren in Tunesien, in Italien, in Griechenland und im letzten Jahr auf Zypern. Bist du dort gewesen?"

„Nein! Diese Länder kenne ich nicht. Meine Eltern konnten früher nicht jedes Jahr Urlaub machen und ich musste daheim oder bei meiner Tante auf dem Bauernhof in der Steiermark die Sommerferien verbringen."

„Es tut mir leid für dich!"

„Das braucht dir nicht leidtun. Ich kenne es nicht anders und vermisse nichts. Im letzten Jahr bin ich mit Freunden im Auto durch Deutschland gefahren. Kreuz und quer. Übernachtet haben wir in Zelten."

„Das war ein großes Abenteuer", bemerkt sie bewundernd.

„Ich würde es gern noch einmal tun."

„Kommst du mit den Piefkes klar?"

„Ich habe keine Schwierigkeiten mit ihnen. Sie sind freundlich und entgegenkommend, wie unsere Leute. Das schöne ist, dass man sie versteht, wenn man nach dem Weg fragt oder einkauft."

Begeistert erzählt Karin von einigen Begebenheiten in den Urlaubsländern. Sie ist innig an ihr Elternhaus gebunden und spricht gut über ihren Vater und die Mutter.

Ich frage sie, wie und mit wem sie ihre Freizeit verbringt. Außer Gabi, die zwei Jahre älter ist als sie, scheint sie keine anderen Freundinnen zu haben. Sie gesteht mir offen, dass sie noch nie einen Freund hatte. Ich will mehr wissen.

„Aber geküsst hast du einen Jungen schon?", bemerke ich ironisch und verwundert sieht sie mich an.

„Du bist neugierig!"

„Ich verrate es niemand."

„Warum soll ich dir glauben, dass du schweigen kannst? Ich kenne dich erst seit ein paar Stunden."

„Manche sind ein ganzes Leben zusammen und kennen sich nicht. Die Dauer spielt keine Rolle."

„Das stimmt! Ich verrate es dir. Du darfst mich nicht auslachen."

Verstohlen sieht sie auf ihre Füße. Sie überlegt, ob sie es mir sagt.

„Einmal hat mich der Junge, mit dem ich zur Tanzstunde gegangen bin, geküsst. Meine Freundinnen hatten uns heimlich zugesehen und gelacht. Das war nicht vorteilhaft zur Überwindung meiner Schüchternheit. Jetzt weißt du alles."

Mein verständnisvoller Blick war der Preis für ihre Offenheit.

„Ich bin auch schüchtern und verstehe dich gut. Wir sollten jetzt gemeinsam versuchen, unsere Schüchternheit zu überwinden", schlage ich vor.

Ihr Schweigen deute ich als Einverständnis, mich ihr nähern zu dürfen.

Ich setzte mich neben sie auf die Couch und lege meinen Arm um ihre Schultern. Das Blut schießt mir bei dem Gedanken, sie zu küssen, in den Kopf. Mein Gesicht glüht vor Aufregung. Sie weicht mir nicht aus. Mit geschlossenen Augen harrt sie der Dinge, die da kommen. Ich ziehe sie zu mir und will sie auf den Mund küssen. In diesem Moment wird die Tür zur Küche aufgerissen. Martin und Gabi tragen gut gelaunt die Baguettes und den Wein herein.

Einen schlechteren Zeitpunkt für das Auftauchen hätten sie nicht finden können. Eilig ziehe ich meinen Arm von Karins Schulter zurück. Ein breites Grinsen von Martin sagt mir, was er in diesem Moment denkt.

„Ihr habt lange für die Baguettes gebraucht!", bemerke ich verärgert.

„Wie ich sehe, habt ihr euch nicht gelangweilt", kontert Martin.

Karin sieht mich verlegen an und ich lächele zurück. Wir schweigen zu den folgenden anzüglichen Bemerkungen.

Das Baguette schmeckt gut. Von dem Wein ist nicht mehr viel da. Ein Achtel für jeden und Martin wringt demonstrativ die Flasche aus. Der Großteil ging für seine Wiedersehensfeier mit Gabi in der Küche drauf. Ich frage, ob er noch wo anders eine Flasche stehen hat.

„Es tut mir leid! Mit harten Drinks kann ich aufwarten, aber dies war die letzte Flasche Wein. Es ist kein Problem. Ich hole welchen vom Supermarkt um die Ecke. Es dauert nicht lange."

„Ich trinke Wasser, du musst nicht extra gehen!", versuche ich ihn von seinem Vorhaben abzubringen.

Es hilft nicht. Sogleich springt er auf und läuft zur Wohnungstür.

Gabi folgt ihm und Karin sieht mich verdutzt an.

„Die brauchen uns nicht", bemerke ich scherzhaft und begebe mich zu ihr auf die Couch. Ich betrachte sie von der Seite. Steif und regungslos sitzt sie da als hätte sie einen Stock verschluckt.

„Wir können unser Gespräch an der Stelle fortsetzen, wo wir vor dem Essen aufgehört haben", schlage ich vor.

„Weißt du, was das war?"

„Ich glaube schon", sage ich und lege meinen Arm nochmals um ihre Schulter. Sie schließt die Augen und lässt sich küssen.

Mutig versuche ich herauszufinden, wie weit ich gehen darf.

Meine Küsse werden stürmischer und meine Hand bewegt sich in Richtung verbotener Zonen.

Sie schiebt sie zur Seite und reagiert nicht verärgert. Ich versuche es ein zweites Mal, mit dem gleichen Misserfolg.

„Wir kennen uns noch nicht! Ich weiß nichts von dir!", erwidert sie schwer atmend.

Auf der einen Seite finde ich es schade, dass sie jetzt, wo wir uns nah gekommen sind, auf die Notbremse tritt, zum anderen gefällt mir diese Reaktion. Wenn sie mehr zugelassen hätte, würde ich vermuten, dass sie sich von anderen ebenso schnell verführen lässt und die beschriebene Schüchternheit und Unerfahrenheit nur vorspielt.

Ich setze mich ihr gegenüber in den Sessel.

„Worüber wollen wir sprechen?", frage ich mit fester Stimme.

„Du bist verärgert. Es tut mir leid!"

„Es gibt keinen Grund sich zu entschuldigen", versuche ich zu beschwichtigen.

„Sprechen wir über dich! Hast du eine Freundin?"

„Zurzeit nicht", gestehe ich nach kurzem Zögern.

„Und gab es viele in der Vergangenheit?"

Ich stutze und überlege, ob ich auftrumpfen soll oder bei der Wahrheit bleibe. Ich betrachte sie und erkenne erst jetzt, dass sie ein wunderschönes Mädchen ist. Ihr Gesicht hat einen lieblichen Ausdruck, dass ich es mir ständig ansehen möchte. Sie scheint es wert zu sein, dass ich bei der Wahrheit bleibe. Ich fange an, mit den Fingern zu zählen. Bei vier höre ich auf. Mir fällt keine mehr ein.

„Vier, wenn ich die Älteren nicht mitzähle."

„Wieso Älteren? Bist du ein Gigolo?"

Sie lacht laut auf.

„Würdest du es mir nicht zutrauen?"

„Niemals, wo du gesagt hast, dass du schüchtern bist."

„Das stimmt! Ich eigne mich nicht dazu. Die paar Älteren waren eine Grenzerfahrung. Es ergab sich."

„Hast du die Freundinnen alle geliebt?", fragt sie erstaunt.

„Nein, es war mehr eine Liebelei, ein Strohfeuer. Richtig passte keine zu mir. Ich stellte es erst nach ein paar Wochen fest."

Ich denke zurück und bin froh, dass ich aus den verflossenen kurzen Beziehungen glimpflich herausgekommen bin. Keine von ihnen habe ich geschwängert und wir sind im Guten auseinandergegangen. Es lag daran, dass Martin die richtige Vorauswahl für mich getroffen hatte.

Karin sieht zu Boden und fragt zögernd: „Sei ehrlich, wie findest du mich? Bin ich hässlich oder schön?"
Irritiert sehe ich auf ihre Füße.
Die Frage lässt nur eine Antwort zu, wenn ich unser Kennenlernen nicht von vornherein gefährden will. Ich muss glaubhaft klingen. Am besten ist es, Zeit zu gewinnen.
„Wie meinst du das?"
„Mein Vater sagt, ich bin die Schönste. Das würde er auch sagen, wenn ich eine Hasenscharte hätte und im Gesicht gescheckt wäre. Meine Mutter sagt, ich bin zu dünn und meine Freundin Gabi drängt mich zur Gymnastik, damit sich meine Rundungen besser herausbilden. Was meinst du?"
„Stell dich vor mir hin und drehe dich!", fordere ich sie auf.
Ich mustere sie auffällig als wenn ich ein Pferd vor dem Rennen ansehe. Gespannt wartet sie auf meine Antwort.
„Also hässlich bist du nicht!"
Enttäuscht sieht sie mich an. Sie hat ein tolles Kompliment erwartet. Mein Blick ruht noch auf ihrem Körper.
„Ich würde sagen, du bist hübsch!"
„Das verstehe ich nicht, was meinst du damit?"
„Unter hübsch verstehe ich, dass du für mich schön aussiehst. Ich kann keinen Makel erkennen."
Fröhlich lächelnd drückt sie ihre schwach ausgebildeten Brüste heraus.
„Meinst du nicht, dass ich zunehmen müsste?"
„Nein, das kommt mit den Jahren von allein. Bedenke, dass es viel schwieriger ist, ein paar Kilo abzunehmen."
Sie nickt zustimmend.

Martin und Gabi kommen zurück. Sie bringen zwei Flaschen Rotwein mit und sind beschwipst. Eine davon ist leer.

„Habt ihr unterwegs eine ausgetrunken?", frage ich erstaunt.

Vielsagend lächelt mich Martin an.

„Das ist der Vorteil von Schraubverschlüssen für Weinflaschen. Ein Korkenzieher ist nicht nötig."

Gabi schenkt unsere Gläser nach und ist bemüht, nichts daneben zu gießen. Es gelingt ihr nicht. Schwankend geht sie zur Küche und kommt mit einem Wischtuch zurück.

„Ich werde dir helfen", biete ich ihr an.

Lachend wehrt sie ab.

„Schüttet mir keinen Wein daneben!", mahnt Martin.

Es ist zu spät.

Er erzählt, dass der Tisch aus China ist und er ihn von dem Chinarestaurant um die Ecke günstig erworben hat. Das Restaurant wurde geschlossen und die Einrichtungsgegenstände verkauft.

„Es ist ein wunderschönes Möbelstück!", bestätigt ihm Karin.

„Den meisten Leuten in unserem Grätzl ist die fernöstliche Kultur fremd", erklärt Martin.

Karin gibt ihm Recht.

„Wenn ich eine eigene Wohnung habe, die groß ist, würde ich mir ein Zimmer mit alten chinesischen Möbeln einrichten. Bei einem Onkel habe ich einen solchen Raum gesehen, der hat mir gut gefallen. Die Möbel standen in seinem Arbeitszimmer und er hatte sie von den vielen Reisen nach China mitgebracht. Der Transport war teurer, als er für die Sachen dort bezahlt hatte."

„Du erkennst das Schöne", schmeichelt ihr Martin und setzt sich zu Karin auf die Couch.

Ich bemerke, dass er ihre Nähe sucht und sich wie eine Wildkatze an seine Beute heranschleicht. Zunächst versucht er es mit seiner altbewährten Masche. Er schneidet gewaltig auf, um zu imponieren. Als angeblicher Chinakenner bringt er sich mit dem wertvollen Tisch in Position.

Mich stört es, dass er sie mit seinen lüsternen Augen verschlingt.

Ich überlege, wie ich ihn davon abbringen kann. Da er angetrunken ist, wird das schwierig sein. Ich versuche ihn in seinem Ego zu treffen.

„Deine Chinamöbel sind schön. In den meisten asiatischen Restaurants in Wien findest du nur Plunder. Die Möbel sind schlecht verarbeitet und kitschig. Ich hatte mir in einem Lokal Schnitzereien von einigen Zwischenwänden angesehen, bis mir der Kellner verriet, dass alles nur Plastik ist. Seitdem bin ich skeptisch und glaube, dass viele alte Sachen, die es zu kaufen gibt, nur gekonnt auf alt getrimmt wurden. Dein Tisch könnte eine Attrappe sein."

Gabi nickt zustimmend.

Ihr ist das Gespräch über den Tisch zuwider und sie legt ein Schäuflein drauf.

„Im vergangenen Jahr war ich in einer Galerie in der Innenstadt, wo auserlesene Kunstgegenstände aus verschiedenen Dynastien gezeigt wurden. Die Ausstellung war gut besucht und in den Zeitungen wurde sie hochgejubelt. Kurz vor ihrem Ende hat ein Experte festgestellt, dass mehr als die Hälfte der gezeigten Gegenstände, Fälschungen waren. Ihr könnt euch die langen und dummen Gesichter der Veranstalter vorstellen. Den Schlitzaugen traue ich nicht über den Weg."

„Ich werde euch beweisen, dass der Tisch aus echtem Holz ist", sagt Martin entrüstet.

Geschwind stellt er die Gläser weg und stülpt den Tisch um. Mit einem spitzen Messer sticht er auf der Unterseite in die Tischplatte.

„Seht, es ist Holz und kein Plastik", ruft er triumphierend und ist damit beschäftigt, die Stichstelle auszubessern.

Von Karin hat er sich abgewendet. Das genügt mir.

Sie sieht auf ihre Uhr und erschrickt.

„Entschuldigt, ich muss heim. Meine Eltern wissen nicht wo ich bin."

Martin reicht ihr den Telefonhörer.

„Rufe sie an, vielleicht darfst du bleiben!"

Am Telefon spricht sie mit ihrem Vater, der ihr sagt, dass er sich große Sorgen über ihr Wegbleiben macht. Sie verspricht ihm, gleich nach Hause zu kommen.

Gabi zieht einen Flunsch. Sie will noch nicht fort.

„Ich begleite dich!", biete ich Karin an.

„Danke, es ist lieb von dir."

Martin und Gabi versuchen mich nicht zurückzuhalten. Sie sind wahrscheinlich froh, dass ich mitgehe.

Auf der Straße sehe ich ein leeres Taxi und winke. Es hält und wir steigen ein. Karin sagt dem Fahrer die Adresse und ich präge mir den Straßennamen und die Hausnummer gut ein.

Vorsichtig lege ich meine Hand auf die ihre und sie lässt es zu.

Wir sprechen nicht miteinander und sehen uns nicht an. Über die Berührungsfläche unserer Hände scheinen die Gedanken zu fließen. Es ist ein schönes Gefühl.

Wie ein altes Ehepaar sitzen wir vertraut nebeneinander. Wir fahren über die Donau die Wagramer Straße entlang und biegen in eine Nebenstraße zu ihrem Wohnblock ein. Das Taxi hält und ich frage sie, ob ich sie bis zur Haustür bringen darf.

„Nein, bleib hier, mein Vater steht am Fenster und wartet auf mich."

Karin beugt sich zu mir herüber und gibt mir einen flüchtigen Kuss auf die Wange. Gleich darauf ist sie im Stiegenhaus verschwunden.

Ich lasse mich bis zur nächsten U-Bahnstation bringen, zahle die Taxirechnung und fahre gut gelaunt mit der Bahn nach Hause.

<< 6 >>

Wien, UNO-City

Bevor Toni zu dem Meeting nach China abreiste, gab er mir Bescheid, dass mit meiner Versetzung in seine Abteilung alles in Ordnung geht. Ich brauche mich nicht nach einer anderen Arbeitsstelle umsehen.

Die klare Entscheidung kam rechtzeitig. Es ist wie das Einbiegen in eine Einbahnstraße. Steckt man darin, gibt es kein Zurück mehr. Das wird mein Chef bedacht haben als er mir die Versetzung zum Monatsende mitteilte. Ich bin froh darüber, dass endlich Klarheit herrscht.

Mein Arbeitsplatz, an dem ich sitze, bleibt noch der Gleiche.

Die Verkabelung der CAD-Station, vom neunten in den dritten Stock, wäre zu kompliziert und kostspielig. Die Umstellung auf mobile CAD-Workstations ist in Vorbereitung. Es wird ein paar Wochen dauern bis alles fertig ist.

Damit ich mich in der neuen Abteilung von Beginn an heimisch fühle, wird mir der leere Schreibtisch, gegenüber dem von Toni, offiziell zugewiesen.

Mit Alfred spreche ich kaum ein Wort. Ich hatte ihm gesagt, dass er mit seinem Intrigenspiel zu weit gegangen ist. Ob er ein schlechtes Gewissen hat, glaube ich nicht. Zumindest verhält er sich mir gegenüber vorsichtig.

Konzentriert blicke ich auf den Bildschirm und kontrolliere einen Stromlaufplan.

„Lädst du mich auf einen Kaffee ein?", höre ich eine bekannte Stimme hinter mir. Ich schrecke zusammen und drehe mich um.

„Ach du bist es, Toni! Wann bist du zurückgekommen?"

„Gerade erst! Ich bin gleich vom Flughafen ins Büro gefahren."

„Bist du nicht müde, nach dem anstrengenden Flug?"

„Todmüde! Lange bleibe ich nicht. Ich wollte nur sehen, wie es dir geht."

„Gut!", bestätige ich.

„Dann lass uns zum Automaten gehen. Ich brauche jetzt einen Kaffee, damit ich nicht im Stehen einschlafe."

Alfred sieht uns mit verbissener Miene nach.

Toni bemerkt es.

„Wie kommst du mit deinem Gegenüber aus. Zeigt er sich noch von seiner besten Seite?"

„Das Ekelpaket wird sich nicht ändern. Mich stört es nicht mehr, nachdem ich versetzt bin. Am besten man ignoriert ihn."

Ich suche in meiner Tasche nach Wertmarken.

„Möchtest du einen Braunen?"

„Nein, lieber einen Schwarzen!"

Der Kaffeeautomat ist noch nicht repariert. Geschickt fange ich den Plastikbecher auf und bringe ihn in die richtige Position ohne mir die Finger zu verbrühen.

„Du könntest Becherfänger werden", scherzt Toni.

Ich wundere mich, dass er nach einem zehnstündigen Flug gut aufgelegt ist.

„Jetzt erzähl, wie ist es dir in China ergangen?"

„Es lief alles gut und langsam scheinen mich die Chinesen zu akzeptieren."

„Wieso?"

„Die sind nur gewöhnt mit Älteren zu verhandeln. Ich bin für sie nicht kompetent genug, weil ich jung bin."

„Spinnen die! Es ist nicht dein erstes Projekt, das du auf die Beine stellst."

„Chinesische Kunden sind anders als Europäer. Sie trauen den Jungen nicht viel zu. Es wird sich in den nächsten Jahren gewaltig ändern, wenn verstärkt neue Technologien und Computer zum Einsatz kommen. Die Jüngeren tun sich da leichter als die Alten."

„Wie reagierst du darauf, wenn sie dich nicht beachten?"

„Ich warte ab. Spätestens, wenn es um Details geht, sehen sie mich an und fragen mich aus. Du musst dir vorstellen, dass bei solchen technischen Meetings nicht mehr als zwei Techniker von uns am Tisch sitzen. Ihnen gegenüber lauern zehn Chinesen. Es gibt keine freie Minute. Eine Frage des Kunden löst die Nächste ab. Es ist, wie in einer Raubtiermanege, wo sich der Dompteur gegenüber einer Gruppe Tiger durchsetzen muss."

„Dann bist du gewissermaßen ein Tigerbändiger!"

„Das kann man sagen!", bestätigt Toni lächelnd.

Jetzt muss er gähnen. Ich merke, wie er mit der Müdigkeit ringt und rate ihm, gleich nach Hause zu fahren.

Da ihn der Kaffee nicht munter macht, sieht er es ein und verabschiedet sich.

Ein Freund aus der Konstruktionsabteilung gesellt sich zu mir.

„Hallo Gastarbeiter!", spricht er mich grinsend an.

„Soll ich jetzt beleidigt sein oder mich mit dir freuen, dass du mich los bist", entgegne ich humorvoll.

„Dann freu dich lieber mit mir, wenn es keine weitere Alternative gibt. War das nicht Toni, der gegangen ist? Sollte er nicht in China sein?"

„Vor zwei Stunden ist sein Flugzeug gelandet."

„Wieso ist er hier aufgetaucht? Nach einem langen Flug gibt es einen Ruhetag. Weiß er das nicht?"

„Er ist nicht in der Gewerkschaft", kläre ich meinen Kollegen auf.

„Das spielt keine Rolle. Der Kollektivvertrag und alle Regelungen gelten für jeden."

„Ich kann es dir nicht beantworten, da musst du ihn selber fragen."

„Es ist nicht wichtig! Verrate mir lieber, wie es dir mit Alfred ergeht?"

„Er hat sich beruhigt und schmollt auf seinem Platz."

„Redet er mit dir?"

„Wenn es unbedingt notwendig ist."

„Damit kannst du leben, oder?"

„Gut geht es mir damit. Bald wird er einen anderen Sklaven haben, den er tyrannisieren kann."

„Tauschst du mit dem Neuen den Platz?"

„Mein Ex-Chef hat mir nichts darüber gesagt. Es ist mir egal, wo ich sitze", entgegne ich.

„Ich hörte, dass wir in den nächsten Wochen eine supergeile CAD-Workstation bekommen sollen. Die ist um einiges schneller als die alten CAD-Arbeitsstationen und sie kann überall im Haus aufgestellt werden, wo das Netzwerk verlegt ist. Ob du die zum Testen bekommst?"

„In der Abteilung sind andere, die sich darum reißen."

„Ich nicht! Das bringt nur zusätzliche Arbeit und Ärger", entgegnet mein Freund und wehrt mit einer Handbewegung ab.

Zwei weitere Kollegen kommen hinzu und wollen mit mir reden. Ich habe keine Zeit, da ich viel erledigen muss. Abweisen will ich sie nicht. Sie könnten denken, dass ich abgehoben habe und nichts mehr von ihnen wissen will. Meine Antworten sind kurz und ich sehe laufend auf die Armbanduhr. Sie erinnern sich an die letzte Ermahnung vom Konstruktionschef, dass wir die Kaffeepausen nicht lang gestalten sollen. Wir brechen gemeinsam auf.

Alfred würdigt mich nur mit einem grimmigen Blick als ich mich auf meinen Drehstuhl setze. Zum Glück ist der Bildschirm groß. Die Sicht zu ihm ist verdeckt.

Mein Telefon läutet.

„Guten Tag! Hier Firma NILE, Peter Pichler, was kann ich für Sie tun?"

„Hast du mich vergessen?", war eine zarte Frauenstimme am anderen Ende der Leitung zu hören. Mein Kurzcheck bekannter Stimmen ergibt, dass ich die Dame nicht kenne. Ich muss raten.

„Karin, bist du es?"

„Kannst du dich an mich noch erinnern?" erwidert sie schnippisch.

Zumindest weiß ich jetzt, dass sie es ist.

„Natürlich! Ich hatte keine Telefonnummer von dir und Martin konnte mir nicht weiterhelfen. Er sagte, dass er dich bei unserem Treffen das erste Mal gesehen hat. Woher hast du meine Nummer?"

„Das verrate ich nicht!"

„Ich habe versprochen, mit dir das Einparken zu üben."

„Das sagtest du! Es war dir wohl nicht ernst damit."

„Doch!", erwidere ich heftig und Alfred hebt lauschend den Kopf.

„Gib mir bitte deine Telefonnummer, damit ich dich zur Mittagszeit zurückrufen kann! Jetzt ist es schwierig für mich zu sprechen."

Sie gibt mir ihre Nummer und legt nach einem kurzen „Servus" den Hörer auf.

Ihre Stimme klang als wäre sie beleidigt, dass ich mich nicht gemeldet habe. Ich hätte spätestens im Taxi nach ihrer Rufnummer fragen müssen. Martin kannte sie auch nicht und Gabis Telefonnummer, die er mir gab, schien nicht zu stimmen. Niemand hörte am Ende der Leitung. Über die Auskunft hatte ich es ebenso versucht. Ohne genaue Adresse war nichts zu machen. Was hätte ich tun können? Es gäbe die Möglichkeit sie vor dem Wohnhaus abzupassen. Das wollte ich nicht. Die Begegnung mit ihr habe ich als abgeschlossen betrachtet und nach ein paar Tagen nicht mehr an sie gedacht.

Ihr Anruf hat mich gefreut. Ich fühle mich geschmeichelt, dass sie mich gesucht und gefunden hat. Es ist ihr somit wichtig, mich wiederzusehen. Das Üben mit dem Auto wird nicht der einzige Grund für ihren Anruf sein.

Ich warte bis Mittag. Das Büro ist wie leergefegt. Die meisten sind in der Kantine und Alfred ist weg. Niemand kann mich jetzt bei dem Telefonat belauschen.

Karin ist sofort am Hörer. Ihre Stimme klingt ruhig. Wir verabreden uns für den späten Nachmittag an der U-Bahnstation Rennbahnweg. Dort will sie mich abholen und mit mir zu ihrem Auto gehen.

Die Zeit vergeht nicht. Ungeduldig sehe ich auf meine Uhr. Eine Stunde Fahrzeit habe ich mit der U-Bahn kalkuliert. Am Karlsplatz müsste ich umsteigen und mit der Linie U1 in Richtung Leopoldau weiterfahren.

Das Gebiet jenseits der Donau hat mein Vater stets gemieden. Den Grund verriet er mir nicht. Er bezeichnet die Bezirke Floridsdorf und Donaustadt abfällig als „Transdanubien", was das „Ende der Welt" bedeutet, obwohl sich dort die UNO-City befindet. Die beiden Stadtteile sind ihm zu „Rot". Seiner Ansicht nach werden sie von den Sozialdemokraten beherrscht.

Bis zur Alten Donau bin ich als Kind manchmal gekommen. Die Freundin meiner Mutter hatte dort ein Ufergrundstück mit einem kleinen Häuschen darauf. Es war aus Holz gebaut und wurde nur in den Sommermonaten zum Wohnen genutzt.

Mir gefiel es dort gut. Nicht weit davon war das Strandbad „Gänsehäufel". In einem eigenen Bereich lebten die Nackerten. Es sind Badende, die den ganzen Tag über in der Sonne hüllenlos umherliefen. Für uns Kinder war es aufregend, sie zu beobachten.

Dort sah ich zum ersten Mal nackte Frauen.

Ich erinnere mich an die ältere Tochter von Mutters Freundin. Sie hat mich zum Strandbad mitgenommen. Von ihr habe ich gelernt, dass man sich seines Körpers nicht zu schämen braucht. Stundenlang lagen wir unbekleidet am Strand und ließen uns von der Sonne bräunen. Sie beneidete mich, dass meine Haut schneller die Farbe veränderte und bezeichnete mich scherzhaft als Chamäleon.

Wien, U1 Rennbahnweg

Meine Kernarbeitszeit ist von 9 bis 15 Uhr. Da muss jeder anwesend sein. Ich halte es nicht mehr bis 16 Uhr aus und stecke um 15:30 Uhr meine Karte in den Stempelautomaten. Der Portier wundert sich, dass ich zeitig gehe.

Viel früher als geplant komme ich am Rennbahnweg an und sehe mich um. Karin ist nicht da und ich rechne damit, dass sie erst kurz vor 17 Uhr kommt. Ich habe Zeit spazieren zu gehen. Gleich bei der U-Bahn ist ein riesiges Siedlungsviertel mit hohen Häusern. Ich schaue mich um. Die Gebäude scheinen über mir einzustürzen. Niemals könnte ich in einem solchen Wohnsilo leben. Es liegt viel Papier auf den Gehwegen.

Der Wind wirbelt den Dreck in die Höhe und ich verschwinde durch einen Gang in einen viereckigen Innenhof. Die hohen Betonwände erdrücken die kleine parkähnliche Grünfläche. Jedes Geräusch wird reflektiert und verstärkt sich, wie in einem tiefen Tal im Hochgebirge. Es gibt ein Echo.

Eilig verlasse ich durch den gegenüberliegenden Gang den Hochhauskomplex. Ich befinde mich an einer wenig befahrenen Nebenstraße und laufe an der Häuserfront entlang. Es ist die Richtung nach dem kleinen Ortsteil Leopoldau, der im 21. Bezirk liegt. Neben diesem ehemaligen Dorf befindet sich der Gemeindebau, in dem Karin mit ihren Eltern wohnt.

Rasen- und Spielflächen befinden sich da. Ich komme an der Haustür vorbei wo ich Karin mit dem Taxi abgesetzt hatte. Ob sie daheim ist? Ich könnte bei ihr läuten. An der Tür ist eine Sprechanlage. Wenn ihr Vater antwortet, was soll ich ihm sagen?

Die Möglichkeit mit ihm zu sprechen scheint mir nicht ratsam.

Ich spaziere durch das ganze Grätzl. Die asphaltierten Fußgängerwege winden sich um die Wohnhäuser. Spielplätze und Bäume lockern die Flächen zwischen den Gebäudereihen auf. Die Häuser sind nicht hoch und es gibt viel Grün.

Es ist Zeit, zur U-Bahnstation zu gehen. Ich will nicht zu spät am Treffpunkt erscheinen.

Im Eingangsbereich der Station sehe ich Karin. Ich gehe auf sie zu und begrüße sie freundlich.

„Wo kommst du jetzt her? Ich erwartete dich auf der Treppe?"

„Mein Zug kam früher an als geplant und da bin ich ein wenig spazieren gegangen."

„Mein Auto steht vor unserem Haus. Wir können zu einem Parkplatz fahren und du zeigst mir, wie ich einparken muss. Bist du damit einverstanden?"

„Gut!", sage ich kurz und gehe in Richtung Kubinplatz voraus.

„Du scheinst dich gut auszukennen, da du gleich den richtigen Weg findest."

„Ich bin hier entlang gegangen", gestehe ich.

„Warum hast du nicht bei mir geläutet? Ich war zu Hause."

„Das wusste ich nicht", entschuldige ich mich.

Ich sage ihr nicht, dass ich vor ihrer Haustür stand und mich nicht traute, auf den Klingelknopf der Sprechanlage zu drücken.

Sie zeigt mir ihr Auto.

„Willst du zuvor meine Eltern kennenlernen?", bietet sie mir an.

„Wenn es nicht sein muss, verschieben wir es auf ein anderes Mal", entgegne ich heftig.

Sie geht zu ihrem Mazda 323 und aktiviert die Zentralverriegelung.

Ich öffne ihr die Beifahrertür und lasse sie einsteigen.

Unauffällig sehe ich auf die Hausfront, ob ihre Eltern hinter den Fensterscheiben stehen und uns beobachten.

„Lass uns fahren!", drängt Karin.

„Wohin?"

„In Richtung Süßenbrunn! Es befindet sich dort ein Parkplatz, der zu dieser Jahreszeit leer ist."

Wir fahren stadtauswärts auf der Wagramer Straße und erreichen nach wenigen Kilometern die Kiesteiche von Süßenbrunn.

„Hier ist es!", sagt Karin und sucht nach der Zufahrt zum Parkplatz.

Er ist leer und bestens geeignet, ungestört mit dem Auto zu üben.

„Wie sieht es hier im Sommer aus?", will ich wissen.

„Da findest du keinen Platz, wo du das Auto abstellen kannst. Mit meinen Eltern fahren wir in der Badesaison hier her. Es ist nicht weit von der Wohnung entfernt und am Ufer, unterhalb der Böschung, liegt man wind-geschützt."

Ich steige aus dem Auto und sehe mich um. Es ist eine schöne Gegend am Rande der Großstadt, ideal zum Spazierengehen.

„Lass uns zuerst üben! Wenn wir fertig sind, zeige ich dir den Badesee", drängt sie.

„Na gut, setz dich auf den Fahrersitz!"

Auf dem Beifahrersitz nehme ich Platz und sehe sie an.

Sie startet den Motor und will den Schalthebel betätigen.

„Ruhig, bleib ruhig! Bevor du den Gang einlegst musst du die Kupplung treten und ein bisschen Zwischengas geben", rate ich ihr.

Der Motor heult auf als will er zerspringen.

„Wenig Gas, viel weniger und jetzt lass die Kupplung langsam los."

Mit einem Bocksprung setzt das Fahrzeug nach vorn und der Motor geht aus.

„Die Kupplung darfst du nicht schnell loslassen, mehr mit Gefühl!"

Sie startet erneut und es gelingt ihr, das Fahrzeug nach vorn zu bewegen. Im ersten Gang lasse ich sie im Kreis fahren. Sie schaltet in den zweiten Gang. Es funktioniert gut.

Nachdem sie das Schalten und Vorwärtsfahren geübt hat versuchen wir es mit dem Rückwärtsfahren. Karin ist am Verzweifeln und den Tränen nahe. Ich beruhige sie.

Nach einer Stunde bin ich schweißgebadet und sie hat ein hochrotes Gesicht. Ob sie schwitzt kann ich nicht erkennen und frage nicht. Sie sieht mich erwartungsvoll an und möchte von mir wissen ob ich glaube, dass sie die Fahrprüfung schafft.

„Sei geduldig! Das langsame Rückwärtsfahren musst du noch üben."

„Ich verstehe nicht, dass ich heute einen miesen Start hatte. Als ich mit meinem Vater hier war ging es besser."

„Vielleicht bin ich ein schlechter Lehrer?"

„Bestimmt nicht! Es liegt nur an mir."

Ich streiche ihr über die Hand.

„Wir müssen mehr zusammen üben", schlage ich vor.

Uneigennützig bin ich nicht. Ich hoffe, ihr durch die Übungen näher zu kommen.

Wir steigen aus dem Auto und gehen zum See. Er liegt ruhig vor uns und am jenseitigen Ufer sind Wildenten zu sehen. Ich lese ein paar flache Kieselsteine auf und werfe sie über das Wasser. Wenn sie die Oberfläche berühren springen sie hoch. Das passiert mehrere Male. Karin versucht es. Es gelingt ihr nicht. Bewundernd sieht sie mir zu.

Wir setzen uns auf einen Baumstamm, der am Ufer liegt und schweigen uns an. Sie dreht sich zu mir und fasst meine Hand. Ich sehe es als Aufforderung an, sie zu küssen und beuge mich zu ihrem Gesicht. Es funktioniert! Ihre Hände umschlingen meinen Hals und sie lässt nicht mehr locker. Mir geht die Luft aus und ich rutsche auf den Kiesboden.

Sie lacht und hilft mir hoch. Wir setzen uns quer zueinander gewandt auf den Stamm und sie rückt nah an mich heran. Ich kann nicht ausweichen und will es nicht.

Eng umschlungen sitzt sie vor mir auf meinem Schoß und hält meinen Kopf in ihren Händen. Ihre Küsse sind unbeholfen und stürmisch. Ich zeige wenig Initiative und das scheint sie stark zu erregen.

Ein Hund steht neben uns und bellt wie wild. Sein Herrchen befindet sich am oberen Rand der Böschung und pfeift ihn zurück.

„Ganz ungestört sind wir hier nicht", flüstere ich ihr zu.

„Wir tun nichts Verbotenes", beschwichtigt sie mich.

Die Anwesenheit eines Fremden ist unangenehm. Ich mag nicht mehr küssen und sage ihr, dass ich nach Hause muss, weil meine Mutter mit dem Essen auf mich wartet. Sie ist einverstanden, dass wir zurückfahren.

Einen Parkplatz in der Nähe ihres Hauseingangs habe ich nicht gefunden. Viele Hausbewohner sind von der Arbeit heimgekommen und haben die wenigen Abstellflächen zu beiden Seiten der Straße belegt. In einer Seitengasse finde ich eine Lücke.

Bevor ich aussteige beugt sie sich zu mir und gibt mir einen Kuss auf die Wange.

„Danke, dass du mit mir geübt hast! Du hast es von hier nicht weit zur U-Bahn. Ich gehe allein nach Hause!"

Wir steigen gemeinsam aus und ich gebe ihr die Schlüssel.

„Wenn du magst, können wir die Übung morgen fortsetzen!", biete ich ihr an.

Lachend fragt sie: „Welche?" und rennt davon.

<< 8 >>

Wien, Grinzing

In den letzten Tagen war ich in der Firma stark mit der Überarbeitung der Zeichnungen beschäftigt. Karin musste ich bezüglich der Fahrübungen auf das Wochenende vertrösten. Sie schien es mir nicht übel zu nehmen. Jeden Abend rief sie mich im Büro an und wir plauderten kurz miteinander. Sie zeigte großes Verständnis, dass ich Überstunden machen musste.

Eines Morgens besuche ich Toni im dritten Stock. Er kontrolliert alle Zeichnungen, die ich am Vortag erstellt hatte. Ich bin am Verzweifeln. Es schleichen sich ständig kleine Fehler ein, die Toni zum Glück bemerkt. Er gibt mir die Blätter mit den händischen Korrekturen zurück.

„Es werden weniger", bemerkt er beiläufig und diese Worte schmerzen wie Nadelstiche auf der Haut. An seinem Gesichtsausdruck erkenne ich, dass er mit dem Ergebnis zufrieden ist.

Ich versuche mich zu rechtfertigen. Er winkt ab.

„Du kannst dir an der Front gegenüber dem Kunden keinen Fehler leisten. Ein Schwarm von Chinesen steht um dich herum, die dich beobachten und wegen jeder Kleinigkeit aufdringlich befragen. Besser ist es, hier im Büro mehr Zeit zu investieren. Auf der Baustelle hast du keine mehr."

„Es wird nicht gelingen, alles voraus zu sehen und absolut fehlerfrei zu sein", erwidere ich.

„Aber versuchen musst du es!"

Ich merke, dass Toni mich unbewusst in sein Fahrwasser ziehen will. Er ist ein Arbeitstier und Pedant. Von mir erwartet er das Gleiche. Das ist nicht mein Ding, obwohl ich ihn bewundere und gern nacheifere. Sein Lebensrhythmus ist ein anderer als meiner.

Um sechs fährt er regelmäßig mit dem Zug von Zuhause ins Büro und zwischen 18 und 19 Uhr verlässt er die Firma. Pausen zum Kaffeetrinken macht er selten. Wenn ich ihm einen Kaffee vom Automaten mitbringe, stellt er ihn auf den Schreibtisch, um am Computer weiter arbeiten zu können. Sein mitgebrachtes Frühstücksbrot isst er nebenbei, während er Zahlen in eine Excel-Liste eingibt oder ein Fax an einen Zulieferer schreibt. Mittagessen fällt bei ihm aus. Er sagt, dass er sich das auf einer Baustelle in Afrika abgewöhnt hat, wo es nur morgens und abends zu essen gab.

Er ist schlank, wie eine Bohnenstange. Mit seinem Schnauzbart erinnert er an den alten Kaiser Franz Joseph, der ebenso ein Arbeitstier gewesen sein soll.

Was Toni sich in den Kopf setzt, kann ihm keiner mehr ausreden. Seine unmittelbaren Kollegen meinen, dass er ein Sturschädel sei. Als solchen kenne ich ihn nicht. Das Arbeiten mit ihm ist für mich angenehm, da er auf jede technische Frage zum Projekt eine kompetente Antwort geben kann. Es macht ihm nichts aus, wenn er die gleiche Zeichnung dreimal zur Korrektur nachsehen muss. Seine Erfahrungen im Job als Inbetriebsetzer sind ausgezeichnet. Ich bin froh, dass ich auf der Baustelle mit ihm zusammenarbeiten darf. Nach einem Jahr werde ich einen Teil der Anlage selbst in Betrieb setzen können.

Der Projektleiter für unsere chinesische Anlage kommt zu uns. Er fragt Toni, ob er am Abend mit zu einem Welcome-Dinner kommen möchte. Es war eine chinesische Delegation aus Hongping in Wien angekommen. Die Chinesen mussten betreut werden und es ist üblich, dass die Gäste abends zum Essen eingeladen werden. Es ist geplant, zum Heurigen nach Grinzing zu fahren.
Ich merke, wie Toni versucht sich vor der Einladung zu drücken. Derartige Aktivitäten mag er nicht. Es soll sich um eine Delegation von „Großkopferten" handeln. Das sind hochrangige Persönlichkeiten, die nur wenig mit der technischen Projektabwicklung befasst sind.
Allein will der Projektleiter Heinz Schulze nicht gehen. Toni schlägt vor, dass ich an seiner Stelle für ihn einspringe.
Herr Schulze sieht mich an.
„Würden Sie das tun?", fragt er mich.
Ich nicke.
„Gut, ich hole Sie um 17 Uhr hier ab."
Toni gesteht mir, dass er nur ungern bei solchen Essen dabei ist.
„Die Leute sitzen steif herum und führen Smalltalk, ein Geplauder in Englisch über allgemeine Dinge des Lebens. Das mag ich nicht. Ich versuche mich bei solchen Anlässen zu drücken. Bisher ist mir jedes Mal eine Ausrede eingefallen. Herr Schulze akzeptiert es und nimmt darauf Rücksicht. Wenn dir das gefällt, kannst du in Zukunft für mich einspringen."

Das Dinner ist um 18 Uhr angesetzt. Um diese Zeit bin ich normalerweise noch im Büro. Ich konnte nicht vorher nach Hause gehen, um mich umzuziehen. Herr Schulze kommt pünktlich um 17 Uhr zu Toni und holt mich ab.

Wir fahren mit dem Aufzug ins Erdgeschoß. In der Vorhalle des Bürogebäudes haben sich die Delegationsmitglieder eingefunden und warten auf uns.

Herr Schulze stellt mich den Gästen vor. Jeder streckt mir mit beiden Händen seine Visitenkarte entgegen. Ich habe keine und grinse verlegen zurück. Sie sehen mich freundlich lächelnd an.

Alle Chinesen tragen dunkle Anzüge als wollten sie zu einer Beerdigung gehen. Ich bin in bequemen Jeans und Pullover ins Büro gekommen.

Anfangs fühle ich mich unsicher, da ich nicht richtig gekleidet bin. Als ich diesbezüglich Herrn Schulze anspreche beruhigt er mich und meint, dass ich mir darüber keine Gedanken machen soll. Es fällt mir schwer, das unsichere Gefühl wegzustecken.

Ein kleiner Bus, der von der Firma gemietet wurde, steht den Gästen für ihren Aufenthalt zur Verfügung. Sie sind gestern angekommen und wollen sich in den nächsten Tagen ein Stück von Österreich ansehen.

Ich setzte mich im Bus neben einen jungen Chinesen, der in meinem Alter sein könnte. Er versucht mich auszufragen und möchte wissen, seit wann ich in der Firma arbeite und wie alt ich bin. Als er erfährt, dass ich vor ein paar Monaten 26 geworden bin, zeigt er sich überrascht. Ich überlege, ob der Chinese mich für jünger oder älter gehalten hat.

Ich frage nach seinem Alter und erfahre, dass er 35 ist. Ich habe ihn jünger eingeschätzt.

Mit der sprachlichen Verständigung geht es gut voran. Wir unterhalten uns in Englisch und wenn ein Chinese einen Satz von mir nicht versteht, wiederhole ich ihn ein zweites und drittes Mal.

Der Bus kommt in Grinzing an und wir gehen zu einem der traditionellen Heurigenlokale. Die Wirtin begrüßt jeden Einzelnen von uns herzlich als gehörten wir zu ihrer Familie und wären oft bei ihr zu Besuch. Sie führt uns zu einem reservierten Tisch in einer Nische. Der Delegationsleiter weist auf den Platz, auf dem er sitzen will und es beginnt eine große Diskussion unter den Chinesen, wer wo sitzen darf. Es scheint ihnen sehr wichtig zu sein. Sie wechseln oftmals die Plätze, bis sie endlich zur Ruhe kommen. Mir wird vom Boss der Delegation mein Platz zugewiesen. Ich darf mich neben dem jung aussehenden Chinesen setzen, mit dem ich mich im Bus unterhalten hatte.

Eine korpulente Kellnerin kommt mit einigen Karaffen Weiß- und Rotwein sowie Flaschen mit Mineralwasser und stellt alles auf den großen Tisch. Herr Schulze fragt die Gäste welchen Wein sie trinken möchten und ich helfe ihm beim Einschenken.

Die viertel Liter Heurigengläser amüsieren meinen Nachbarn. Er spricht Chinesisch und deutet auf sein Glas. Die anderen lachen.

Herr Schulze hält eine kurze Rede und heißt die Gäste willkommen. Er wünscht ihnen einen guten Aufenthalt in Wien. Es sind freundliche Worte, wie sie scheinbar bei solchen Anlässen gesagt werden. Die Kellnerin stellt mehrere Platten mit Schnitzeln, Schweinsbraten, Back-hendl-Stücken, faschierte Laiberl, Salate und Gebäck auf den Tisch und alle greifen begeistert zu.

Bis auf den Leiter der Delegation, der öfter im westlichen Ausland war, haben die anderen große Probleme mit Messer und Gabel richtig umzugehen. Es amüsiert mich wie sie sich abmühen.

Nach kurzer Zeit sieht der Heurigentisch wie ein wahres Schlachtfeld aus. Was von den Tellern rutscht bleibt liegen und was nicht genießbar erscheint, wird vom Mund direkt auf die Tischplatte befördert.

Die Gäste an den Nebentischen sehen gespannt zu uns herüber und grinsen. Als die Chinesen anfangen zu schmatzen und laut zu rülpsen, ist es mir ein wenig peinlich. Herrn Schulze scheint das nicht zu stören. Er unterhält sich mit dem Leiter der Delegation und beachtet die abwertenden Bemerkungen der anderen Gäste im Lokal nicht.

Als der Delegationsleiter mit dem Essen aufhört und sich erhebt, lassen die übrigen Chinesen das Besteck fallen.

Ich denke an den alten Kaiser Franz Joseph und mir fällt die Geschichte ein, dass kaum einer seiner Gäste an der kaiserlichen Tafel satt geworden ist, weil die Zeit nicht ausreichte. Der Kaiser schlürfte nur eine Gesundheitssuppe und wenn er aufstand, mussten ihm die anderen folgen. In den Lokalen vor der Hofburg konnten sie sich auf eigene Kosten nach dem Besuch satt essen.

Der Delegationsleiter beginnt mit seiner Rede in Chinesisch. Der Übersetzer überträgt das Gesagte satzweise ins Englische. Die Dankesworte scheinen kein Ende zu nehmen und ich muss mich zwingen nicht zu gähnen. Nach endlosen Minuten kommt er zum Schluss. Brav applaudieren alle und er mit. Ich sehe Herrn Schulze an und er scheint zu erraten was mich irritiert.

„Es ist bei ihnen üblich", flüstert er mir zu und bleibt ernst.

Mich zerreißt es fast vor Lachen. Warum applaudiert der Großkopferte nach seiner Rede?

Will er damit die anderen animieren, kräftiger in die Hände zu klatschen? Martin hatte mir gesagt, dass die Chinesen bescheidene und zurückhaltende Menschen sind. Da muss er sich irren.

Der Delegationsleiter ruft „Ganbei". Die Chinesen springen von ihren Sitzen auf und strecken sich die vollen Heurigengläser entgegen.

Was passiert jetzt?

Es war die Aufforderung, die vollen Gläser leer zu trinken.

Entsetzt sehe ich zu, wie sie sich den Wein in den Rachen schütten als wäre es Wasser. Sie drehen die Gläser um. Jeder kann sehen, dass sie leer sind und sie der Aufforderung zum ex trinken pflichtgemäß nachgekommen sind. Ich bin der einzige, der sein volles Glas in der Hand hält. Alle sehen mich erwartungsvoll an. Mir ist bewusst, dass ich es ihnen gleichtun muss. Noch nie hatte ich ein Viertel Weißwein ex getrunken. Das tut man nicht. Es ist ein Sakrileg der gepflegten Weinkultur, ein Verstoß gegen alle Regeln des Weingenusses.

Ich trinke mein Glas auf einen Zug aus und es schüttelt mich. Wie vergewaltigt komme ich mir vor. Zufrieden sehen mich alle an und nicken mir freundlich lächelnd zu. Jetzt scheine ich zu ihnen zu gehören.

Was wäre, wenn ich ihrer Aufforderung zum Ganbei-Trinken nicht nachgekommen wäre? Hätten sie mich nicht mehr akzeptiert? Fragen will ich jetzt nicht.

Was wird in China auf mich zukommen?

Der Übersetzer zieht aus seiner großen Umhängetasche zwei kunstvoll eingepackte Geschenke heraus, die der

Delegationsleiter Herrn Schulze und mir überreicht. Es sind seidene Krawatten. Wir bedanken uns.

Ich sehe auf meine Armbanduhr. Zwei Stunden sind vergangen.

Die Chinesen springen von ihren Sitzen auf und eilen zum Bus. Wir warten auf Herrn Schulze, der die Rechnung mit der Schankwirtin begleicht. Im Bus setzt er sich neben mich, auf den freien Platz.

„Wie hat ihnen das Welcome-Dinner gefallen?", will er von mir wissen.

„Ein bisschen ungewöhnlich", erwidere ich.

„Sie werden sich daran gewöhnen. Die meisten Chinesen kennen unsere Gepflogenheiten nicht."

„Warum sind sie plötzlich aufgebrochen?"

„Das ist ein normales Verhalten. Man kann die Uhr stellen. 18 Uhr war das Essen eingeplant und um 20 Uhr ist Schluss. Wenn man diese Zeiten einhält, sind sie zufrieden. Der Abend gefiel ihnen gut und das Essen hat ihnen geschmeckt. Man kann das am lauten Schmatzen und Rülpsen erkennen. Es ist ein sichtbar positives Zeichen. Wenn sie ein paar Wochen in China sind, werden sie die Essgewohnheiten schnell annehmen."

Soll das ein Scherz sein?

Vor dem Hotel verabschieden wir uns von ihnen und gehen zur U-Bahnstation. Wir fahren in entgegengesetzte Richtung. Ich kann Herrn Schulze nicht weiter zu den Gewohnheiten der Chinesen ausfragen. Ein wenig bin ich irritiert.

9

Wien, Donauturm

An den letzten Wochenenden traf ich mich regelmäßig mit Karin. Wir übten für ihre Führerscheinprüfung. Beim Rückwärtsfahren und Einparken stellte sie sich anfangs nicht geschickt an. Wenn ich glaubte, dass sie es endlich begriffen hatte, ging der nächste Versuch fehl. Das Anfahren am Berg übten wir ebenso. Es fiel ihr leichter als das Einparken. Nach dem Üben fuhren wir mit der U-Bahn zum Reumannplatz und gingen zum Tichy Eis essen. Er hat nach meiner Meinung das beste Eis von Wien. Dort fragte ich sie zur theoretischen Prüfung ab und wir unterhielten uns über Hobbies, Freunde und Familie.

Heute Nachmittag bin ich mit Karin verabredet. Es sind die letzten Fahrübungen. Nächste Woche hat sie theoretische und praktische Prüfung.

Die U-Bahn ist übervoll. Es ist kurz nach 16 Uhr Feierabendzeit. Auf der Kreuzung in der Nähe der Station

Hietzing geht auf den Straßen nichts mehr. Freitags arbeiten viele verkürzt und die Rush Hour beginnt mittags. In der Bahn ist kein Platz frei. Ich bin froh, dass ich stehen muss. Den ganzen Tag sitze ich im Büro und das tut meinem Rücken nicht gut.

Als ich in der Station Rennbahnweg die Treppe hinuntergehe, winkt mir Karin von unten zu. Wir begrüßen uns flüchtig und treten aus dem Vorraum, in dem sich die Leute drängen.

„Du bist heute zu früh da!", bemerke ich und sehe auf meine Armbanduhr.

„Wir können gleich mit dem Üben beginnen. Ich werde nervös, wenn ich an nächste Woche denke. Von anderen Schülern habe ich gehört, dass der Prüfer ein ‚Scharfer' sein soll. Bei dem kleinsten Fehler lässt er einen durchfallen", jammert sie.

„Du brauchst dich nicht zu sorgen. Das letzte Mal ging es mit dem Einparken und Anfahren am Berg gut. Du packst es, glaube mir!", spreche ich ihr Mut zu.

Karin drückt meine Hand an ihre Wange und lächelt mich an.

„Wir fahren jetzt das letzte Mal zu dem Parkplatz nach Süßenbrunn und ich verhalte mich dort wie der Prüfer", schlage ich ihr vor.

„Das gelingt dir nicht! Er ist ein Scheusal und du bist lieb."

„Kennst du ihn?"

„Ich habe ihn nur kurz gesehen und das genügt mir. Freiwillig würde ich mit ihm in kein Auto einsteigen."

Es kommt mir vor, als hätte sie größere Angst vor dem Mann. Das Fahren scheint ihr sekundär zu sein.

„Stell dir vor, du hast den Führerschein seit ein paar Jahren und bist eine Taxi-Lenkerin! Ein Mann steigt ein und das ist der Typ des Prüfers."

„Ich würde ihn gleich hinausschmeißen!", sagt sie resolut.

„Du kannst keinen Fahrgast grundlos ablehnen. Es genügt nicht, dass er wie ein Scheusal aussieht."

„Worauf willst du hinaus?"

„Mit dem Gedanken, dass du die Fahrerlaubnis hast, begegnest du ihm anders und bist nicht mehr nervös. Die Angst und Abneigung gegen ihn blockieren dich."

„Ich kann nichts daran ändern!", gibt sie bedauernd zu.

Wir kommen am Parkplatz an und wechseln die Plätze. Das Schalten, Anfahren und Einparken funktioniert auf Anhieb und ich denke, dass wir es nicht weiter üben müssen.

„Lass uns einen Abstecher in die Innenstadt machen", schlage ich vor.

„Ich fahre nicht!", sagt sie entschieden.

„Schon gut!", beruhige ich sie. „Du sagst mir nur den Weg an, wie ich zum Stephansplatz komme."

„Dahin würde ich nie fahren! Überall sind Einbahnstraßen!", protestiert sie heftig.

„Umso besser! Versuchen wir es!"

Es geht los.

Wir fahren die Wagramer Straße in Richtung Innenstadt. Karin kommt mit der Beschreibung des Weges gut klar. Sie sagt mir, wo ich abbiegen muss und ob ich Vorfahrt habe. Bei der Urania überqueren wir den Donaukanal und bald haben wir den Stephansplatz erreicht.

Wir sind angekommen. Karin ist froh darüber, mir den Weg richtig beschrieben zu haben.

Vor uns ragt der Stephansdom in den Himmel.

„Was machen wir jetzt?", frage ich sie.

„Ich würde gern zurückfahren. Ein Parkplatz ist nicht zu finden."

Ich reiße mich nicht darum auf Parkplatzsuche zu gehen und stimme ihrem Vorschlag zu.

„Wie kommen wir weiter? Wo ich hinsehe, sind Einbahnstraßen", jammert sie.

Überall stehen Verbotsschilder. Da endlich entdeckt sie einen Ausweg.

Ich folge ihren Anweisungen. Die Straße ist übervoll mit Menschen.

„Wenn du eine bessere Strecke kennst, nehmen wir die", schlägt sie vor.

„Nein, nein, ich habe Zeit!", beteuere ich.

Meine Geduld stößt an ihre Grenze. Ich lasse mir nichts anmerken.

Als wir endlich den Donaukanal erreichen, beruhigt sich der Verkehr. Karin hat mir den Weg als Lotse richtig angesagt. Sie ist sichtlich erleichtert. Es geht in Richtung Donaustadt.

„Darf ich dich zum Essen einladen? Hier soll ein schönes Restaurant in luftiger Höhe sein", schlage ich vor.

„Meinst du das im Fernsehturm?"

„Ja! Kennst du es?"

„Ich war noch nie oben. Wenn du dich von mir einladen lässt, bin ich damit einverstanden."

„Das geht nicht!", lehne ich ab.

„Du hast mir bei den Fahrübungen geholfen und ich möchte mich revanchieren."

„Kommt nicht in Frage!", entgegne ich kurz und wir sprechen nicht mehr darüber.

Ich kenne es nicht anders als dass der Mann einlädt und bezahlt. Darin bin ich altmodisch. Wir erreichen den kleinen Parkplatz am Fuße des Turms.

Ich kaufe Tickets und wir fahren mit dem Aufzug zu der Aussichtsterrasse in 150 Meter Höhe.

Auf der Rundumplattform im Freien ist es kühl, obwohl die Sonne den ganzen Tag schien. Karin schmiegt sich an mich und sucht Schutz in meinem Windschatten. Sie zeigt mir wo sie wohnt. Der Häuserblock ist gut von oben zu erkennen. Hietzing ist zu weit. Man brauchte ein Fernglas, um mein Elternhaus ausfindig zu machen.

Wir gehen ins Restaurant. Ein paar Plätze sind noch frei. Der Ober führt uns zu einem kleinen Tisch an der Fensterfront. Uns bietet sich ein wunderbarer Blick über Wien. Ich zeige Karin den Stephansdom, der inmitten der Innenstadt aus dem Häusermeer herausragt. Das Riesenrad und die Wiener Berge liegen vor uns. Sie hört mir interessiert zu als wäre sie eine Touristin und ich ein Fremdenführer.
Die Aussicht ist fantastisch. Es ist das erste Mal, dass ich hier oben bin. Wer weiß, ob ich ohne Karin heraufgekommen wäre. Ich danke in diesem Moment dem Schicksal das uns zusammengeführt hat und sage es ihr. Mit großen Augen sieht sie mich an. Sie greift nach meiner Hand und drückt sie an ihre Wange. Es ist eine schöne Geste und ich spüre eine tiefe Verbundenheit mit ihr. Am liebsten würde ich sie küssen. In der Öffentlichkeit mag ich es nicht.

Der Ober bringt die Speisekarte und fragt nach den Getränken. Ich entscheide mich für Obi gespritzt und sie für ein Glas stilles Mineralwasser. Mein erster Blick auf die Karte zeigt, dass die Preise sich der Höhenlage angepasst haben. Hoffentlich reicht das Geld in meiner Geldbörse.

Ich bestelle für mich vegetarische Krautfleckerl mit Häuptlsalat und Hausdressing, eine Wiener Spezialität. Karin schließt sich mir an. Es ist das einzige Hauptgericht unter 130 Schilling. Der Ober spitzt den Mund und fragt zweimal, ob wir keine Vor- und Nachspeise haben wollen. Ich verneine in bestimmten Ton. Er gibt es endlich auf ein drittes Mal zu fragen.

Das Restaurant bewegt sich unmerklich. Wir sehen jetzt in Richtung Leopoldsberg und Kahlenberg. Beim Anblick der beiden Berge denke ich an die Befreiung Wiens von der zweiten Türkenbelagerung im Jahre 1683 und erzähle Karin ein wenig darüber.

„Wenn nicht die Polen, Sachsen und Bayern mit ihrem Heer gekommen wären, würden wir in Wien heute türkisch sprechen."

„Das kann ich mir nicht vorstellen!", sagt sie erstaunt.

„Hier unten an der alten Donau siehst du die Moschee. Abwegig ist der Gedanke nicht."

„Würde es dir gefallen, ein Muselmane zu sein?", will sie von mir wissen.

„Ich weiß nicht? Zur Zeit des Osmanischen Reiches könnte es mir gefallen, jetzt nicht."

„Worin besteht der Unterschied?", fragt sie neugierig.

„Bei den Osmanen durfte ein Mann mehrere Frauen haben", sage ich schmunzelnd.

Verärgert lehnt sie sich zurück und sieht mich nicht an.

„Du gehörst zu denen, die nicht genug bekommen können!", erwidert sie schmollend.

„Sei nicht eingeschnappt, es war nur ein Scherz. Du weißt, dass ich anders bin."

„Woher soll ich das wissen? Ich kenne dich nicht genug."

Sie sieht mich nicht an. Ich denke, dass es nur ein Spiel von ihr ist. Ob ich um ihre Gunst buhlen soll?

Der Ober trägt das Essen auf und ringt sich ein „Guten Appetit" ab. Es sind zwei, die ich verärgert habe, den Ober wegen der zu geringen Bestellung und Karin wegen der Vielweiberei bei den Osmanen.

Die Krautfleckerl schmecken ausgezeichnet. Ich sehe zu Karin und sie lächelt mich an. Sie hatte Hunger und deswegen überempfindlich reagiert. Die Osmanen sind vergessen.

„Die Fleckerl schmecken wie selbstgemacht", bemerke ich und sie nickt.

„Bei meiner Mutter sind sie genauso gut. Wenn du möchtest, bitte ich sie, uns welche zuzubereiten", bietet mir Karin an.

„Das ist nicht nötig!", entgegne ich heftig.

„Möchtest du meine Eltern nicht kennenlernen?"

Eine verfängliche Frage, bei der ich nicht antworten möchte. Ich habe es nicht eilig, mich bei ihren Eltern vorzustellen. Einiges hat mir Karin über sie gesagt und sie scheinen patent zu sein. Ich brauche noch Zeit und will nichts übereilen. Ein Hausbesuch ist wie die Vorstufe zur Verlobung. Ob wir zusammenpassen, wird sich in den nächsten Wochen herausstellen.

Im Moment bin ich mir wegen meiner Gefühle zu Karin nicht sicher. Um eine Beziehung fürs Leben aufzubauen, gehört mehr als nur hin und wieder ein Busserl auf die Wange. Bisher hat sie sich mir gegenüber zurückhaltend verhalten. Ich muss mehr über sie wissen. Wenn man nur die Wochenenden miteinander verbringen kann, dauert das Kennenlernen länger.

Karin wartet auf eine Antwort wegen der Einladung und zu ihren Eltern.

„Wenn du deine Prüfung hinter dir hast, sprechen wir darüber. Ich werde ihnen nicht gefallen."

Geduldig hoffe ich auf ein Kompliment, wie etwa: „Du bist der Schwarm aller Schwiegermütter", oder ähnlich. Sie geht nicht auf meine Worte ein und macht mir den Vorschlag, dass wir morgen nach der Fahrübung zu ihr in die Wohnung gehen und dort die theoretischen Prüfungsfragen durchgehen.

Als sie mein Zögern bemerkt, fasst sie nach meiner Hand.

„Du brauchst keine Angst haben! Meine Eltern fahren morgen früh nach Tirol zu Freunden und kommen erst am Sonntag zurück."

„Dich nehmen sie nicht mit?", frage ich erstaunt.

„Ich muss für die Fahrprüfung büffeln", flüstert sie mir zu und sieht mich vielsagend an.

„Du willst mich nur in eure Wohnung locken", protestiere ich lächelnd.

„Hast du Angst?"

„Ein wenig."

„Das brauchst du nicht! Mein Vater hat mir ein Programm für den PC besorgt. Es enthält Fragen und Antworten zur Prüfung. Die Installation auf meinem Computer ist ihm nicht gelungen. Du kennst dich besser aus."

„Das ist ein triftiger Grund, dir in die Höhle des Löwen zu folgen", bemerke ich zögernd.

„Vielleicht bekommst du ein Leckerli von mir, wenn du brav bist."

Sie hat es sich gut ausgedacht. Ich kann nicht „Nein" sagen, weil ich will, dass sie die Prüfung besteht.

„Wann wollen wir uns treffen?"

„Wie jeden Samstag um 9 Uhr an der Station Rennbahnweg. Ich hole dich ab."

Der Gedanke, dass ich morgen den ganzen Tag mit ihr verbringen kann, beflügelt meine Sinne.
Ich winke nach dem Ober und zahle.

Im Aufzug sind wir allein. Sie bedankt sich für die Einladung. Es ist ein eigenartiges Gefühl, bei einer schnellen Abwärtsfahrt die Augen zu schließen und sich zu küssen. Der Druck in der Magengegend verstärkt sich. Wohlbehalten kommen wir unten an.
Wir schlendern bis zum Dunkelwerden durch den Donaupark und sie erzählt mir, wie sie als Kind mit ihren Eltern hier spazieren gegangen ist. Die Anlage war 1964 zur Gartenbauausstellung entstanden.

Ohne es zu merken haben wir das große Areal durchquert und stehen vor einer geschwungenen Mauer.
„Was ist dahinter?", will ich wissen.
„Ein China-Restaurant."
„Ich möchte es mir gern ansehen."
Karin führt mich zum Tor und durch den Garten in das Innengebäude. Bewundernd sehe ich hinein. Eine Kellnerin fragt, ob sie uns zu einem Tisch führen darf. Ich verneine und erkläre ihr, dass ich mir nur einen kurzen Überblick verschaffen möchte. Lächelnd lässt sie uns allein.
„Gefällt es dir hier?", will Karin wissen.
„Es ist schön, sowas habe ich noch nie gesehen."
„Wenn ich die Prüfung bestehe, lade ich dich hierher zum Essen ein. Das darfst du mir nicht abschlagen!"
Ich erwidere nichts darauf. Sie fasst mein Schweigen als Einverständnis auf.
Wir gehen zurück zum Parkplatz und ich fahre sie nach Hause.

In der U-Bahn denke ich nur noch an morgen. Die Vorstellung, mit Karin in ihrer Wohnung zu sein, treibt mir das Blut in den Kopf. Bisher hatte sie jede intime Annäherung von mir erfolgreich abgewehrt. Morgen will ich stärkere Geschütze auffahren. Ich weiß nicht, ob es mir gelingen wird, die letzten Festungsmauern zu brechen. Der Gedanke daran, dass ich dies erreichen könnte, ist schön. Sie ist nicht vergleichbar mit den Frauen, die ich vorher kennengelernt hatte. Keine kann ihr das Wasser reichen.

10

Wien, Leopoldsberg

Meine Mutter wundert sich, dass ich nichts mehr essen will und stellt das Gedeck weg. Ich weiß, dass sie gern wüsste, mit wem ich meine Freizeit verbringe. Wie lange wird sie es aushalten und nicht fragen?

Ich öffne eine Flasche Rotwein und schenke uns beiden ein. Vater ist noch in seinem Verein. Wir sitzen in der Küche und ich sehe durch das Fenster.

„Die Tage werden länger", versucht sie das Schweigen zu unterbrechen. Ich nicke und gebe keine Antwort. Sie holt eine Schale mit Salzgebäck und stellt sie auf den Tisch. Ich kann nicht widerstehen und greife ständig zu. Ob ich ihr von Karin erzähle, gewissermaßen als Belohnung, weil sie mich nicht mit Fragen bombardiert? Bedächtig fange ich an.

„Ich habe ein Mädchen kennengelernt und mich mit ihr an den letzten Wochenenden getroffen. Ob es eine feste Beziehung wird, kann ich nicht sagen."

Die Mutter hält sich zurück. Sie weiß, dass sie mehr erfährt, wenn sie nicht nachfragt und geduldig schweigt.

Ich kenne ihr Verhalten. Es ist mir bewusst, dass ich ihr dann Dinge verrate, die ich normalerweise nicht preisgeben würde. Ich bewundere sie zu dieser Haltung. Mir würde es nicht gelingen.

Im Zeitraffer schildere ich wie alles angefangen hat und sie hört aufmerksam zu. Als ich fertig bin, frage ich sie nach ihrer Meinung.

„Liebst du sie?", will sie wissen.

„Darüber habe ich mir noch keine Gedanken gemacht", gestehe ich überrascht.

„Liebt sie dich?"

„Das weiß ich nicht! Wir haben nicht darüber gesprochen."

„Bring sie mit, zu uns nach Hause, zum Essen."

„Ich werde sie fragen!", antworte ich verwirrt.

Warum will meine Mutter wissen, ob wir uns lieben?

Was ist „Liebe"? Ein abgedroschenes Wort, das in keiner Predigt fehlen darf. Ich kann mir nichts darunter vorstellen, es ist zu weit gefasst, nicht konkret genug. Ich verwende es nicht und habe noch niemals zu jemand gesagt, dass ich ihn liebe. Stundenlang müssten wir zuvor abklären, was wir darunter verstehen, gewissermaßen unsere Datensätze abgleichen. Wenn ich bisher mit einer Frau schlafen wollte, habe ich sie gefragt, ob sie mit mir Sex haben möchte, niemals „Liebe".

Die Rotweinflasche habe ich ausgetrunken. Ich ziehe mich in mein Zimmer zurück. Der Rausch hilft mir, sofort einzuschlafen.

Am nächsten Morgen peitschen Regentropfen an die Fensterscheiben. Es war gut, dass ich meiner Mutter gestern Abend alles über Karin gesagt habe und dass wir uns heute treffen wollen. Sie hat um 7 Uhr an meine Tür geklopft und gesagt, dass der Kaffee gebrüht ist.

Ich hätte verschlafen.

Im Bad sehe ich in den Spiegel. Ein verkaterter Bekannter schaut mich an. Mit allen Zaubermitteln versuche ich mich in Hochform zu bringen. Mutters Frühstück baut mich auf. Ein gequirltes rohes Ei mit Zitrone und Honig bringt mich in Schwung. Eilig laufe ich zur U-Bahnstation.

Viel zu zeitig komme ich am Rennbahnweg an und muss auf Karin warten. Es hat aufgehört zu regnen. Kurz vor 9 Uhr sehe ich sie kommen und gehe ihr entgegen.

„Entschuldige, dass ich zu spät bin. Ich habe noch meine Eltern verabschiedet. Sie sind unterwegs nach Tirol."

„Es ist noch nicht um neun", beschwichtige ich.

Wir gehen zu ihrem Gemeindebau und ich suche das Auto. Gestern hatte ich es in der Nähe des Parks abgestellt und jetzt ist es weg.

Eventuell habe ich nicht richtig abgeschlossen, geht es mir durch den Kopf.

„Das Auto ist gestohlen!", rufe ich aufgeregt.

„Keine Sorge! Mein Vater hat es vor dem Haus geparkt. Er hat es heute Morgen noch vollgetankt."

„Dir geht es gut!", sage ich erleichtert.

Wir fahren zum Parkplatz bei Süßenbrunn.

Karin gesteht mir erneut ihre panische Angst vor der Prüfung.

„Wenn ich daran denke werden meine Knie weich. Ich hatte früher in der Schule Prüfungsangst. Durch die Aufregung spüre ich eine große Leere im Kopf."

„Du sagtest, dass dein Fahrlehrer zufrieden mit dir ist! Mach dich nicht heiß! Alles wird gut ausgehen."

In ihrer Hilflosigkeit und Angst erscheint sie mir zerbrechlich. Gern möchte ich sie unter meine Fittiche nehmen, sie streicheln und trösten.

Der Motor heult auf. Mit einem Blitzstart fährt sie an. Gleich darauf stoppt sie und parkt rückwärts ein. Sie ist wie ausgewechselt, nicht mehr wiederzuerkennen als wäre sie aus einem Traum erwacht. Verwundert und schweigsam sitze ich neben ihr. Mir fehlen die Worte. Einen solchen rapiden Gemütswechsel hatte ich nie bei einer meiner früheren Freundinnen erlebt. Erst zu Tode betrübt und gleich darauf energiegeladen und spritzig. Ich frage mich, welcher Zustand nur gespielt und welcher echt ist.

„Lass uns in die Innenstadt fahren, wie gestern!", bittet sie mich.

„Es ist ein Unterschied, ob du selber fährst oder mir nur sagst, wo es langgeht", wende ich ein.

„Das weiß ich. Es hilft mir, die verschiedenen Vorfahrtssituationen zu erfassen."

Wir wechseln die Plätze und fahren in die Innenstadt. Der Tank ist voll. Ohne festes Ziel geht es kreuz und quer durch die engen Gassen, die sie mir ansagt. Ich komme in Ecken, die ich nicht kenne und muss aufpassen mich nicht zu verfahren. Es ist riskant, sich auf den Copiloten zu verlassen, der sich selber nicht auskennt. Zum Glück ist die Innenstadt nicht groß, dass sie uns verschlingen könnte.

Das Wetter hat sich gebessert. Ab und zu scheint die Sonne. Mir kommt in den Sinn, die Höhenstraße entlang zu fahren. Dort gibt es viele Möglichkeiten, das Anfahren am Berg zu üben. Der Vorschlag gefällt Karin. Es geht zunächst nach Grinzing.

Nur wenige Autos sind unterwegs. Das Kutschieren durch den schönen Heurigenort macht Spaß. Ich muss an die chinesische Delegation denken und erzähle Karin von dem Welcome-Dinner.

Wir erreichen die Höhenstraße. Die vielen Kurven machen das Autofahren zum Vergnügen, zumindest mir. Karin scheint nicht der gleichen Ansicht zu sein, sie hält sich krampfhaft am Griff oberhalb ihrer Tür fest. Da sie nichts sagt, nehme ich keine weitere Rücksicht und genieße das flotte Fahren. Ihr Auto liegt gut auf der Straße und die Pferdestärken reichen aus, um kraftvoll nach den Kehren, bergauf durchzustarten.

An einem Seitenweg halte ich an.

„Was ist los?", fragt Karin überrascht.

„Wir tauschen die Plätze!"

„Das dürfen wir nicht! Was ist, wenn uns die Polizei anhält?"

„Es sind keine Autos unterwegs und die Polizei hat anderes zu tun als uns auf der Höhenstraße zu stoppen."

Karin lässt sich überreden und setzt sich ans Steuer. Ihr Gesicht und Hals färben sich rot, wie bei einem Truthahn und kleine Schweißperlen benetzen ihre Stirn und die Wangen. Langsam fährt sie an. Ich nehme mir vor, nichts zu sagen bis sie mich fragt. Die Kurven geht sie vorsichtiger an als ich. Mit ihren Fahrkünsten bin ich zufrieden.

Wir erreichen die Bergkuppe des Leopoldsberges. Der Parkplatz ist leer. Touristen sind zu dieser Jahreszeit nicht unterwegs, das freut mich. Alles wirkt wie ausgestorben. Es liegt am Wetter. Es hat sich eingetrübt und ist kühler geworden.

Zufrieden strahlt Karin über das ganze Gesicht als sie den Motor abstellt.

„Gut gemacht!", lobe ich sie und ernte ein dankbares Lächeln. Ich müsste ihr danken, dass sie uns heil hierher gebracht hat.

„Gehen wir ein Stück spazieren?", schlägt sie vor.

„Ich lade dich auf einen Käsekrainer ein", sage ich.

„Woher weißt du, dass ich diese Wurst mag?"

„Du hast es mir im Schlaf verraten!", antworte ich scherzend.

„Das stimmt nicht! Wir waren nie zusammen im Bett."

„Dann muss ich es nur geträumt haben."

„Das mit dem Käsekrainer oder dem Schlafen?"

„Ich glaube beides!"

Sie versucht mich gegen die Schulter zu puffen. Ich laufe ihr schnell davon. In sicherer Entfernung warte ich auf sie, bis sie schnaufend herankommt. Ich drücke sie fest an mich. Mein Magen knurrt und Karin lacht laut los.

Eilig laufen wir zum Burghof und müssen feststellen, dass das Restaurant geschlossen hat. Zum Glück finde ich einen Müsliriegel in meiner Jackentasche, den wir uns teilen. Enttäuscht verlassen wir die Bergkuppe. Wien liegt im Nebel und mich plagt der Hunger.

„Wir fahren zu mir nach Hause und ich mache uns ein paar Schnitzel", schlägt Karin vor.

Da ihre Eltern nicht daheim sind, bin ich damit einverstanden.

Über Korneuburg und die Nordbrücke gelangen wir in die Donaustadt und finden keine Parkmöglichkeit vor dem Wohnhaus.

„Nichts ist mehr frei! Alle Leute scheinen daheim zu sein", bemerke ich verärgert.

„Ich verstehe das nicht! Wir können auf der anderen Seite des Parks nachsehen."

Die kleine Grünanlage ist mir bekannt. Bei meinem ersten Erkundungsspaziergang bin ich dort entlang geschlendert. Mit berühmten Künstlernamen hat man bei den Bezeichnungen der Straßen nicht gespart, denke ich mir. Wir finden eine Lücke und in großer Erwartung folge ich Karin. Es kommt mir vor als würden alle Nachbarn hinter den Fensterscheiben stehen und beobachten wen Karin mit nach Hause bringt.

Mit dem Aufzug erreichen wir den dritten Stock und müssen durch einen langen, dunklen Gang gehen. Am Ende ist die Wohnungstür. Karin schaltet das Flurlicht ein und sucht in ihrer Handtasche den Schlüssel. Ich frage mich, warum sie den Schlüsselbund nicht in der Hand behalten hat nachdem sie die Haustür öffnete.

Das Vorzimmer ist langgestreckt und schmal. Erhellt ist es durch die Glasscheiben zur Küche und dem Wohnzimmer. Eine kleine Garderobe und ein hundert Jahre alter Bücherschrank dominieren den Raum.

„Häng deine Jacke auf! Ich bereite das Essen", sagt Karin und verschwindet im rechtsseitigen Bad, um sich die Hände zu waschen. Ich folge ihr und wir drängen uns am Waschbecken.

„Viel Platz ist hier nicht!", bemerke ich unbedacht.

„Mit eurem Schloss in Hietzing ist unsere Gemeindewohnung nicht zu vergleichen. Die Räumlichkeit ist den Bedürfnissen angepasst. Nichts ist zu viel. Wenn du willst zeige ich dir die anderen Räume."

Ich nicke und folge ihr in das Wohnzimmer. Es ist groß und hell. Eine Tür führt zur Loggia und eine zweite in einen Gang, von dem das Schlaf- und Kinderzimmer zu erreichen ist. Sie öffnet die Tür zum Kinderzimmer und ich wundere mich, dass da nur ein breites Bett steht.

„Wo hast du deine Sachen untergebracht?", will ich wissen.

Karin lacht.

„Es ist nicht mein Zimmer. Meine Eltern haben mir den großen Raum am Ende des Ganges überlassen, der normalerweise das Schlafzimmer ist."

„Das ist großzügig von ihnen und wo tun sie ihre Kleidung hin?"

„Im Gang siehst du eine lange Schrankreihe. Das ist gewissermaßen ihre begehbare Garderobe."

Karin zeigt mir jetzt ihr Zimmer. Es sieht aus, wie ich es mir vorgestellt habe, verspielt und liebevoll gestaltet. An der einer Seite sind eine Menge Puppen, wie in einem Museum, aufgereiht.

„Du spielst noch damit?", frage ich verwundert.

„Jetzt nicht mehr! Ich hatte früher welche gesammelt und zum Verschenken sind sie mir zu schade."

„Es ist gut, dass du ein Hobby hast. Bei mir stehen keine Puppen in den Regalen, sondern unzählige Autos. Vor vielen Jahren konnte ich mich hellauf begeistern. Heute fehlt mir die Zeit und die Lust weiter zu sammeln."

„Wofür interessierst du dich jetzt?", will sie wissen

„Für die Fotografie. Du musst dir bei mir die Alben ansehen, die ich gemacht habe."

„Das tue ich gern. Stundenlang kann ich mir Fotos ansehen."

Wir gehen zurück ins Wohnzimmer und sie schaltet die Stereoanlage ein.

„CDs findest du in dem Kasten. Such dir selber aus was du gern hören möchtest. Ich bereite das Essen vor."

Karin verschwindet in der Küche. Ich sehe mich um.

Verwundert bin ich über die modernen Bilder an den Wänden. Es sind fünf Grafiken, wahrscheinlich Reproduktionen, von bekannten Künstlern. Die Namen hatte ich auf Straßenschildern in ihrem Wohngebiet gelesen.

Die Möblierung ist älter, ebenso die Couch und Sessel. Farblich und stilmäßig passen sie gut zusammen.

In der unteren Reihe des CD-Faches finde ich Vivaldi und lasse seine Musik erklingen. Karin kommt und bringt mir ein Glas gespritzten Apfelsaft.

„Die Schnitzel sind in der Fritteuse. Es dauert nicht lange. Ich werde sie gleich bringen."

„Kann ich dir helfen?", biete ich ihr an.

„Du kannst den Tisch decken!"

„Wo sind die Teller und das Besteck?", will ich wissen.

„Komm mit in die Küche, ich gebe es dir."

Brav folge ich ihr. Ich habe es mit dem Helfen nicht ernst gemeint. Viel lieber sitze ich im Sessel und lausche der Musik von Vivaldi.

Zum Glück ist die Küche nicht groß, dass zwei Personen am Herd stehen können. Karin drückt mir die Teller und Bestecke in die Hand.

„Was möchtest du zum Essen trinken, Wein, Bier oder Saft?"

„Einen Weißwein bitte."

„Im Kühlschrank ist eine Flasche, die kannst du aufmachen."

Es ist für mich ungewöhnlich, bei den Essenvorbereitungen mithelfen zu müssen. Meine Mutter würde es nicht zulassen, dass ich in ihrer Küche einen Finger krumm mache. Karin kennt es wahrscheinlich von ihren Eltern nicht anders und ich füge mich ihren Anweisungen.

Als ich mit dem Decken des Tisches fertig bin, bringt sie die Schnitzel und eine Schüssel mit grünem Salat.

„Kartoffelsalat habe ich keinen. Du musst dich an den Schnitzeln satt essen", entschuldigt sie sich.

„Eine richtige Zauberin bist du, wie du in der kurzen Zeit das Essen fertig hast", bemerke ich anerkennend.

Das Kompliment lässt sie erröten. Verschämt sieht sie auf ihren Teller und wünscht mir „Guten Appetit".

Nach dem Essen bin ich müde und würde mich gern ein wenig ausruhen. Im Sessel sitzen und Musik hören, während sie das Geschirr in der Küche abwäscht, ist unhöflich. Ich bitte sie, sich für ein Weilchen zu mir zu setzen und den Klängen aus der Musikanlage zu lauschen.

Wir nehmen auf der Couch Platz und ich lege meinen Arm über ihre Schulter. Sie schmiegt sich an mich und schließt die Augen.

Ich genieße diesen Moment, solange die CD läuft. Die Stille weckt sie auf.

„Habe ich geschlafen?", fragt sie verwundert.

„Nein, nur geruht!"

„Ich wurde müde und die Augen sind mir zugefallen."

„Bevor du ein zweites Mal einschläfst, werden wir für deine theoretische Fahrprüfung lernen. Wo hast du den PC und das Programm, das ich installieren soll?"

„In meinem Zimmer, ich zeige es dir."

Ich folge ihr.

Der PC ist nicht das neueste Gerät. Ich starte ihn und sehe mir die Programm-CD an. Es ist eine Kopie eines anderen Computers.

Mit dem alten Betriebssystem kenne ich mich aus. Es ist mir vertraut. Ich starte die Datei zum Laden des Programms und es gibt keine Probleme. Auf dem Schirm wird das Menüfenster angezeigt, mit allen Möglichkeiten, die das Programm bietet. Karin ist beeindruckt.

„Mein Vater hat sich tagelang damit herumgequält und bei dir funktioniert es in wenigen Minuten."

„Gewusst wie!", prahle ich ein wenig.

Wir gehen die Prüfungsfragen gemeinsam durch und sie klickt eine der möglichen Wahlantworten an. Am Ende wird angezeigt, wie und ob man bestanden hat. Ich starte das Programm ein zweites Mal.

Deutlich ist ihre Verbesserung in den Antworten zu erkennen. Wir wiederholen die Übung bis Karin keine der Fragen mehr falsch beantwortet.

Es ist Abend geworden und erschöpft lassen wir von dem Computer ab. Sie schaltet ihn aus.

„Ich werde jetzt nach Hause fahren", sage ich ihr, ohne es ernst zu meinen.

„Du kannst bis morgen bei mir bleiben. Meine Eltern kommen erst am Nachmittag zurück."

„Ich weiß nicht, ob sie damit einverstanden sind, wenn ich über Nacht hier bin, ohne dass sie es wissen."

„Wir müssen es ihnen nicht erzählen", flüstert sie verschwörerisch.

„Haben andere Freunde bei dir übernachtet?", fühle ich ihr auf den Zahn.

„Manchmal eine Freundin. Du bist der erste Freund, der sich traut", scherzt sie lachend.

Damit sind meine Bedenken nicht weggewischt.

„Was ist, wenn deine Eltern in der Nacht zurückkommen?"

„Sie hätten mich angerufen. Sei unbesorgt, wir sind ungestört!"

Ich weiß, dass ich ein Angsthase bin und überall Probleme sehe, wo keine sind. Meine Bedenken verdränge ich.

„Lass uns jetzt essen! Ich kann dir nur kalte Speisen anbieten."

„Ich brauche nichts. Heute Mittag habe ich zu viel Schnitzel gegessen, die halten noch an."

Mein Magen knurrt als wollte er sich beschweren.

Lachend zieht sie mich an der Hand in die Küche. Sie öffnet den Kühlschrank und lässt mich aussuchen worauf ich Appetit habe.

Die Weinflasche von heute Mittag ist halbvoll. Ich bringe sie ins Wohnzimmer und decke den Esstisch. Draußen dämmert es. Karin zündet ein paar Kerzen an und trägt verschiedene kalte Speisen auf. Wir sitzen an den schmalen Tischseiten uns gegenüber und dinieren wie feine Herrschaften. Im Hintergrund läuft eine CD mit Harfenmusik und ich muss ständig zu Karin hinsehen, deren Haut im Kerzenschein wie vergoldet glänzt.

Wir essen beide nicht viel. Der Wein und die romantische Atmosphäre tun ihr übriges. Sie kommt zu mir, fasst mich an der Hand und führt mich in ihr Zimmer. Sie bestimmt jetzt, was geschieht.

Langsam entkleidet sie sich und danach mich. Sie zieht mich sanft auf ihr Bett, als wäre ich derjenige, der Angst vor dem hat, was folgen könnte. Ich verhalte mich passiv. Es gibt kein Zurück mehr und ich will es nicht. Wie eine Wilde gebärdet sie sich. Diese Leidenschaft habe ich von ihr nicht erwartet. Es fällt mir schwer zu glauben, dass sie schüchtern und unerfahren im Umgang mit Männern ist. Sei es drum, ich genieße jeden Moment mit ihr.

Wir sind gemeinsam eingeschlafen.

Ein Geräusch an der Tür weckt mich auf. Ich höre konzentriert in Richtung Vorraum.

Wie lange ich schlummerte, weiß ich nicht.

Es kann die Tür von der Nachbarwohnung sein, beruhige ich mich und will weiterschlafen.

Jetzt ist es deutlich zu hören, dass jemand in die Wohnung eingedrungen ist. Ob es Einbrecher auf einem Beutezug sind? Ich sehe auf meine Armbanduhr. Es ist noch nicht Mitternacht. Ich wecke Karin.

„Was ist, kannst du nicht schlafen", beklagt sie sich.

„Jemand ist in der Wohnung!"

„Das ist unmöglich, du hast schlecht geträumt. Komm zu mir!"

Sie schiebt die Bettdecke weg und schmiegt sich an mich.

Meine Sinne stehen auf Alarm. An schlafen ist nicht zu denken. Ich stehe auf und gehe zur Tür um mich zu vergewissern, ob niemand da ist.

Vorsichtig öffne ich einen kleinen Spalt und höre deutlich Stimmen im Wohnzimmer. Wie vom Blitz getroffen springe ich zurück zum Bett und ziehe Karin die Bettdecke weg. Unwirsch sieht sie mich an.

„Was soll das?"

„Deine Eltern sind zurück."

„Das ist unmöglich."

„Sieh selber nach!"

Sie hält das Ohr an die Tür und sieht mich überrascht an.

„Du hast recht, sie sind es! Zieh dich schnell an! Ich weiß nicht wie mein Vater reagiert, wenn er einen nackten Mann in meinem Zimmer findet."

Karin schlüpft in ihren Morgenmantel und geht auf leisen Sohlen durch den Umkleidekorridor ins Wohnzimmer. Im Nu bin ich angezogen und bleibe hinter der Tür stehen. Ich lausche, was im Wohnzimmer gesprochen wird. Karin beichtet, dass in ihrem Zimmer ihr Freund schläft. Ihr Vater ist zornig. Er beschimpft seine

Tochter mit unflätigen Worten, nennt sie eine Schlampe und noch schlimmeres. Ich überlege, wie ich ihr helfen könnte, wenn er sie schlägt. Karin sagt ihm, dass sie volljährig ist und er ihr nicht verweigern kann, einen Freund mit nach Hause zu bringen.

„Das ist meine Wohnung, mein Fräulein. Ich bestimme, wer über die Schwelle tritt und wer draußen bleibt", schreit er sie an.

„Es ist besser, sie bringt ihren Freund zu uns, als dass sie sich auf den Parkbänken herumdrücken", versucht Karins Mutter zu beschwichtigen.

Der Vater ist nicht zu beruhigen.

„Was ist das für ein Lausbub, den du mitgebracht hast? Ein feiner Herr kann es nicht sein. Er hätte sich uns vorgestellt, bevor er mit dir ins Bett steigt. Wer die Situation ausnutzt, ist für mich ein Strizzi!"

„Das darfst du nicht sagen! Du kennst ihn nicht!", protestiert Karin.

„Ich will ihn nicht kennenlernen. Die Nase würde ich ihm polieren, dem Gefrastsackl."

Karin fängt an laut zu weinen und die Mutter beruhigt sie.

„Ich fahre jetzt zur Tankstelle und wenn ich zurückkomme, ist der Kerl weg!", schreit der Vater und schlägt die Wohnungstür hinter sich zu.

Karin rennt in ihr Zimmer und lässt ebenso die Tür knallen.

„Ich gehe!", sage ich zu ihr und will verschwinden. Sie hält mich zurück.

„Wenn du gehst, gehe ich auch!", ruft sie entschlossen, dass ihre Mutter es hören kann.

„Sei nicht unbesonnen, mein Schatz! Dein Vater wird sich bald beruhigen, wenn ich weg bin. Er hat nur Angst um seine Tochter", beruhige ich sie.

„Es gibt keine Entschuldigung! Niemals verzeihe ich ihm das!"

„Bitte mach es deiner Mutter nicht schwer, sie steht zwischen euch!"

Ich beeile mich wegzukommen. Karins Vater will ich nicht begegnen. Im Wohnzimmer sitzt ihre Mutter am Tisch und weint. Ich gehe zu ihr, stelle mich vor und entschuldige mich für den Ärger, den ich bereitet habe. Im Vorraum verabschiede ich mich kurz von Karin.

Es ist das passiert, was im schlimmsten Fall eintreten konnte. Wie soll ich mit Karins Vater in der Zukunft auskommen? Diese Begebenheit wird stets zwischen uns stehen.

11

Wien, Therme Oberlaa

Meiner Mutter versuche ich aus dem Weg zu gehen. Die Episode von gestern Abend in Karins Wohnung will ich ihr nicht anvertrauen.

Ich rufe meinen Freund Martin an, um mit ihm darüber zu sprechen. Eventuell kann er mir raten, was ich in dieser verfahrenen Situation tun soll. Zum Glück ist er gleich am Telefon und hat heute nichts Besonderes eingeplant. Wir verabreden uns bei ihm.

Mit meinem alten Volkswagen fahre ich am Gürtel entlang, zur Lerchenfelderstraße. Ich bin froh, dass ich ein kleines Auto habe und eine Lücke zum Parken finde.

Martin ist erst aufgestanden.

„Was gibt es Dringendes? Ich bin todmüde!", empfängt er mich mürrisch.

„Es ist nach 9 Uhr!"

„Was macht das? Sonntags stehe ich erst mittags auf, das weißt du!"

„Sei kein Miesepeter! Mich hat gestern fast der Schlag getroffen."

Martin stellt zwei leere Häferl auf den Tisch und gibt Kaffeepulver hinein. Schlaftrunken schüttet er aus der Kanne kochendes Wasser darüber. Wir schlürfen langsam das heiße Getränk.

„Erzähl, was los ist!", sagt er ungeduldig.

„Du kennst die Kleine, die wir vor ein paar Wochen mit Gabi zusammen im Café Landtmann getroffen haben."

„Ja, ich erinnere mich an sie. Wir sind anschließend zu mir gegangen", ergänzt er.

„Ich habe sie ein paarmal wiedergesehen und mit ihr das Einparken geübt."

„Ach, so nennst du das!", unterbricht er mich grinsend.

„Nicht, was du meinst. Sie hat nächste Woche Fahrprüfung und da hat sie mich um Hilfe gebeten."

„Ich kann mich gut an sie erinnern. Es ist ein hübsches Ding. Wenn du sie loswerden willst, nehme ich sie dir gern ab."

„Lass mich ausreden, bevor du deinen Senf dazu gibst!", erwidere ich verärgert.

„Einverstanden! Ich schweige, bis du fertig bist."

Martin schlürft seinen Kaffee und sieht wie geistesabwesend auf die Tischplatte. Ich weiß, dass er mir zuhört und erzähle ihm von dem gestrigen Abend mit Karins Eltern.

Als ich zum Schluss komme, sehe ich ihn fragend an. Er hebt den Blick und kratzt sich am Kopf als hätte er Läuse.

„Lass die Finger von der Kleinen!", bemerkt er trocken.

Ich warte auf weitere Kommentare. Er schweigt.

„Ist das alles, was du zu sagen hast?"

„Überlege! Für ihren Vater bist du jetzt ein rotes Tuch, eine Persona non grata. Das wirst du nicht ändern können. Du kannst dich nur heimlich mit Karin treffen und wenn ihr Vater es merkt, ist Terror bei ihr Zuhause angesagt. Die ist noch lange nicht von ihrem Elternhaus abgenabelt."

„Sie wollte gestern Abend mit mir von daheim weg. Ich habe ihr zugeredet zu bleiben."

„Wenn sie es ernsthaft vorhatte, wäre sie gleich mit dir gegangen! Vergiss sie! Glaube mir, es ist das Beste für dich!"

Martin hat nicht Unrecht. Karin und ich stehen am Anfang unserer Beziehungen und da ist es einfacher, voneinander loszulassen. Ihre Bindung zum Elternhaus ist am Ende stärker als zu mir. Die Vernunft sagt mir, die Sache auslaufen zu lassen und auf eine schonende Art mit ihr Schluss zu machen.

Martin ist zufrieden, dass ich einsichtig bin und verspricht mir einen angenehmen Nachmittag, bei dem ich alle Sorgen vergesse. Er nimmt den Telefonhörer und wählt verschiedene eingespeicherte Nummern. Zufrieden sieht er mich an.

„Von meiner Tante aus Tirol habe ich eine Erbschaft gemacht. Ich lade dich heute ein und du widersprichst mir nicht!"

„Viel wird sie dir nicht hinterlassen haben!", bemerke ich trocken.

„Eineinhalb Millionen Schilling, das ist eine Menge Geld. Ich habe ihr gleich ein Kerzerl im Stephansdom angezündet."

„So eine Tante möchte ich haben. Du scheinst von freigiebigen Verwandten gesegnet zu sein."

Martin grinst mich triumphierend an.

„Mein Onkel aus der Steiermark hatte nur 20 Tausend für mich übrig. Ich kaufte mir mit dem Geld den gebrauchten Audi."

„Was hast du heute vor?", will ich wissen.

„Wir fahren nach Oberlaa in die Sauna und vorher holen wir zwei Mädel ab. Sie haben den ganzen Tag Zeit für uns. Als ich ihnen verriet, dass du bald nach China reisen wirst, sind sie gespannt, deine Bekanntschaft zu machen."

„Du musst das nicht überall hinausposaunen. Ich bin abergläubisch. Was ist, wenn es nicht klappt? Wie stehe ich da?"

„Kein Problem! Wenn es nichts wird, mache ich mit dir eine China-Rundreise, auf Tante Ellas Kosten."

Ich muss lachen. Solche verrückten Ideen kann nur er haben.

„Was willst du mit den beiden Mädels, die du angerufen hast?"

„Die sollen uns heute die Zeit versüßen. Du wirst sehen, es sind richtige Sugar-Girls."

„Ich habe keine Lust!", protestiere ich.

„Lass mich das nur machen! Ich weiß, was in deinem Fall hilft."

Ich widerspreche nicht, da es keinen Sinn hat. Er packt für sich und mich Badesachen in eine große Tasche. Sogleich brechen wir auf. Die Frauen steigen am Südtiroler Platz ein und gemeinsam fahren wir nach Oberlaa ins Thermalbad.

In der Kurkonditorei kehren wir ein. Martin will frühstücken. Die Mädchen verschwinden zur Toilette.

Hungrig bin ich nicht. Der gestrige Schock hat sich auf meinen Magen gelegt. Die köstlichen Naschereien auf der Speisekarte lassen mich kalt.

„Du bist heute von mir eingeladen. Genieße, was ich dir bieten werde!", meint Martin als er mein Zögern bei der Bestellung bemerkt.

Er sagt das in einem Ton, der keinen Widerspruch zulässt. Bisher habe ich bei seinen Entscheidungen keine bösen Erfahrungen gemacht und vertraue ihm. Ich bestelle eine heiße Schokolade und ein Stück Sacher-Torte. Die Mädchen lassen sich Zeit. Ich merke, dass es Martin ärgert. Endlich tauchen sie auf. Sie haben sich die Haare aufgekämmt und Rouge aufgelegt, was vor einem Saunagang unnütz ist. Ihr Aussehen ähnelt denen von Modepuppen und nicht von zwei Wesen aus Fleisch und Blut. Das ist mein erster Eindruck. Ob er richtig ist, weiß ich nicht. Sie sprechen beide einen gewöhnungsbedürftigen Dialekt. Das stört mich an ihnen.

Als wir mit dem Frühstücken fertig sind, eilen sie erneut zur Toilette. Ich frage Martin, ob sie vom horizontalen Gewerbe sind.

„Wo denkst du hin! Die eine hat eine eigene Boutique und die andere ist Sekretärin in einem kleinen Privatbetrieb. Wie kommst du darauf?"

„Es ist ihre ordinäre Aussprache."

„Nicht alle sprechen feinen Schönbrunner Dialekt wie du! Wärst du in ihrem Grätzl aufgewachsen, würdest du genauso geschert daherreden. Niemand kann sich aussuchen, wo er geboren wird."

„Sie sind alt genug, sich eine bessere Ausdrucksweise anzueignen, zumindest könnten sie Hochdeutsch sprechen."

„Lass mir die Piefkes aus dem Spiel! Deren Dialekte sind haarsträubend. Die einzigen, die man versteht, sind die Bayern."

„Ich will nicht mit dir streiten!", beschwichtige ich.

„Die beiden sind solo. Ich habe sie bei einer Vernissage kennengelernt und anschließend mit zu mir nach Hause genommen. Sie sind wirklich steile Zähne. Du kannst dir aussuchen, mit welcher du dich heute abgeben willst."

„Mir ist nicht nach einer Frau zumute", entgegne ich abweisend.

„Lassen wir das! Du wirst deine Meinung ändern, wenn du sie ausgezogen vor dir siehst. Sie haben super Figuren."

Im Kurbad Oberlaa war ich lange nicht mehr und bin gespannt, was sich nach dem Umbau geändert hat. Martin kümmert sich um die Tickets und die Mädels finden uns am Eingang zu dem großen Saunakomplex. Wir gehen gemeinsam in den Umkleideraum für gemischte Sauna.

Bedächtig entledige ich mich meiner Kleidung und schiele verstohlen zu unseren Begleiterinnen. Sie sind früher mit dem Ausziehen fertig und gehen zur Dusche. Martin hatte in keiner Weise übertrieben. Beide haben eine tolle Figur. Locker bewegen sie sich und lachen viel miteinander. Worüber? - Das weiß ich nicht.

Sie sind tätowiert. Die eine hat ein sogenanntes „Arschgeweih" und die andere farbige Schmetterlinge auf der rechten Gesäßbacke. Damit kann ich sie auseinanderhalten. Die Schmetterlinge gefallen mir gut. Das schwarze Geweih ist unpassend. Viele Frauen sieht man in den Bädern damit herumlaufen.

In Badetücher gehüllt, betreten wir den inneren Saunabereich. Ich sehe auf die Informationstafeln, wo und wann der nächste Aufguss in den finnischen Saunen ist. Martin und unsere Begleiterinnen wollen zuerst in eine der drei Dampfbäder oder das Laconium gehen. Wir trennen uns und ich öffne die Tür zur finnischen Sauna „Gartenblick".

Es sind nur wenige freie Plätze vorhanden. Ich setze mich in eine Lücke auf der mittleren Bank und sehe mich unauffällig um. Es muss das Seniorenheim geschlossen Ausgang haben, denke ich mir. Sie scheinen alle im Pensionsalter zu sein. Die Vertrautheit ihrer Gespräche lässt vermuten, dass sie sich gut kennen. Meine Anwesenheit scheint niemand zu stören. Sie nehmen keine Notiz von mir.

Ein junger Mann mit Lendenschurz betritt den Saunaraum. Es ist der Saunameister oder Wachler. Er gießt mehrere Schöpflöffel Wasser aus einem bereitstehenden Holzkübel auf die heißen Lavasteine. Zischend steigt der Dampf auf und die Wärme senkt sich von oben auf die nackten Leiber. Die Hitze ist unerträglich. Ich sehe mich nach einem freien Platz in der untersten Reihe um und überlege, wie lange ich die Marter aushalten kann.

Langsam gewöhne ich mich an die stechende Wärme und es stört mich nicht, wenn der Wachler mit seinem Handtuch die heiße Luft in meine Richtung fächelt. Mit dem ersten Aufguss sind sämtliche Gespräche verstummt. Von den beiden dicken Frauen, links und rechts von mir, höre ich leises Stöhnen, sobald der junge Mann im Lendenschurz Wasser auf die Steine gießt. Ob es eine Folge der Hitze ist oder ob die beiden Damen den Jüngling mit dem wedelnden Tuch herzig finden, kann ich nicht sagen. Mir fällt auf, dass nur die Frauen stöhnen.

Nach drei Aufgüssen gibt der Saunameister auf. Schweißtriefend, mit hochrotem Kopf, versucht er zu entkommen. Starker Applaus folgt dem Davoneilenden. Ich bleibe zum Nachschwitzen ein paar Minuten länger sitzen und bin der Letzte, der den Raum verlässt.

Unter der Dusche spüle ich den Schweiß ab und steige in das kalte Wasserbecken. Es ist eine Wohltat.

Im Becken schwimmt Martin mit unseren Begleiterinnen.

„Wie war's?", will die mit dem Geweih von mir wissen.

„Wunderbar! Ihr dürft es euch nicht entgehen lassen",
schwärme ich.

„Im Dampfbad waren wir allein. Ich konnte nichts
mehr erkennen. Es war wie im dichten Nebel", erzählt
die Schmetterlingsfrau.

„Da hast du Glück gehabt, den Ausgang zu finden",
bemerke ich ironisch.

„Martin hat uns am Händchen gehalten", meint sie und
beide beginnen laut zu kichern.

„Was ist mit den beiden los?", frage ich Martin.

„Das musst du sie selber fragen! Wir hatten viel Spaß im
Dampfbad. Wie die Hühner haben sie aufgeschrien,
wenn ich sie angefasst habe. Wir konnten im Nebel
nichts sehen. Wohin gehen wir als nächstes?"

„Zweimal will ich noch in die finnische Sauna", sage ich.

„Ist das für die Mädels nicht zu heiß?", will Martin wissen.

„Sie können sich in die untere Reihe setzen", schlage ich
vor.

Schmetterling und Arschgeweih kichern wie pubertie-
rende Mädels. Martin unterbricht sie und teilt ihnen mit,
dass wir als nächstes in die finnische Saune gehen. Sie
protestieren leicht. Es hat ihnen im Dampfbad gut gefallen.

Ich schwimme eine kleine Runde im kalten Becken und
gehe mit den anderen zu dem finnischen Saunaraum.
Beim Eintreten stelle ich auf den ersten Blick fest, dass
die gleichen Leute da sind. Sie sitzen in kleinen Gruppen zusammen und unterhalten sich. Es ist noch Zeit,
bis die rote Lampe aufleuchtet und der erste Aufguss

erfolgen wird. Zum Glück ist dieser Raum größer und wir müssen uns nicht einzeln in die verbleibenden Lücken auf den Bänken pressen.

An einer Seite war für uns vier genügend Platz. Martin und ich setzen uns in die mittlere Stufenreihe und die Frauen kuscheln sich zwischen unsere Beine auf der unteren Bank. Neugierig und bewundernd sehen die alten Männer verstohlen zu den Mädels. Giftige Blicke ihrer Frauen bremsen sie ein. Der eine oder andere Graurücken muss sich einen Klaps von ihnen gefallen lassen. Es ist das Spiel der Generationen zwischen Jung und Alt. Unsere Frauen genießen offensichtlich die Bewunderung durch die älteren Herren. Sie kokettieren und kichern in einem fort.

Der Saunameister macht dem Spiel ein Ende. Es ist ein anderer junger Mann und gut gebaut, als käme er aus einer Gladiatorenschule. Die Zeremonie beginnt und es wird still. Der Wachler lässt sein Handtuch kreisen. Unsere Mädels fangen an zu lachen. Es scheint die Herren zu stören. Einer von ihnen ruft laut und deutlich „Ruhe".

Das Wort ist respekteinflößend ausgesprochen. Die Schmetterlingsfrau, die zwischen meinen Beinen sitzt, sinkt in sich zusammen und verstummt augenblicklich. Ich hätte gewettet, dass niemand es schafft, sie zur Ruhe zu bringen. Das Gekicher hatte mich auch gestört.

Die Hitze tut ihr Restliches. Zu meinen Füßen höre ich leichtes Stöhnen. Der Wachler meint es gut mit uns. Er fächelt die heiße Luft den Mädels zu. Der Anblick dieser feschen Katzen gefällt ihm besser als in Richtung Altersheim zu sehen.

Nach dem Applaus stürzen alle aus dem Raum. Wir sind die Letzten, da man dem Alter den Vortritt lässt. Unsere Begleiterinnen eilen an der Schlange, der vor den Duschen stehenden Nackedeis, vorbei. Sie wollen, ohne vorher den Schweiß abzuspülen, in das Kaltwasserbecken springen.

Eine wohlbeleibte Frau schreit laut „Halt!". Sie steht inmitten der Altenriege, in der Schlange, vor der Dusche an.

„Was wollen Sie?", erwidert unsere Geweihfrau.

„Mit ihrem Schweiß verschmutzen Sie das Wasser", giftet die Dicke zurück.

„Wenn Sie hineinpinkeln ist das viel schlimmer."

„Das tue ich nicht, Sie freches Stück!"

„In ihrem Alter merkt man das nicht."

Ein Wort ergibt das andere. Die Altenriege tritt geschlossen auf und es beteiligen sich jetzt die Männer an dem Streit. Er scheint zu eskalieren und in Handgreiflichkeiten auszuarten.

„Lass uns das Feld räumen!", flüstere ich Martin zu.

Er nickt. Wir fassen unsere Mädels an der Hand und ziehen sie von der aufgebrachten Meute weg.

Sie wollen nicht klein beigeben.

„Gehen wir essen!", schlägt Martin vor.

Er hofft, dass wir unsere Frauen auf diese Art von dem Unruheherd weglocken können. Wir erreichen den Umkleideraum, duschen und ziehen uns an. Die Frauen brauchen eine Ewigkeit für Föhnen und Make-up.

Im Restaurant warten wir auf sie und studieren die Speisekarte. Das Angebot ist gut und Hunger habe ich wie ein Bär.

Nach einer Viertelstunde sitzen wir noch allein da.

„Unsere Damen lassen uns lange warten", bemerke ich frustriert.

„Wir werden ohne sie bestellen. Ihnen wird der Appetit nach dem Streit vergangen sein", sagt Martin und gibt dem Kellner ein Zeichen. Wir entscheiden uns beide für das erste Hauptgericht.

„Was hältst du von dem Zank unserer Hübschen?", will ich von meinem Freund wissen.

„Das ist deren Sache, da mische ich mich nicht ein", erwidert er kurz.

„Gibst du ihnen Recht?"

„Was soll's, die alten Schachteln wären nicht von dem bisschen Schweiß umgekommen", meint Martin.

„In den Saunaregeln steht, dass man nach dem Aufguss erst duschen soll", bemerke ich.

„Dann müssen sie mehrere Duschen zur Verfügung haben. Ich mag mich nicht in einer Schlange anstellen", erwidert er gereizt.

„Was machen wir nach dem Essen?", will ich wissen.

„Ich schlage vor, dass wir zu mir fahren und ein wenig entspannen", sagt Martin.

„Meinst du, dass die Mädel es wollen? Die sind arg aufgeregt."

„Nach einer guten Mahlzeit kommt alles ins Gleichgewicht. Du wirst sehen!", erwidert Martin überzeugt.

Unser Essen kommt.

„Fangen wir an!", sagt er und wir lassen es uns schmecken.

Als wir den letzten Bissen im Mund haben, erscheinen unsere Schönheiten mächtig aufgeputzt. Sie sind überrascht, dass wir mit dem Essen nicht auf sie gewartet haben. Martin beruhigt sie und fragt nach ihren Wünschen. Sie entscheiden sich für das gleiche Hauptgericht. Wir nehmen einen Nachtisch, um ihnen nicht beim Essen zusehen zu müssen.

Das Thema mit dem Streit ist nicht vergessen. Die Geweihfrau fängt davon an. Sie will von uns hören, dass sie im Recht ist. Martin stimmt ihr zu und ich schweige.

Das Essen kommt und der Appetit unserer Damen hat durch die Auseinandersetzung in der Sauna nicht gelitten. In Windeseile verzehren sie das Hauptgericht und sind mit ihrer Nachspeise fertig, bevor ich den letzten Bissen meiner Sacher-Torte verspeise.

Genüsslich schlürfen wir unseren Espresso. Martin versucht die Mädels auf einen gemütlichen Nachmittag bei ihm Zuhause einzustimmen. Das Wetter passt zu dem was er mit ihnen vorhat. Es regnet leicht und ein kühler Wind bläst vom Norden. Ideal, um daheim zu bleiben oder in eine Disco zu gehen. Zum Tanzen ist es zu früh. Es bleibt nur die Wohnung übrig.

Die Frauen fangen erneut von dem Streitthema in der Sauna an. Das gute Essen hat sie nicht besänftigt. Die mit dem Geweih, deren Namen ich nicht behalten kann, fragt mich nach meiner Meinung.

„Du sagst nichts!", fährt sie mich von der Seite an.

Mir gefällt der Ton nicht. Ihre Worte klingen wie eine Anklage.

„Wieso willst du wissen, wie ich darüber denke?", kontere ich gereizt.

„Ich sehe dich nur schweigend dasitzen. Hast du keine eigene Meinung?"

„Bisher hast nur du gesprochen! Was willst du mit deiner Fragerei? Mir scheint, du bist unsicher, ob du Recht hast. Von uns verlangst du eine Bestätigung deiner Meinung."

Verdutzt sieht sie mich an.

„Denkst du anders darüber?"

„Ja!", antworte ich kurz.

„Das will ich jetzt genauer wissen!"

„Es gibt Regeln in der Sauna, an die sich alle halten müssen", sage ich.

„Regeln sind da, damit man sie bricht", ergänzt Martin scherzhaft und lacht.

Die Bemerkung kommt nicht gut an. Die Streitsüchtige springt von ihrem Stuhl auf und sieht ihre Freundin an.

„Lass uns gehen!", sagt sie wütend.

„Ich bleibe!", erwidert die Schmetterlingsfrau und sieht Martin erwartungsvoll an. Er nickt ihr zu und die Geweihte verlässt zornig das Restaurant.

Martin zahlt die Rechnung und wir drei fahren in die Lerchenfelder Straße. In der Nähe meines Autos findet er einen Parkplatz. Ich sage Martin, dass ich lieber gleich nach Hause fahren möchte.

„Du weißt nicht, was dir entgeht!", versucht er mich umzustimmen.

Mein Entschluss steht fest, wir trennen uns.

12

Wien, NILE Büro

Die neue CAD-Workstation wurde neben dem verglasten Raum des Konstruktionschefs aufgestellt. Ich soll
sie testen, da ich auf der Baustelle eine ähnliche bekommen werde. Es ist für mich eine Freude, damit zu
arbeiten und ich bin Herrn Müller dankbar, dass er sie
mir als ersten überlässt. Das CAD-Programm ist ähnlich
wie das der Arbeitsstationen. Ich komme gut damit
zurecht und bin nicht von dem Schirm wegzubekom-
men.

Karin hatte mich angerufen und gebeten, dass wir miteinander reden. Sie beteuerte, dass es ihr leidtut, wie
alles gekommen ist und wir uns aussprechen müssen.
Ich schlug ihr vor, dass wir uns bei mir Zuhause treffen.
Sie lehnte ab. Uns blieb nur, bis Samstag zu warten.

Mitte der Woche rief sie mich an und teilte mir unter
Tränen mit, dass sie die theoretische Fahrprüfung nicht
bestanden hat und wiederholen muss. Ich versuchte sie
zu trösten. Sie war gut vorbereitet. Ihr Versagen schrei-
be ich zum Teil mir zu. Wäre ich an dem Samstagabend

nicht bei ihr geblieben, gäbe es die Aufregung mit ihrem Vater nicht. Diesen Stress hat sie nicht verkraftet.

Morgen ist es soweit, dass wir uns wiedersehen. Ob ich die Beziehung mit ihr beende weiß ich noch nicht. Martin hatte mir geraten, Schluss zu machen. Ich bin unsicher, ob ich das will. Innerlich zerrissen, grüble ich darüber nach, was das Richtige ist. Der Verstand sagt mir, mich zu trennen und das Gefühl, bei ihr zu bleiben.

Viel Arbeit ist gut, um solche Gedanken zu verdrängen. Ich wende mich meinem Bildschirm zu und kontrolliere den Stromlaufplan zu einem der vielen Schaltschränke. Ich merke nicht wie spät es ist.

Von hinten spricht mich jemand an.

Erschrocken fahre ich zusammen.

„Bald ist es soweit. In vier Wochen fliegen wir nach Shanghai und fahren von dort auf die Baustelle."

Es ist Toni, der mir die gute Nachricht überbringt.

„Bleiben wir lange?"

„Nein, es ist nur ein Meeting. Nach zwei Wochen kommen wir zurück."

„Hast du die 19 Koffer schon gepackt?"

Toni lacht verhalten.

„Die brauchen wir erst, wenn wir für längere Zeit hinfahren."

„Wann rechnest du damit?", möchte ich wissen.

„Etwa Mitte des Jahres."

„Und wann kommen wir zum ersten Mal nach Hause?"

„Nicht vor Weihnachten! Die Feiertage verbringe ich mit meiner Familie. Es ist ein ungeschriebenes Gesetz."

„Haben die Chinesen frei?"

„Wo denkst du hin, die feiern nur ihr Frühlingsfest! Das ist Wochen später."

„Was tun die, wenn keiner von uns auf der Baustelle ist?"

„Wer sagt, dass keiner von uns dort sein wird? Der Bauleiter ist mit seiner Frau da und eventuell du."

„Wieso ich?", frage ich verwundert.

„Du bist ledig, hast keine Frau und Kinder."

Er sagt das scherzhaft.

Wenn es notwendig ist, muss es sein. Meine Eltern würden es verstehen.

Toni informiert mich, welche Vorbereitungen ich in den nächsten Tagen treffen soll.

„Um Tickets für den Flug und die Visa kümmert sich die Sekretärin. Du musst alles einpacken, was wir für das Meeting brauchen."

„Das sind mehrere Koffer an Papier", überlege ich laut.

„Damit musst du dich nicht abplagen. Speicher alle Dateien auf einen Laptop. Beamer und Drucker habe ich im Gepäck. Damit sind wir autark."

„Ich habe keinen tragbaren Computer", bemerke ich.

„Das macht nichts. In unserer Abteilung sind zwei für solche Fälle verfügbar. Fange gleich am Montag an, die Dateien, die wir benötigen, darauf zu kopieren!"

Toni sieht auf seine Armbanduhr. Er hat es eilig und verabschiedet sich flüchtig von mir.

Das ist eine gute Nachricht. Jetzt habe ich einen Termin und der Countdown läuft. Zeit für Gedanken an Karin gibt es nicht mehr. Am liebsten würde ich das Treffen mit ihr, morgen Früh um 10 Uhr im Landtmann, absagen. Wie soll ich es begründen? Es fällt mir nichts ein. Ich lasse es bei der Verabredung.

13

Wien, Am Graben

Früher als vereinbart erscheine ich im Caféhaus. Karin ist noch nicht da und ich sehe mich um. Der Raum und die Atmosphäre sind mir vertraut. Ob ich das alles in China vermissen werde?

Gern bin ich hier und lese die Tageszeitungen. Zu dieser Jahreszeit sind die Touristen noch nicht über die Innenstadt hergefallen und die Wiener können sie für sich genießen. Es wird bald anders sein.

Niemand beklagt sich über die Fremden. Sie geben viel Geld in den Geschäften aus und das beflügelt die Wirtschaft.

Karin kommt auf mich zu.

Wir begrüßen uns mit einem Bussi, links und rechts, auf die Wangen. Sie wirkt abgehetzt. Eine Bahn war ausgefallen. Von dem Schock der verpatzten Fahrprüfung scheint sie sich erholt zu haben und ich nehme mir vor, nicht darüber zu sprechen.

Karin fängt selber an und erzählt, wie es abgelaufen war und was sie falsch gemacht hat.

„Der Vorfahrtsfehler im Kreuzungsbereich war hauptsächlich schuld, dass ich wiederholen muss."

„Wann wirst du die praktische Fahrprüfung machen können?", will ich wissen.

„Ich darf erst antreten, wenn ich die Theoretische bestanden habe. Hilfst du mir, mich vorzubereiten?"

Nachdenklich sehe ich sie an.

„Was ist mit dir?", fragt sie unsicher.

„Ich reise in vier Wochen nach China."

„Oje!"

„Wann ich zurückkomme kann ich nicht sagen", lüge ich.

Es ist eine gute Einleitung, um ihr die Auflösung unserer Beziehungen mitzuteilen. Mühsam versuche ich ihr meinen Standpunkt zu erklären.

Ich gebe keinem von uns die Schuld, dass es zur Trennung kommt. Es sind die widrigen äußeren Umstände, das Zerwürfnis mit ihren Eltern und meine Abreise. Keiner von uns soll sich Gewissensbisse machen und wir können in Zukunft gute Freunde bleiben.

Enttäuscht sieht mich Karin mit ihren schönen großen Augen an und schweigt. Sie tut mir leid.

Wie es meine Art ist, versuche ich eine Kompromisslösung zu finden.

„An den Wochenenden vor meiner Abreise können wir uns eventuell sehen."

Ich ärgere mich, dass ich das gesagt habe. Wieso mache ich ihr Hoffnung, wenn ich Schluss machen will?

Wie eine Ertrinkende greift Karin nach dem Strohhalm, den ich ihr gereicht habe.

„Wenn du es willst, können wir uns bei dir Zuhause in Hietzing treffen. Ich würde mich freuen, deine Eltern kennenzulernen."

Jetzt wird es gefährlich denke ich und suche krampfhaft eine Lösung, um da herauszukommen.

„Meine Eltern sind altmodisch. Du würdest dich in ihrer Gegenwart nicht wohlfühlen."

„Es kommt auf einen Versuch an. Schlimmer als meine Eltern können deine nicht sein."

Augenblicklich steht die peinliche Situation vom letzten Wochenende vor meinen Augen.

„Ist dein Vater noch verärgert?"

„Ich denke, er hat dir verziehen. Die Mutter hat ihn hart ins Gebet genommen und wir haben zu dritt alles am Tisch ausdiskutiert."

„Was gibt es da zu bereden?", frage ich verwundert.

„Das, was er über dich gesagt hat, ohne dich zu kennen."

„Niemand kann es ungeschehen machen", erwidere ich gekränkt.

„Man muss über alles sprechen können. Meine Eltern möchten, dass du sie besuchst und ihnen verzeihst."

„Wie stellen sie sich das vor? Dein Vater und ich werden nie miteinander auskommen können."

„Du kennst ihn zu wenig! Es war eine Überreaktion von ihm. Du hast mir gesagt, dass er Angst um mich hatte."

„Deswegen braucht er nicht gleich losschreien."

Karin nickt zustimmend.

„Ich war enttäuscht von ihm. Am liebsten wäre ich mit dir fortgegangen. Du hast mich davon abgehalten. Das sagte ich meinen Eltern und es tut ihnen jetzt leid, dass sie dich falsch eingeschätzt hatten."

Mir fallen keine Argumente mehr ein, um meinen Hals aus der Schlinge zu ziehen. Das einzige, das ich tun kann ist Zeit zu gewinnen. Karin versteht mein Zögern falsch. Sie denkt, dass ich einsichtig bin und zwischen uns alles gut ist. Ich traue mir in diesem Moment nicht ihr die Wahrheit zu sagen.

Lächelnd sieht sie mich an und umfasst meine Hände als wollte sie mich festhalten.

„Meine Eltern würden sich freuen, wenn du morgen Mittag zum Essen kommst. Sie haben mich gebeten, dir das zu sagen."

Das gefällt mir nicht. Ich könnte eine andere Verabredung vortäuschen, um der Schlinge zu entgehen.

Mir fehlen der Mut und auch der Wille. Möglicherweise verbindet uns mehr als ich wahrhaben will und mir selber nicht eingestehe. Ich lasse mich durch ihren Charme betören und sage zu.

Wir spazieren durch die Innenstadt zum Graben und sehen uns die Auslagen in den Geschäften an. In einem urwienerischen Lokal kehren wir ein und gehen anschließend ins Kino.

Es ist ein Heimatfilm mit viel Liebe in den Bergen. Nur „Heidi" fehlt. Nach meiner Niederlage im Café suche ich Karins körperliche Nähe. Ein anderer Ort als das Kino ist mir nicht eingefallen. Wir sitzen in der letzten Reihe. Ich sehe mich um ob wir ungestört sind. Zwei alte Damen haben ganz vorn Platz genommen. Sie sind wahrscheinlich halb taub und halb blind und scheinen uns nicht zu bemerken.

Die Vorstellung beginnt pünktlich und die Saalbeleuchtung wird ausgeschaltet. Ich lege meinen Arm über Karins Schulter und ziehe sie zu mir. Sie weicht nicht zurück und lässt mich machen.

Am Ende der Vorstellung habe ich nicht viel von der Handlung des Films mitbekommen.

Karin knüpft ihre Bluse zu und streicht die verstrubbelten Haare glatt. Wie Kinder, die Unerlaubtes getan haben, schleichen wir uns an den beiden alten Damen vorbei, zum Seitenausgang.

Wir gehen zur nächsten U-Bahnstation. Ich muss Karin versprechen, morgen pünktlich zum Mittagessen zu erscheinen. Zufrieden fahre ich heim. Es ist anders gekommen, als ich geplant habe.

Die Mutter bemerkt meine euphorische Stimmung. Sie fragt nicht, warum ich froh gelaunt bin. Ich erzähle ihr von der Einladung zum Mittagessen bei Karins Eltern. Sie sieht mich zufrieden an und bittet mich, Karin für den darauffolgenden Sonntag zu uns einzuladen.

In meinem Zimmer setze ich die Kopfhörer auf und höre Musik. Ich denke an Karin und mir wird bewusst, dass ich sie nicht mehr aus meinem Leben streichen oder verdrängen kann. Sie gehört zu mir und ich bin froh darüber. Ob ich sie liebe? Darüber will nicht nachdenken.

Die neueste CD meiner Lieblingsband lege ich in den Player. Ich strecke mich auf der Couch aus und lasse mich von dem Sound zudröhnen.

Meine Gedanken kreisen um die Begegnung mit Karins Eltern. Ich weiß nur wenig über sie.

Wie wird der Vater reagieren, wenn wir uns gegenüberstehen? Wird er mich ins Kreuzverhör nehmen und nach allem ausfragen? Werden Karins Eltern mich nur beobachten? Es gibt viele Möglichkeiten, dass mir bange wird.

Mit diesem mulmigen Gefühl im Bauch schlafe ich ein.

Die Sonne scheint in mein Zimmer und ich sehe hinab in den Garten. Susi bereitet ein Gemüsebeet für die Aussaat vor. Sie sieht nicht übel aus, wie sie sich mit hochgekrempelten Ärmeln und Gummistiefeln bewegt.

Ihr Mann erscheint auf der Bildfläche und sie kommandiert ihn wie einen dummen Jungen herum. Angewidert wende ich mich ab.

Die Mutter wartet mit dem Frühstück und rät mir, ein paar Blumen zu kaufen.

Ich überlege, was ich anziehe und entscheide mich für Sakko und Krawatte. Meine Mutter nickt mir anerkennend zu. Sie sieht es gern, wenn ich gut gekleidet bin.

Mit dem Auto fahre ich in Richtung Wienzeile. An einem Blumenladen halte ich an und kaufe einen Strauß Frühlingsblumen. Die Nervosität steigt. An ihren Vater will ich nicht denken. Ich kann mir schwer vorstellen, dass er mir verziehen hat. Wenn er laut wird, werde ich sofort heimfahren. Das wäre das endgültige Aus und niemand würde es schaffen mich umzustimmen.

Ich läute an der Eingangstür und höre Karins Stimme. Der Summer schnurrt und ich drücke die Glastür auf. Mit dem Aufzug gelange ich in den dritten Stock. Im Stiegenhaus steht Karin und begrüßt mich mit einem Lächeln, für das ich ein kleines Königreich hergeben würde.

„Sind die Blumen für mich?", fragt sie belustigt.

„Nein, nein, … für deine Mutter", stottere ich und knülle schnell das Seidenpapier, in das der Strauß eingewickelt war, zusammen.

„Meine Eltern freuen sich, dass du kommst."

Sie hakt sich bei mir ein und schiebt mich durch den langen Gang zur Wohnungstür. Ein Entkommen ist jetzt ausgeschlossen. Ihre Mutter öffnet und ich überreiche ihr die Blumen. Sie bedankt sich freundlich und bittet mich in das Wohnzimmer.

Dort sitzt der strenge Vater, der mich vor einer Woche aus der Wohnung geschmissen hat. Er steht auf und begrüßt mich mit Handschlag als wäre nichts gewesen. Ich hatte ihn mir anders vorgestellt, grimmig mit heruntergezogenen Mundwinkeln und vorstehendem Kinn. Er ist ein untersetzter Mann mit leicht, grau meliertem Haar. Der Jogginganzug, den er trägt, unterstreicht seine sportliche Erscheinung und lässt ihn jünger wirken.

„Sie haben meiner Tochter das Einparken beigebracht", beginnt er nach einer Weile eisigen Schweigens.

Es ist mir recht, dass er über Karins Fahrschule spricht und das Vorkommnis von letzter Woche außer Acht lässt.

„Sie lernt leicht! Es ist schade, dass sie die theoretische Prüfung nicht auf Anhieb geschafft hat", bemerke ich.

„Bedauerlich! Nur wenige haben bestanden. Es muss nicht an den Fahrschülern liegen. Manche sind öfter angetreten. Es ist im Interesse der Fahrschulen, ihre Zöglinge länger zu behalten. Sie verdienen gut an ihnen."

„So wird es sein!", bestätige ich ihm und nicke zustimmend mit dem Kopf.

Karin kommt mit dem Geschirr aus der Küche und deckt den Esstisch im Wohnzimmer. Ein wunderbarer Duft nach Schweinsbraten strömt in meine Nase. Karin lächelt mir zu, als sie bemerkt, dass ich den Bratenduft tief einatme.

„Du hast hoffentlich großen Hunger", meint sie lächelnd.

Ihr Vater nimmt mir die Antwort ab.

„In ihrem Alter kann man noch nach Herzenslust essen. Das hört ab 40 auf. Zu schnell legt man ein Kilo zu und quält sich wochenlang, es loszuwerden."

„Sie haben mit dem Gewicht kein Problem", bemerke ich.

Das Kompliment scheint ihn zu freuen. Triumphierend sieht er zu Karin und zieht seinen Bauch ein.

„Man tut, was man kann. Am Wochenende spiele ich Fußball und jeden Freitag Volleyball. Das hält fit. Was treiben Sie für Sport?"

Verlegen sehe ich Karin an.

„Gar keinen!"

Seine Stirnhaut schlägt erste Falten.

„Das hätte ich nicht gedacht. Sie sehen aus, als kämen Sie gerade aus einem Fitnesscenter."

„Das kommt vom Rasenmähen oder Umgraben im Garten."

„Körperliche Arbeit ist genauso gut wie Sport", versucht er mein peinliches Eingeständnis abzuschwächen. An seinem Gesichtsausdruck lese ich ab, dass er enttäuscht ist. Seine Tochter bringt einen Sportbanausen mit nach Hause. Über Fußball kann er sich nicht mit mir unterhalten. Er sucht krampfhaft nach einem neuen Thema.

„Sie sind Techniker von Beruf, erzählte mir meine Tochter."

„Das stimmt! Ich bin Elektrotechniker und arbeite als Konstrukteur."

Erneut bilden sich Falten auf seiner Stirn. Ob mein Beruf ihm missfällt oder zusagt, kann ich nicht erkennen. Es stört mich nicht über meine Arbeit zu sprechen. Ich bin stolz auf das, was ich tue und freue mich, wenn sich jemand für meine Tätigkeit interessiert. Technik ist für viele ein zu trockener Stoff. Interessanter wäre es, wenn ich einen Beruf ausüben würde, der mehr Ansehen und Gewicht in der Gesellschaft hat, wie zum Beispiel Musiker in einem Orchester oder Trainer einer bekannten Fußballmannschaft. Mit all dem kann ich nicht aufwarten. Das ist mir bitter bewusst. Für mich ist die Freude an der Arbeit wichtig. Wenn ich morgens aufstehe, muss ich wissen, was ich an dem kommenden Tag alles erledigen will. Unbegreiflich ist für mich, dass manche planlos in den Tag hineinleben.

Karin kommt mit der Suppenterrine und stellt sie auf den Tisch. Wir nehmen Platz und die Hausfrau gibt jedem eine Kelle Frittatensuppe auf den Teller. Ich koste und lobe die Kochkunst von Karins Mutter.

„Die Suppe hat Karin zubereitet. Das Lob muss ich an sie weitergeben", bemerkt sie.

Karin und ich sitzen uns an der Längsseite des Tisches gegenüber und sie bekommt einen hochroten Kopf.

„Danke, das ist nicht der Rede wert", flüstert sie schüchtern.

Ihr geht es wie mir. Ein lautstarkes Lob vertrage ich schlecht. In dem Moment wünschte ich, dass es nicht ausgesprochen wäre.

Ihr Vater erzählt vom letzten Urlaub am Mittelmeer. Er will wissen, ob ich den Ort und die Gegend kenne.

Als ich ihm sage, dass ich noch nie in den südlichen Ländern war, sieht er mich an, als käme ich von einem anderen Planeten.

„Wo verbringen Sie ihren Urlaub?", fragt er verwundert.

„Meist daheim oder in den Alpen."

„Dann sind Sie Bergsteiger?"

„Nein, ich gehe wandern oder helfe meiner Tante auf ihrem kleinen Hof in der Steiermark."

„Hat sie keinen Knecht?"

„Ihr Mann ist seit langem gestorben und das Geld für einen Knecht wirft das Anwesen nicht ab. Mein Vater und ich reparieren, was kaputtgegangen ist."

Das Hauptgericht wird aufgetragen. Das Endstück des Schweinebratens bekommt Karins Vater. Ich wage nicht, nach dem zweiten Scherzl zu fragen. Der Duft von Knoblauch steigt mir in die Nase und ich überlege, ob ich morgen eine wichtige Besprechung habe. Mich stören die Ausdünstungen von diesem wunderbaren Gewürz bei anderen nicht und zum Zahnarzt muss ich erst in ein paar Wochen gehen.

Das Fleisch ist zart und saftig und die Kruste knusprig. Der Braten ist köstlich. Bei der Vergabe von Lob, versuche ich maßvoll zu bleiben, damit es nicht übertrieben klingt. Zum Schluss gibt es als Dessert Kompott aus der Dose.

Ich überlege, was Karins Vater als nächstes von mir wissen will und ob ich seine Erwartungen weiter unterbieten kann. Mit dem bisherigen Ergebnis wird er nicht zufrieden sein. Er wünscht sich wahrscheinlich einen Schwiegersohn, der zumindest ein Fußballfan oder noch besser, ein Spieler ist. Bezüglich der Reisefreudigkeit im Urlaub, sieht er in mir den falschen Partner für seine Tochter. Jedes Jahr ermöglicht er ihr eine wunderbare Mittelmeerreise und was kann sie von mir erwarten, einem Mann, der nicht einmal im benachbarten Italien war.

Für sein Kind will er nur das Beste. Kritisch betrachtet, falle ich durch sein grobes Auswahlraster. Seine Körpersprache ist eindeutig. Als potentieller Schwiegersohn dürfte ich für ihn nicht in Frage kommen.

Wir setzen uns in die Sessel, die sich in der gemütlichen Ecke des Wohnzimmers befinden. Karin stellt eine Schachtel Pralinen auf den Couchtisch und fragt, wer einen Cappuccino oder Tee trinken möchte. Jetzt setzt Karins Mutter die Befragung fort. Sie dringt behutsam in mein familiäres Umfeld ein, will wissen, was meine Eltern tun und wo wir leben. Von meinen Antworten ist sie mehr angetan, als ihr Mann zuvor. Sie sagt es nicht.

Ich denke, dass sie in mir eine gute Partie für ihre Tochter sieht.

Am Ende der Befragung komme ich mir wie entblößt vor. Ich suche nach einer Möglichkeit meinen Besuch zu beenden. Es ist erstaunlich wofür sich Mütter alles interessieren. Als Grund für den plötzlichen Aufbruch nenne ich Vorbereitungen für die Arbeit.

Beide Frauen bedauern dies aufrichtig. Der Vater scheint froh über meinen Abgang zu sein. Gähnend zeigt er an, dass ihn das Gerede über meine Familienangelegenheiten langweilt. Er konnte mit mir nicht über die Ergebnisse der letzten Fußballspiele oder Mittelmeerreisen sprechen. Es tut mir leid. Für ihn bin ich ein Langweiler.

Karin bringt mich zum Auto. Sie will wissen, ob es mir gefallen hat. Ich verschweige ihr, dass mich derartiges Ausfragen nervt.

Um ihr einen Gefallen zu tun, entschließe ich mich, nicht ehrlich zu antworten.

„Deine Eltern sind nett und dein Vater hat den Rausschmiss von letzter Woche nicht erwähnt."

Karin ist sichtlich erfreut und glaubt, dass alles gut ist.

„Ich sagte dir, dass er umgänglich ist. Nur Überraschungen mag er nicht. Es ist schade, dass du jetzt gehst. Wir hätten uns in mein Zimmer zurückziehen können."

„Du hast Nerven!", entgegne ich abwehrend.

„Wieso? Es ist alles gut."

„Für mich nicht! Mir sitzt noch der Schreck in den Gliedern. Nie werden wir bei dir zusammen sein."

Enttäuscht sieht mich Karin an. In dem Moment tut sie mir leid. Wir stehen neben meinem Auto und unterhalten uns. Ich fühle mich vom Fenster aus beobachtet.

Ihre Eltern werden hinter der Gardine stehen und zu uns herabsehen. Ein Küsschen zur Verabschiedung verkneife ich mir und versuche schnell wegzukommen.

Ihre Eltern sind anders als meine. Es wird daran liegen, dass sie viel jünger sind. Ihre Mutter bekam Karin mit 19 und ihr Vater war 21.
Ob ich mit ihrem Vater in Zukunft warm werde, glaube ich nicht. Er ist von sich eingenommen und denkt, dass er der Beste ist.
Ihre Mutter scheint eine liebenswerte Frau zu sein. Sie steht unter der Knute ihres Mannes, zumindest habe ich diesen Eindruck.

14

Wien, U4 Hietzing

In der letzten Woche hat es in Wien viel geregnet. Kein Sonnenstrahl erhellte den Himmel. Alles verlief sich in einem nebligen Grau. Die Stimmung der Leute ist zunehmend gereizt. Sie sehnen sich nach Sonne und Wärme. In den Geschäften der Stadt weicht die Freundlichkeit. Gelangweilt und lustlos stehen die Verkäuferinnen in ihren Läden.

Mich stört das schlechte Wetter nicht. Ich habe viel zu tun und meine Arbeit gefällt mir.

Heinz Schulze, der Projektleiter, war soeben bei mir und hat sich die neue Workstation angesehen. Von der Möglichkeit alle Änderungen in den Zeichnungen gleich vor Ort auf der Baustelle erledigen zu können, verspricht er sich große Vorteile. Zu jeder Zeit würde er aktuelle, gültige Zeichnungssätze über die zu liefernden Anlagenteile zur Verfügung haben. Das bedeutet Zeit- und Kosteneinsparungen für das Projekt.

Früher konnten bei der Erstellung der Enddokumentation, die mit Hand eingetragenen Änderungen in den Zeichnungen nicht mehr richtig nachvollzogen werden. Es schlichen sich Fehler ein. Wenn alles am selben Tag korrigiert und ergänzt wird, ist der Zeitaufwand um vieles geringer und somit der Nutzen groß.

Ich frage ihn nach Einzelheiten zum Projekt und er gibt bereitwillig Auskunft.

Die Gesamtlaufzeit ist auf sechs Jahre geplant. Jetzt ist Halbzeit. Der Kunde hat die meisten Bauvorhaben abgeschlossen und wird bald mit der Montage unserer Anlagenteile beginnen. Im Anschluss folgt die Inbetriebsetzung. Wegen der Bedeutung des Projektes für die chinesische Wirtschaft ist größte Sorgfalt an den Tag zu legen, das weiß ich. Für unsere Firma ist es ein Referenzprojekt, das bei erfolgreicher Fertigstellung neue Aufträge nach sich ziehen könnte.

Dem Projektleiter ist das penible Verhalten von Toni bei der Durchsicht der Zeichnungen und dem Aufspüren von Fehlern wichtig. Ich bin bemüht, gründlich zu arbeiten und es ärgert mich, wenn ich etwas übersehen habe.

Der neue Hilfskonstrukteur von Alfred kommt zu mir. Er benötigt Angaben zu einem anderen Projekt, an dem ich gearbeitet hatte.

„Warum fragst du nicht Alfred, der kennt sich genauso gut aus wie ich?"

„Der meint, ich soll zu dir gehen."

„Er macht es sich leicht, der feine Herr. Wenn du mich ständig störst, komme ich mit meiner eigentlichen Arbeit nicht weiter."

„Alfred sagte mir, dass du weiterhin ein Auge auf sein Projekt werfen sollst."

„Nicht mehr! Ich habe meinen Teil der Arbeiten abgeschlossen", kläre ich ihn auf.

Ich glaube, dass es eine weitere Schikane von Alfred ist. Das zweite Projekt, das eine Anlage in Deutschland betrifft, habe ich mit ihm zusammen begonnen. Er kennt sich bestens aus. Mit meinem ehemaligen Konstruktionschef wurde bei meinem Weggang vereinbart, dass ich die Arbeiten für das deutsche Projekt abschließen soll. Das tat ich.

Ein junger Kollege, er heißt Christian, wurde an meiner statt dem Alfred zur Seite gestellt. Er sitzt jetzt gegenüber von ihm, auf meinem früheren Arbeitsplatz. Von Beginn an sucht er mich mehrmals am Tag auf und fragt nach irgendwelchen Daten oder Unterlagen. Das stört mich. Zum anderen tut mir Christian leid. Zu wem soll er gehen, wenn Alfred ihm nicht hilft?

Christian steht unschlüssig neben mir und sieht mich hilfesuchend an.

„Was soll ich tun?", fragt er verzweifelt.

„Mache es wie ich. Als ich hier anfing, habe ich den anderen Konstrukteuren über die Schultern gesehen. Du lernst schnell, was du wissen musst."

Im Moment hilft ihm der gute Rat nicht weiter. Ich lasse mich erweichen und lade die Zeichnungen zu seinem Projekt über das betriebliche Netzwerk auf meine Workstation. Durch die Verbindung mit dem zentralen Server ist das leicht zu bewerkstelligen. Am Log-File sehe ich welche Änderungen vorgenommen wurden. Es ist der Name und das Datum des Bearbeiters vermerkt. Auf den ersten Blick erkenne ich, dass Alfred sich an verschiedenen Zeichnungen versucht hat.

„Was ist dein Problem?", frage ich Christian.

Er zeigt mir in dem Register die Zeichnung, bei der er sich nicht auskennt. Sie war von mir erstellt und von

Alfred weiterbearbeitet worden. Es dauert eine Weile bis ich mich hineingefunden habe. Im Stromlaufplan soll eine falsche Verbindung zu einem Gerät bestehen. Ich kann keinen Fehler finden. Alles scheint richtig zu sein. Das aktivierte Prüfprogramm weist eine Fehlverdrahtung aus.

Im Log-File sehe ich mir Alfreds Änderungen an.

„Da ist der Fehler!", rufe ich erfreut.

Christian beugt sich über meine Schulter. Er kann nichts erkennen. Ein Zahlendreher ist die Ursache. Statt der Leiterbahn Nummer 98 hat er 89 geschrieben.

Hat Alfred den Fehler absichtlich eingefügt, um mich bei meiner Arbeit zu stören?

Es wäre dumm von ihm. Er weiß, dass ich über das Log-File den Verursacher des Fehlers herausfinden kann.

Ich zeige Christian die Stelle. Er ist erleichtert und freut sich weitermachen zu können.

„Das nächste Mal lass Alfred suchen!", gebe ich ihm mit auf den Weg.

Eine halbe Stunde habe ich verloren. Christian eilt davon und verspricht, mich nicht mehr zu stören.

Er tut mir leid. Ich bin der Einzige, den er fragen kann, wenn Alfred ihm nicht hilft. Toni wird wegen meiner vielen Fragen und Fehler in den Zeichnungen ebenso verzweifelt gewesen sein, wie ich.

Gerade habe ich an ihn gedacht, ist er am Telefon.

„Hallo Peter, was hast du morgen vor?", will er wissen.

Ich bin überrascht. Wieso fragt er mich, was ich am Samstag tue?

„Nichts Besonderes! Ich treffe mich mit meiner Freundin und wir wollen ins Kino gehen."

„Kannst du es verschieben? Ich bin morgen in der Firma und würde gern mit dir die Zeichnungen durchgehen."

„Ich weiß nicht, ob für mich Überstunden am Wochenende erlaubt sind?", gebe ich zu bedenken.

„Das geht in Ordnung! Ich sage der Sekretärin Bescheid. Die meldet dich beim Pförtner an."

Es passt mir nicht. Jeden Tag habe ich mehr als zehn Stunden im Büro verbracht. Entspannung brauche ich und Karin habe ich den Kinobesuch versprochen.

Absagen möchte ich Toni nicht. Wenn er wegen meiner Zeichnungen morgen extra ins Büro kommt, bleibt mir keine andere Wahl als da zu sein.

Das schlechte Wetter und der Arbeitsdruck senken meinen Gemützustand. Die ganze Woche habe ich mich auf das Wiedersehen mit Karin gefreut und jetzt macht mir Tonis Eifer einen Strich durch die Rechnung. Wie er will ich nicht werden und mich von seiner Workaholic-Krankheit anstecken lassen. Es kann sich nicht alles nur um die Arbeit drehen. Hobbies und Familie haben für mich den gleichen Stellenwert.

Schlechtgelaunt rufe ich Karin an, um ihr für den morgigen Kinobesuch abzusagen. Sie ist brav und lässt es sich am Telefon nicht anmerken, dass sie sauer ist. Ich verspreche ihr, dass ich mich nach dem Essen am Sonntag bei mir Zuhause revanchieren werde.

„Hast du einen besonderen Wunsch?", frage ich mit vorgehaltener Hand am Hörer, damit niemand von den unmittelbaren Kollegen mitbekommt, was ich sage.

„Ich will nur mit dir zusammen sein", flüstert sie in das Telefon.

„Wir können nach dem Essen auf mein Zimmer gehen, dort sind wir ungestört."

„Nein, das will ich nicht!", sagt sie.

Ich überlege.

„Möchtest du ins Kino oder in die Sauna?"

„Lieber ins Kino, wo nicht viele Leute sind!"

Es geht ihr ums Alleinsein mit mir. Das freut mich. Ich verspreche ihr, mich darum zu kümmern.

Im Internet sehe ich nach, in welchem Kino ein alter Schnulzenfilm gezeigt wird, in den voraussichtlich nur wenige Menschen gehen werden. Ein paar ältere Herrschaften in den vorderen Reihen würden uns nicht stören.

Die Arbeit am Samstag hatte mir stark zugesetzt. Toni fand kein Ende und ich musste mittun, ob ich wollte oder nicht. Es machte mir keinen Spaß mehr. Meine Unlust zu verbergen fiel mir schwer.

Der lange Schlaf am Sonntagmorgen tut mir gut. Niemand weckt mich oder stört durch Geräusche meine Ruhe.

Ich gehe langsam meine Morgentoilette an und räkele mich unter der Dusche. Frühstücken tue ich nicht. Der Duft vom Steirischen Wurzelfleisch zieht durch alle Räume und ich freue mich auf dieses Sonntagsmahl.

Gegen 11 Uhr fahre ich mit dem Auto zur U4-Bahnstation Hietzing und hole Karin ab. Sie ist pünktlich und wir erscheinen verfrüht bei uns zu Hause.

Meine Mutter geht ihr entgegen und bittet sie ins Wohnzimmer. Mein Vater liest Zeitungen. Er hat einen ganzen Stapel vor sich liegen. Nur am Wochenende findet er Zeit, sie anzusehen.

Freudig begrüßt er Karin, als würde er sie lange kennen. Es ist eine verbindliche Art, die er sich als Geschäftsmann angeeignet hat. Karin gefällt es, mit Komplimenten von ihm überschüttet zu werden. Ich sitze in ihrer Nähe und habe nichts mehr zu sagen.

Meine Mutter bereitet das Essen in der Küche vor. Bevor ich mich langweile, gehe ich zu ihr und frage, ob ich ihr helfen kann.

„Es ist das erste Mal, dass du mir Hilfe anbietest. Das kann ich nicht zulassen!"

„Wie gefällt dir Karin?", will ich wissen.

„Ganz gut! Ich werde herausfinden, was sie für ein Mensch ist."

„Erschrecke Karin bitte nicht! Es ist das erste Mal, dass sie zu Fremden eingeladen ist."

„Wir sind keine Unmenschen und wenn du es nicht willst, frage ich sie nichts."

Ich bin beruhigt und schenke mir ein Glas Rotwein ein.

Im Wohnzimmer unterhält sich mein Vater angeregt mit Karin. Es scheint ihr zu gefallen, was er sagt.

„Habt ihr Durst?", unterbreche ich den amüsanten Monolog meines Vaters.

Er erzählt einen Witz und ich habe ihn durch meine Frage aus dem Konzept gebracht. Das offenherzige Lachen von Karin hat ihn versöhnt.

„Kann ich deiner Mutter bei den Vorbereitungen helfen?", fragt sie mich.

„Nein, das brauchst du nicht", entgegne ich.

Karin scheint mich nicht richtig verstanden zu haben. Sie steht auf und bittet mich, ihr die Küche zu zeigen.

Ich führe Karin hin und gehe zurück ins Wohnzimmer.

„Wie gefällt sie dir?", möchte ich von meinem Vater wissen.

„Du hättest Karin früher mitbringen sollen. Sie hat ein erfrischendes Lachen, dass man sich in ihrer Nähe zwanzig Jahre jünger fühlt."

„Jetzt übertreibst du ein bisschen", erwidere ich sichtlich erfreut über den guten Eindruck den Karin bei ihm hinterlässt.

Beide Frauen tragen das Essen auf.

Zufrieden sehe ich ihnen zu. Meine Freundin scheint bei meiner Mutter einen ebenso guten Eindruck hinterlassen zu haben.

Wir sprechen von den Tagesereignissen der letzten Woche, die mein Vater in den Zeitungen nachgelesen hat. Bei diesen Themen kennt sich Karin besser aus als ich und es gibt keine allgemeine Fragestunde.

Nach dem Essen bleiben wir nicht länger bei den Eltern. Der erste Besuch soll nicht in Stress ausarten und ich hatte Karin einen Film versprochen.

Wir fahren mit meinem Auto an der Wienzeile entlang bis zum Gürtel und weiter zur Lerchenfelder Straße.

„Ich kenne hier kein Kino", bemerkt Karin überzeugt als ich einparke.

„Du warst mit mir hier!"

„Mit dir?", fragt sie erstaunt.

„Ja! Weißt du es nicht mehr?"

Konfus folgt sie mir. Wir gehen durch einen Hof und in einem Hinterhaus die Stiegen hinauf.

„Kannst du dich jetzt erinnern?", frage ich sie.

„Ein wenig!"

Vor einer breiten Tür bleibe ich stehen und läute.

„Hier wohnt dein Freund Martin. Will er mitgehen?"

Ich gebe keine Antwort und starre wie versteinert auf die mit einem Gitter versehene verglaste Tür. Martin öffnet und begrüßt uns flüchtig. Er drückt mir eine Schlüsseltasche in die Hand und flüstert: „Bis zu deiner

Abreise nach China kannst du den Zweitschlüssel behalten. Viel Spaß, euch beiden!"

Eilig läuft er die Stufen des alten Treppenhauses hinab.

Ich schiebe Karin in den Vorraum, der gleichzeitig Küche ist.

„Was soll das?"

„Wir sehen uns einen Film im Heimkino an. Martin überlässt uns seine Wohnung an den Wochenenden."

„Wo ist er hin? Wir dürfen ihn nicht vertreiben!"

„Vor Mitternacht kommt er nicht nach Hause und da musst du als braves Mädchen in deinem Bett liegen."

„Sei nicht frech! Wir könnten zu mir fahren. In meinem Zimmer sind wir ungestört", schlägt Karin vor.

Ob sie das ernst meint?

Ich glaube nicht.

Martin tut ihr leid, da er wegen uns gegangen ist.

Ich schweige. Die Freude will ich mir nicht verderben lassen. Martin hat einen Großbild-Fernseher an der einen Wandseite auf einer Konsole stehen. Ich schalte ihn ein und bitte Karin sich einen Film auszusuchen. In einem Regal stehen mehrere hundert DVDs und Musik-CDs. Sie ist überwältigt von dem Angebot.

Aus dem Kühlschrank nehme ich eine Flasche Weißwein und schenke uns ein.

„Hast du einen Film gefunden, den wir ansehen können?", frage ich Karin.

„Ich bin überfordert, entscheide du!", erwidert sie mit einem hilflosen Blick auf die Reihe der DVDs.

Die meisten Filme kenne ich.

Es geht mir nicht darum, einen neuen Film anzusehen, sondern Karin auf ein paar schöne Nachmittagsstunden einzustimmen.

Im Fach für Erotikfilme suche ich ein paar aus und zeige sie Karin. Sie kennt keinen und deutet wahllos auf „Zärtliche Cousinen" von Hamilton.

Diesen Film hatte ich Martin zu seinem Geburtstag geschenkt, weil mir als Hobbyfotograf die Einstellungen gut gefallen haben. Er war nicht begeistert davon und ich weiß nicht, ob er ihn sich bis zum Ende angesehen hat. Für Karin scheint mir der Film geeignet, da er nicht in die Pornografie abgleitet. Sie hatte mir gesagt, dass sie sich noch nie einen Pornofilm angesehen hat, obwohl ihre Freundin Gabi sie öfter dazu drängte. Die leichte Kost erscheint mir an diesem Nachmittag angebracht.

Wir setzen uns auf die Couch und ich dimme die Beleuchtung zurück.

Der Film beginnt. Mehrere in allen Ecken verteilte Lautsprecherboxen erzeugen einen Raumton, wie er im Kino nicht besser sein könnte.

„Gefällt es dir hier oder willst du lieber ins Kino?", frage ich sie.

„Wir bleiben!", entgegnet sie strahlend.

Fasziniert sieht Karin auf den Fernsehschirm.

Mir kommen Bedenken, dass ihr der Film zu gut gefällt.

Meine vorsichtigen Annäherungen findet Karin störend.

Ich hoffe, dass der Wein sie gefügiger macht und stoße in kurzer Folge mit ihr an. Karin hält mit. Ich staune, wie viel sie verträgt. Alle meine Künste, Karin abzulenken, haben keinen Erfolg. Ich muss mir den Film bis zum Ende mit ansehen. Als Dank für meine Geduld gewährt sie mir danach die erhofften Freuden.

Eine zweite Flasche Wein habe ich entkorkt. Karin will nach Hause. Ich stehe auf und merke, dass mein Gleichgewicht gestört ist. Mit dem Auto will ich nicht mehr fahren und lasse es stehen.

Ich sehe mich nach einem Taxi um. Es kommt keines.

Sie besteht darauf mit der U6 bis zur Endhaltestelle Floridsdorf zu fahren und von dort mit dem Bus weiter bis zur Haltestelle Leopoldau. Ich bin einverstanden. Wir gehen zur U-Bahnstation Thaliastraße und warten auf unseren Zug. Er ist übervoll mit Fußballfans, die die Niederlage ihrer Mannschaft feiern. Wir steigen in den letzten Wagen ein.

Eng gedrängt stehen wir im Gang und hoffen, dass die randalierenden Männer in einer der nächsten Stationen aussteigen. Weggeworfene Bierdosen rollen am Boden hin und her. Die Fans sind stark angetrunken und pöbeln Karin an. Mir ist mulmig zumute und ich nehme mir vor, in der nächsten Haltestelle den Zug zu verlassen. Karin ist einverstanden.

Es gelingt uns nicht zur Tür zu kommen. Die Gruppe blockiert den Weg und lässt uns nicht aussteigen. Ich sehe nach dem Notschalter. Das muss einer von ihnen bemerkt haben.

„Denke nicht daran, es zu tun!", warnt er mich.

Wir sind in dem Pulk randalierender Männer gefangen, die lautstark herumkrakeelen.

Fahrgäste, die nicht zur Fangruppe gehören, sitzen geduckt und eingeschüchtert auf ihren Plätzen. Ihnen wurde das Aussteigen ebenso verwehrt. Die Rowdies fordern mich auf mitzutrinken. Sie ziehen eine Bierdose nach der anderen aus ihren Gepäcktaschen und schmeißen die leeren Dosen auf den Boden.

„Ich bin magenkrank und darf keinen Alkohol trinken!", versuche ich abzuwehren.

„Dann säuft dein Schnuckelchen mit uns!", schreit einer mit einer Glatze und streckt ihr die Bierdose hin.

„Sie ist schwanger!", brülle ich ihn an.

„Was macht das!", entgegnet er frech.

Karin wehrt sich die Bierdose anzunehmen. Ich dränge mich dazwischen und ernte einen Faustschlag im Gesicht. Meine linke Augenbraue blutet. Karin kreischt hysterisch auf.

Der Zug hält in der Station Handelskai und die Fans stürmen aus dem Waggon. Wie verwaist bleiben wir zurück. Die halberstarrten Duckmäuser auf ihren Sitzen blicken furchtsam auf. Mit dem Taschentuch versuche ich die Blutung zu stoppen. Wir fahren bis zur Endhaltestelle weiter.

„Wir melden es der Zugaufsicht", schlägt Karin vor.

„So schlimm ist es nicht", entgegne ich.

„Dann werde ich deine Wunde zu Hause versorgen", besteht sie darauf.

Mein erhöhter Alkoholspiegel scheint durch den Schlag gesunken zu sein. Ich folge Karin zu ihr nach Hause. Ihre Eltern sind entsetzt, was sich unterwegs zugetragen hat.

Karins Vater meint, dass ich die Fans provoziert haben könnte.

Das ist der Mutter zu viel. Sie lässt ihren angestauten Ärger über den Fußballsport heraus. Sie würde diese Sportart verbieten. Ihr Frust basiert wahrscheinlich auf den vielen Stunden des Alleinseins an den Wochenenden, wenn ihr Mann auf dem Fußballplatz war. Karin unterstützt sie wortstark. Ihr Vater steht wie ein begossener Pudel neben mir und sieht zu, wie ich versorgt werde.

Für mich ist es eine Genugtuung. Öl gieße ich nicht in das Feuer. Es genügt mir, wie sie ihm zusetzen.

Mit einem breiten Heftpflaster auf der Platzwunde verlasse ich Karins Wohnung und fahre zurück in die Lerchenfelderstraße, um mein Auto zu holen. Unterwegs in der U-Bahn ist alles ruhig. Der Schreck sitzt mir noch in den Gliedern als die Bahn in der Station am Handelskai einfährt. Mir ist bewusst, dass ich Glück hatte und sie mir kein Messer zwischen die Rippen geschoben haben. Zu welchem Fußballclub sie gehörten, hatte ich nicht mitbekommen. Wienerisch sprachen sie nicht, eher einen deutschen Dialekt. Es spielt keine Rolle, Randalierer gibt es überall.

Wenn ich daran denke, dass ich mit meinen Steuern diese Sportart unterstütze, möchte ich mich der Meinung von Karins Mutter anschließen.

15

Wien, Flughafen Schwechat

Die Abende im Büro wurden länger und an den Sonnabenden saß ich den ganzen Vormittag an meinem CAD-Arbeitsplatz. Anfangs war ich nicht einsichtig, dass eine derartige Sorgfalt notwendig ist. Toni bestand darauf und ich glaube ihm. Auf meinen Firmenlaptop habe ich alle Zeichnungen und andere Dokumente übertragen, die wir während des Meetings in China brauchen könnten. Tage zuvor hatte ich das Gefühl nichts mehr vergessen zu haben. Es fanden sich weitere Kleinigkeiten, die wir als nötig erachteten und die eingepackt werden mussten. Der Umfang des Reisegepäcks nahm zu. Es blieb nicht nur bei dem privaten Gepäck, sondern zusätzlichen zwei Koffern, die bis zum Rand mit technischen Unterlagen gefüllt waren.
Papier ist schwer.

Seit einer halben Stunde warte ich in der Abfertigungshalle des Wiener Flughafens auf Toni. Er war heute Mittag nach Hause gefahren und wollte pünktlich am

Airport erscheinen. Ich bin froh, dass wir eine Pufferzeit von zwei Stunden vereinbart haben. Sorgen brauche ich mir jetzt noch nicht machen.

Neben mir stehen drei große Koffer. Von den beiden Firmenkoffern wiegt jeder doppelt so viel, wie mein privater.

Es war eine Plagerei, sie vom Büro hierher zu bekommen. Ich muss daran denken was Toni mir einst gesagt hatte, dass er bei seinem ersten Flug auf eine Baustelle 19 Koffer mitnehmen musste. Das war unverantwortlich von seinem damaligen Chef.

Für mich ist es unvorstellbar. Das Gepäck darf man nicht in der Flughafenhalle unbeaufsichtigt stehenlassen. Die Sicherheitsbestimmungen verbieten es. Was wäre, wenn ein Koffer abhandenkommt?

Bei dem Gedanken an Diebstahl muss ich innerlich lachen. Mein Freund Martin erzählte mir eine Geschichte, die sich in der „Shopping-City-Süd" in Wien zugetragen haben soll.

Eine Ladenbesitzerin hatte ihren betagten Bernhardiner jeden Tag bei sich im Shop. Eines Tages war er gestorben und sie packte ihn in einen Plastiksack und den in einen großen Waschmaschinenkarton. Sie wollte den toten Hund zu ihrem Bruder bringen, der auf dem Land lebte und ein großes Grundstück besaß. Das geliebte Tier sollte im Garten seine letzte Ruhestätte finden.

Mit einem Karren transportierte die kuraschierte Frau den Karton zu einem der Eingänge der Shopping-City. Ihr Auto stand weit entfernt auf dem Parkplatz und sie wollte es holen. Neben der Eingangstür sah sie einen Mann und fragte ihn, ob er fünf Minuten auf den Karton achtgeben könne. Der Mann mit einem ausländischen Akzent versicherte ihr gut aufzupassen.

Als die Frau mit ihrem Auto ankam war der Mann mit dem Karton verschwunden. Ich stelle mir vor, wie verwundert der Dieb geschaut hat, als er statt der Waschmaschine einen toten Bernhardiner fand.

Würde mir das mit einem meiner Firmenkoffer passieren, wäre der Dieb ähnlich enttäuscht.

Ich rufe vom Handy Karin an. Sie soll meine Wartezeit verkürzen. Sie hört nicht.

Ob ich es bei Toni versuchen soll? Ich wähle seine Nummer. Er hört nicht.

Jetzt werde ich langsam unruhig. Eine Stunde warte ich.

Was ist, wenn er nicht zeitgerecht erscheint?

Soll ich ohne ihn einchecken?

Das Flugticket und eine Firmenkreditkarte habe ich und könnte das Übergepäck damit selber bezahlen. Was mache ich, wenn er gar nicht kommt?

Soll ich ohne ihn abfliegen?

Es ist eine Horrorvorstellung für mich. Erreichen kann ich Toni nicht und im Büro ist am späten Abend niemand mehr zu sprechen.

Ein mulmiges Gefühl in der Magengegend macht sich bemerkbar. Ob es die Flugangst ist? Sicherheitshalber nehme ich eine Tablette, die die Beschwerden lindern sollen. Sie zeigt keine Wirkung. Mir ist als müsste ich mich gleich übergeben und halte Ausschau nach einem Papierkorb.

Als meine Not am größten ist, läutet mein Handy.

Es ist Toni. Sein Name wird am Display angezeigt.

„Was ist los mit dir? Ich warte eine ganze Stunde in der Abfertigungshalle auf dich."

„Es ist was dazwischengekommen", höre ich Tonis Stimme mit vielen Geräuschen im Hintergrund.

„Bist du unterwegs?"

„Mein Taxi ist in einen schweren Auffahrunfall verwickelt und es geht nichts mehr weiter."

„Wo bist du jetzt?"

„Auf der Südosttangente vor dem Laarbergtunnel."

Mir schwant Schlimmes.

„Kannst du nicht in ein anderes Taxi umsteigen?"

„Das habe ich versucht. Bevor die Polizei nicht alle Beteiligten und Zeugen befragt hat, kommt keiner weg. Du musst ohne mich fliegen."

Ein kalter Schauer läuft mir über den Rücken. Jetzt erst fällt mir auf, dass ich Toni nicht nach dem Unfall und seinem Befinden gefragt habe.

„Erzähl kurz, was passiert ist!"

„Ein LKW hatte wahrscheinlich einen Reifenplatzer und ist ins Schleudern geraten. Mein Taxi und andere Autos sind draufgefahren. Tote soll es keine gegeben haben. Die Verletzten wurden ins Spital gebracht. Ich habe beim Airport angerufen und meinen Flug verschoben."

„Können wir nicht später zusammen abreisen?"

„Das geht nicht. Es war nur ein Platz in der nächsten Maschine frei."

Vor Schreck sind meine Bauchschmerzen wie weggeblasen. Wonach soll ich Toni jetzt fragen. Nur gut, dass wir in den Kaffeepausen über das Fliegen und andere Dinge gesprochen haben. Im Groben weiß ich was zu tun ist. Es ist ein Unterschied, ob man einen erfahrenen Begleiter zur Seite hat oder ohne Hilfe dasteht.

Ich komme mir vor, als wäre ich ins kalte Wasser gestoßen worden und muss als Nichtschwimmer versuchen ans rettende Ufer zu gelangen.

Die Verbindung zu Tonis Handy ist unterbrochen. Sein Akku wird leer sein. Ich versuche ihn mehrmals zu erreichen, bis ich resigniert aufgebe.

Das Schicksal hat mich auf eine einsame Insel gespült und ich muss damit fertig werden.

Meine drei Koffer schiebe ich mit dem Gepäckwagen zum Abfertigungsschalter.

Vor mir stehen nur drei Personen. Es geht zügig voran. Ich beobachte wie alles abläuft.

Jetzt bin ich an der Reihe. Ich schiebe meinen Wagen vor das Laufband und lege meinen Reisepass und das Ticket auf den Tresen. Eine ältere, gutaussehende Dame sitzt vor ihrem Bildschirm und sieht zu mir auf.

„Wie ich sehe reisen Sie allein. Der Sitzplatz neben ihrem wurde gestrichen. Stellen Sie bitte ihr Gepäck einzeln auf das Laufband!"

Ich hebe die Koffer auf den vorgesehenen Platz und das Gewicht wird angezeigt.

„Sie haben viel Übergepäck. Sind Sie Vielflieger?"

„Es ist mein erster Flug", antworte ich verlegen.

„Dann müssen Sie den vollen Preis für das Mehrgepäck bezahlen. Bitte gehen Sie gegenüber an den Schalter und begleichen Sie den Betrag! Dann kommen Sie zu mir!"

Ich nehme den Zettel den sie mir gibt und suche den besagten Schalter. Reisegeld in bar hatte ich vorsorglich ausgefasst. In meinem Portmonee schlummern 500 USD und 25000 Schilling. Entsetzt weiche ich zurück, als ich erfahre, welcher Betrag zu bezahlen ist. Zögerlich reiche ich meine Firmenkreditkarte der Bearbeiterin. Zum Glück geht das nicht von meinem eigenen Konto. Leicht verstört gehe ich zurück zum Schalter und reiche der Dame den bestätigten Zettel. Ich bekomme meine Bordkarte und bin mein Gepäck los.

„Ich werde versuchen, ihnen den reservierten Platz ihres verhinderten Kollegen freizuhalten. Sie können es sich auf dem langen Flug bequemer machen. Ich wünsche ihnen eine gute Reise", sagt die Dame hinter dem Tresen und schenkt mir ein Lächeln.

Der nachfolgende Fluggast drängt mich am Schalter zur Seite. Er scheint es eilig zu haben und nimmt keine Rücksicht auf mich.

„He!", sage ich und sehe ihn entrüstet an.

Er würdigt mich keines Blickes. Normalerweise wehre ich mich. Ich habe keine Zeit und will nur schnell ins Flugzeug. Ein zweites Mal muss ich anstehen. Es folgt die Passkontrolle. Hinter dem Schalter befindet sich die Ladenzone. Sie wirkt auf mich wie ein kleines Einkaufzentrum in der Stadt.

Mir fällt ein, dass ich mein Deo zu Hause vergessen habe. Ein großer Shop für Toilettenartikel lockt mich zum Besuch. Eine Verkäuferin kommt zu mir und fragt, ob sie mir helfen kann. Es fällt mir der Name meines Eau de Toilette nicht ein. Sie lässt mich probieren. Ein Duft löst den anderen ab und hinterlässt seinen Stempel auf der Haut und Kleidung. Ich rieche am Ende nichts mehr und entscheide mich verzweifelt für irgendeine Marke.

Den Drängler an dem Abfertigungsschalter sehe ich in den Laden stürzen. Gezielt geht er zu einem bestimmten Tester und sprüht einen teuren Duft unter die Achselhöhlen. Schnell wie er gekommen ist, verschwindet er.

„Haben Sie viele solcher Kunden?", frage ich die Verkäuferin.

Sie lächelt mich an und meint: „Die meisten sind nett, wie Sie."

Solche Worte tun gut.

Ich muss durch eine zweite Kontrolle, bei der mein Visum im Reisepass und die Bordkarte kontrolliert werden. Ich suche mein Gate für den Flug nach Shanghai. Spät bin ich dran. Zwei Damen und drei Herren warten ungeduldig auf mich, um mein Handgepäck und die Kleidung zu checken. Hinter mir erscheint der unfreundliche Patron, der mich am Abfertigungsschalter geärgert hatte und will sich vordrängen. Einer der Beamten weist ihn zurück und ich komme schnell durch die Kontrolle.

Mein Hintermann muss seinen Trolley, den er als Handgepäck mit sich führt, nach dem Durchleuchten öffnen und alles vorzeigen. Die beiden Damen rümpfen die Nase, als wenn er stinken würde und machen untereinander belustigende Bemerkungen. Ich halte mich nicht länger auf und befinde mich im Warteraum. Viele Passagiere stehen gelangweilt herum. Ich sehe eine Lücke auf der Bank an der Wand und setze mich. Meine beiden Nachbarn erheben sich und gehen ein paar Schritte zur Seite. Ob ihnen die harte Sitzfläche nicht gefällt? Beide Plätze, links und rechts von mir, bleiben leer. Es ist sonderbar, dass sich keiner setzen will.

Der Rüpel vom Abfertigungsschalter hat es geschafft. Die Personen- und Handgepäckkontrolle hat bei ihm lange gedauert. Durch die Glaswand konnte ich sehen, dass er von den Beamten mehr als notwendig überprüft wurde. Die Gerechtigkeit folgt gleich auf die Tat und ich empfinde Schadenfreude. Der Mann sieht sich um und entdeckt die freien Plätze auf meiner Bank. Schnurstracks steuert er darauf zu. Der Blechsitz stöhnt unter seinem Übergewicht. Ich rücke zur Seite und er schiebt seinen Hintern in die Mitte.

„Die spinnen heute!", schnauft er entrüstet.

„Wer?", frage ich wenig interessiert.

„Na, die vom Zoll! Sie schikanieren mich, wo sie nur können. Ich weiß nicht, was sie bei mir finden wollen. Sehe ich wie ein Terrorist aus?"

Ich antworte nicht und er beklagt sich weiter.

„Bei meinem letzten Flug haben sie eine Leibesvisitation gemacht. Bin ich ein Drogendealer? Diese Behandlung lasse ich mir nicht mehr gefallen."

Er sieht mich an und erwartet, dass ich ihm zustimme.

Ich betrachte ihn von der Seite. Er ist ein bulliger Typ, Mitte Vierzig, mit vielen Pockennarben im Gesicht. Nein, wie ein Terrorist sieht er nicht aus, eher wie ein Zuhälter, wenn man einer Menschengruppe ein allgemeines Aussehen zurechnen kann. Es ist seine grobe Art, die auffällt und ihn ins Visier bringt.

Er beugt sich zu mir und schnuppert auffällig.

„Sie stinken entsetzlich", bemerkt er und rümpft die Nase.

Zuerst denke ich, dass es eine Finte ist, mich von der Bank zu vertreiben.

„Ich rieche nichts!", verteidige ich mich.

„Seinen eigenen Gestank bemerkt man selber nicht."

Ich schnuppere unauffällig an meinen Händen und Unterarmen. Sie verströmen einen penetranten Geruch. Es ist eine Mixtur verschiedener Eau de Toilette, die auf meiner Haut, vermischt mit dem Schweiß, eine unangenehme Duftmischung ergeben. Es ist möglicherweise der Grund, warum die beiden Zollbeamtinnen die Nase rümpften. Sie hatten angenommen, dass mein dicker Hintermann der übel Riechende war. Eine Stinkwolke hält sich beharrlich, wo kein Lüftchen weht.

Die Passagiere werden aufgerufen in die Maschine einzusteigen.

Eilig suche ich den Toilettenraum auf und wasche gründlich meine Hände und die Unterarme. Ein wenig scheint es zu helfen. Der Geruch steckt in dem Stoff der Hemdsärmel und des Pullovers.

Im Lautsprecher höre ich nochmals die Aufforderung, an Bord zu gehen und ich beeile mich. Der Warteraum hat sich geleert und die Flugbegleiterinnen scheinen nur noch auf mich zu warten. Ich renne durch die schlauchartige Fluggastbrücke und stolpere in die Maschine nach Shanghai. Eine freundliche Stewardess deutet mir an, wo ich meinen Sitzplatz suchen muss.

In den Gängen zwischen den Sitzreihen ist ein wildes Tohuwabohu. Das Handgepäck muss in der Ablage verstaut werden und das dauert seine Zeit. Es blockiert das Weiterkommen im Gang. Für die kleinen Leute ist es beschwerlich. Sie haben keine Chance mit ihren kurzen Armen das Ablagefach zu erreichen.

Damit ich zu meinem Platz komme helfe ich beim Verstauen des Handgepäcks. Es kommt gut an. Die reisenden Damen bedanken sich mit einem Lächeln und freundlichen Wort.

Von weitem sehe ich eine Sitzreihe neben dem Fenster, die frei ist. Ich steuere darauf zu. Auf meiner Bordkarte ist der Gangplatz vermerkt. Nach dem Verstauen meiner Umhängetasche nehme ich Platz und atme durch. Ich habe es geschafft und sitze auf dem reservierten Platz im richtigen Flugzeug.

Es ist ein beruhigendes und angenehmes Gefühl. Der Sitz in der AUA-Maschine ist bequem und die Rückenlehne lässt sich angeblich neigen. Ich suche nach dem Hebel oder Knopf, um das auszuprobieren. Der Sitz kippt nach hinten.

„He!", höre ich eine mir bekannte Stimme.

Unbeholfen versuche ich die Lehne in die senkrechte Position zu bekommen. Ich drehe mich um und entdecke meinen alten Bekannten.

„Sie stinken noch!", ruft er laut, dass alle in meiner Nähe es mitbekommen und ihr Riechorgan zu uns ausrichten um Witterung aufzunehmen. Nicht jeder scheint davon überzeugt, dass ich unangenehm rieche. Manche lächeln mir freundlich zu. Ich übergehe die Anmerkung und schnalle mich an.

Das gesamte Aufgebot an Stewardessen tritt in Aktion. Sie stellen sich im Gang auf und erklären den Passagieren in gymnastischer Zeichensprache, wie sie sich bei einem Absturz des Flugzeugs verhalten sollen. Der passende Text erschallt aus den Lautsprecherboxen. Hierbei sieht man, wer das erste Mal in einem Flugzeug sitzt oder Vielflieger ist.

Amüsiert betrachte ich die gutaussehende Stewardess vor mir, die mich am Eingang begrüßt hatte und bin geneigt, ihr zu applaudieren. Die Vielflieger betrachten während der Vorführung eine Illustrierte oder unterhalten sich respektlos mit dem Nachbarn. Die Damen in Uniform sind bei ihren elegant ausgeführten Bewegungen eine Augenweide. Sie erinnern mich an eine Vorführung von Synchronschwimmerinnen, die ich im letzten Jahr im Bad gesehen habe.

Der Platz neben mir ist leer geblieben, welch ein Glück. Somit kann ich zwischen Fenster- und Gangplatz frei wechseln. Am Fenster habe ich eine gute Aussicht. Meine Knie stoßen an die Rückenlehne des Vordermanns. Der Gangplatz ermöglicht es, ein Bein seitwärts auszustrecken.

Wir haben nach einer halben Stunde die Reisehöhe erreicht und das Essen wird serviert. Mein Magen hat sich beruhigt und der Hunger macht sich bemerkbar. Zwei Hauptgerichte stehen zur Auswahl, eine chinesisch anmutende Speise und Gulasch mit Bandnudeln. Das letztere Gericht wähle ich aus und einen Weißwein aus der Wachau.

Draußen ist es noch hell und ich lasse den Blick über die ausgedehnten Wälder schweifen. Hin und wieder taucht eine kleine Siedlung mit Feldern und Wiesen auf. Einzelheiten kann ich aus 10.000 Metern über dem Boden mit bloßem Auge nicht erkennen.

Ich denke an Napoleon, der mit seinem Heer vor ungefähr 200 Jahren da unten entlang gezogen sein musste. Es ist alles flach und endlos weit - bis nach Moskau.

Das Essen und den Wein lasse ich mir schmecken.

Der Umgang mit dem Besteck ist gewöhnungsbedürftig. Mein Hintermann flucht, weil er sich mit Soße bekleckert. Sein Nachbar am Fenster tut mir leid, da er auf seinem Sitzplatz eingeklemmt ist und dem Bullentyp nicht entfliehen kann.

Nach zwei Stunden überfliegen wir Moskau. Die Zeit ist schnell vergangen und ich bin zuversichtlich, dass ich die restlichen 9 Stunden unbeschadet überlebe. Auf dem Monitor oberhalb des Esstisches wird der Streckenverlauf angezeigt. Ich erkunde die ganzen technischen Raffinessen des Bildschirms und die Möglichkeiten seiner Einstellung. Über Kopfhörer kann ich Musik oder den Ton zu einem Film hören. Das ist eine feine Sache.

Am Boden wird es schnell dunkel. Wir fliegen in die Nacht hinein. In der Gepäckablage liegt für jeden Passagier eine Wolldecke. Ich schließe mich den anderen an und mache mich zum Schlafen fertig. Da der Platz neben mir frei bleibt, kann ich es mir bequem machen.

Meine langen Beine lagern ausgestreckt quer, bis in den Gang hinein. Die Stewardess, die ab und zu nach ihren Schützlingen sieht, bittet mich den Gang freizuhalten.

Die Reihen sind zu eng. Nur wenn ich aufrecht sitze, stoße ich nicht mit den Knien an die Rückenlehne des Vordermanns an. Schwieriger gestaltet es sich, wenn die vordere Lehne in Schlafposition gekippt ist. Es wird dann noch enger. Die Fluggesellschaft hat sich wahrscheinlich an den chinesischen Körpergrößen orientiert. Die meisten Asiaten sind einen Kopf kleiner als ich.

Mein Hintermann, der meine Größe hat und viel dicker ist, hört nicht auf zu fluchen. Ich traue mich nicht, meine Rückenlehne zu kippen und ihn noch mehr einzuengen. Sein Nachbar bittet ihn, endlich Ruhe zu geben, damit er schlafen kann. Er hört nicht auf ihn. Erst als sich mehrere Fluggäste bei der Stewardess über den Mann beschweren, wird er still.

Ich bin hundemüde, aber schlafen kann ich nicht. Es geht anderen wie mir. Viele sehen sich auf ihren Monitoren einen Film an. Das Flimmern stört die Schlafenden wenig. Ich schalte meinen Schirm ein und wähle einen der neuen Asterix-Filme aus. Es ist eine leichte Kost und amüsant anzusehen.

Ein Blick aus dem Fenster zeigt mir, dass Sibirien belebt ist. Die Beleuchtung in den Städten ist von oben gut zu erkennen. Silbergrau zeichnen sich Bergketten im fahlen Mondschein ab. Wie wird es den Menschen jenseits des Ural ergehen? Diese russische Weite ist beeindruckend und stimmt mich melancholisch. Die Müdigkeit gewinnt die Oberhand und ich schlummere ein.

Als ich aufwache steigt die Morgensonne am Horizont auf. Wo sind wir? Am Monitor sehe ich den Streckenverlauf und erkenne, dass wir den Baikalsee erreicht haben. Ein Blick aus dem Fenster lässt ein ähnliches Gebilde vermuten. Am Boden ist es noch dunkler als hier in 10 km Höhe, wo die Sonnenstrahlen die Wolken in ein Rotgold tauchen. Dieser Anblick ist phantastisch und nicht zu beschreiben. Er kann nur tief im Inneren empfunden werden.

Die meisten schlafen noch. Mein brummiger Hintermann liegt mit weitgeöffnetem Mund in der Schräglage und schnarcht laut, dass mir das Turbinengeräusch wie ein Flüstern vorkommt. Vorsichtig bewege ich mich zur Toilette um keinen der Schläfer zu wecken. Da die Stewardessen zu ruhen scheinen, haben viele ihre Beine im Gang ausgestreckt. Es sind ideale Stolperfallen.

Die Toiletten finde ich überraschenderweise sauber vor. Ständiges Klopfen und Rütteln am Türgriff von außen, stört die Ruhe am Örtchen.

Als ich zu meinem Platz zurückkomme, schnarcht mein Hintermann noch. Er scheint einen gesunden Schlaf zu haben, den ich ihm nicht gönne. Für seine Rücksichtslosigkeit will ich mich revanchieren. Vorsichtig kippe ich meine Sitzlehne nach hinten. Soweit, dass sie nicht seine Knie berührt. Ich gehe im Gang zum hinteren Teil des Flugzeugs. Wie zufällig stolpere ich über seinen, bis in den Gang reichenden, ausgestreckten Fuß und laufe weiter.

Er wird wach und blickt erschrocken um sich, wie ein wilder Bär, der unfreiwillig aus dem Winterschlaf gerissen wird. Beim Anziehen der Knie stößt er gegen meine Rückenlehne und flucht laut, dass sein Nachbar aufwacht. Da er mich nicht sieht, drückt er selber auf den Knopf meiner Lehne. Sie schnellt zurück in die Senkrechte. Das Kopfteil schlägt gegen sein Kinn und entsetzt befühlt er die Mundpartie. Mich wundert, dass er nicht schimpft.

Langsam gehe ich zu meinem Platz zurück. Mit einem giftigen Blick sieht er mich an, fasst in seinen Mund und holt eine in der Mitte gebrochene Zahnprothese heraus.

Jetzt kann er sprechen und schreit mich an, was ich mir denke, den Sitz nach hinten zu kippen. Die Stewardess wird aufmerksam und kommt zu uns.

„Was ist passiert?", fragt sie leise, damit die anderen nicht im Schlaf gestört werden.

„Meine Prothese ist zerbrochen, die muss er mir bezahlen."

„Wie ist das passiert?", will sie wissen.

„Er hatte seine Rücklehne nach hinten gekippt und ich wollte sie zurücksetzen. Sie ist mir an das Kinn geschnellt."

„Also haben sie den Schaden selbst verursacht."

Ich stehe daneben und setze meine unschuldigste Miene auf.

„Er darf seine Lehne nicht weit nach hinten kippen. Das ist nicht erlaubt", schreit der Zahnlose mich an.

„Ihre Lehne ist ebenso umgelegt", erwidert die Stewardess ruhig.

Wütend steht er auf und verschwindet in Richtung Toilette. Die Stewardess sieht sich bedauernd um.

„Verzeihen Sie bitte die Störung, der Herr hatte einen schlechten Traum!", entschuldigt sie sich bei den aufgewachten Passagieren in meinem Eck.

Das Licht wird eingeschaltet und die Jalousien der Fenster nach oben geschoben. Draußen ist es hell. Die Wolken sehen wie Schneewechten im Gebirge aus. Sie verhindern die Sicht bis zum Boden. Am Monitor ist zu erkennen, dass wir uns im chinesischen Grenzgebiet befinden. Es wird angezeigt, dass wir in zwei Stunden Shanghai erreichen.

In Ruhe nehme ich mein Frühstück ein und sehe aus dem Fenster. Die Wolkendecke hat sich aufgelöst und im Dunst erkenne ich Reisfelder am Boden. Ich fasse es nicht, dass ich 10.000 Kilometer von Zuhause weg bin. Wie lange hatte Marco Polo gebraucht, bis er das Reich der aufgehenden Sonne erreichte. Mit dem Flugzeug ist die Entfernung ein Katzensprung und nur das Beamen würde schneller gehen.

Wir befinden uns im Landeanflug. Die Flughöhe nimmt ab. Dörfer und Städte sind gut zu sehen und ich erkenne einzelne Autos und Menschen auf den Straßen. Wir werden aufgefordert uns anzuschnallen und die verteilten Zolldeklarationen auszufüllen.

Mein Hintermann ist auffällig still. Zum Frühstück bekam er ein Sondermenü für Zahnlose, das aus Joghurt und Pudding bestand. Sprechen traut er sich nicht mehr, da man die fehlende Zahnreihe bemerkt. Es ist erholsam.

Wir kommen Shanghai näher. Meine Unruhe steigt. Wie wird es weitergehen? Das ungute Gefühl in der Magengegend kehrt zurück. Ich überlege, ob ich eine Tablette gegen die Flugangst einnehme. Sie macht mich müde und das kann ich in den nächsten Stunden nicht gebrauchen. Suggestiv rede ich mir ein, dass es mir gut geht und ich wohlbehalten am Boden ankommen werde. Dieses gute Zureden hilft. Der Magen beruhigt sich und ich überstehe die Landung.

Sobald die Maschine den Finger erreicht, stürmen die ersten Fluggäste mit ihrem Handgepäck zum Ausgang. Dort gibt es einen Stau. Die Passagiere der besseren Klasse haben Vorrang beim Aussteigen. Mein Hintermann ist einer der Ersten und muss warten. Wenn ihm nicht die untere Zahnreihe fehlte, würde er heftig diskutieren.

Ich lasse mir Zeit und schwimme mit dem Strom nach draußen.

An den Schaltern für die Pass- und Visakontrolle staut es sich. Die Beamten gehen gründlich vor und das dauert seine Zeit. Nach einer halben Stunde komme ich an die Reihe.

Die Beamtin sieht mich an und vergleicht mein Gesicht mit dem Passbild. Sie hat die Ähnlichkeit festgestellt und blickt, wie versteinert, geradeaus.

Warum geht es nicht weiter?

Ich sehe auf ihren Bearbeitungstisch. Dort befindet sich nur ein Stempel auf einer dunklen Platte. Mein Pass ist verschwunden.

Was ist passiert?

Ein Lämpchen leuchtet auf.

Sie hebt den Deckel und mein Dokument liegt vor ihr. Mir ist klar, dass der Pass gescannt wurde.

Der Stempel kommt zum Einsatz und bedeckt eine Seite des Reisedokuments, auf dem sich das Visum befindet. Mit einem sterilen Lächeln gibt sie mir den Pass zurück.

Ich folge den Fluggästen zur Halle, in der sich verschiedene Laufbänder befinden. Es ist ruhig. Gelangweilt stehen die Leute herum und warten auf ihr Gepäck. Ich sehe mich nach einem Wagen um. An der Hallenseite befinden sich welche. Erfreut bemerke ich, dass ich für die Benutzung keine Münze benötige, wie in Wien.

Ein Laufband wird in Gang gesetzt. Es dauert eine Weile bis der erste Koffer erscheint. Von weitem erkenne ich, dass es meiner ist. Ich muss warten bis er zu meinem Standplatz kommt und ich ihn auf den Gepäckwa-

gen stellen kann. Die beiden Firmenkoffer sind nicht zu sehen. Was ist, wenn sie verlorengegangen sind?
Als letzte erscheinen sie. Ich habe Glück!

Es kommt die letzte Hürde. Ich muss an den Zollbeamten mit meinen drei Koffern vorbeikommen. Der Beamte kontrolliert nur, ob die Gepäcknummern auf den Koffern und dem Gepäckschein, der auf die Rückseite der Bordkarte geklebt ist, übereinstimmen. Er ist zufrieden und winkt mich durch.
Ich habe es geschafft und bin in Shanghai.

16

Hongping, Landschaft

Eine riesige Menschentraube steht hinter der Absperrung am Ausgang des Flughafens von Shanghai. Zettel und Tafeln werden mir entgegengestreckt, auf denen Namen stehen. Konzentriert sehe ich mich um und erkenne ein Schild mit dem Firmennamen NILE. Erfreut gehe ich auf den Mann zu.

In gebrochenem Englisch fragt er mich, ob ich der bin, den er abholen soll und zeigt fortwährend auf sein Papierschild. Ich nicke. Er will wissen wo der zweite Mann ist. Ihm wurde gesagt, dass zwei Österreicher ankommen.

Es ist nicht leicht ihm verständlich zu machen, dass nur ich angekommen bin.

Aufgeregt telefoniert er. Da er nicht Englisch spricht, können wir uns nicht verständigen und ich kann ihm nicht helfen, wenn er mich zwischendurch irgendetwas auf Chinesisch fragt. Endlich scheint eine Entscheidung gefallen zu sein. Er steckt sein Handy in die Jackentasche und deutet mir an, ihm zu folgen.

Ich zeige mit dem Finger in Richtung eines Geldwechselschalters. Er versteht was ich will und geht voran.

Toni hatte mir gesagt, dass es wichtig ist, gleich am Flughafen ein paar USD in die chinesische Währung Renminbi oder Yuan, wie die größte Einheit des Renminbi genannt wird, einzutauschen.

Ich lege einen 100 USD-Schein auf den Tisch. Misstrauisch beäugt der Bankbeamte den Geldschein. Er hält ihn gegen das Licht um die Wasserzeichen zu erkennen und zerknüllt ihn in seinen Händen.

Der Schein hat seinen Prüfungen standgehalten. Er zählt mir den Wert in Renminbi vor. Anschließend gibt er mir die Tauschquittung.

Ohne nachzuzählen stecke ich das Geld ein und folge mit meinem Gepäckwagen dem Fahrer zu seinem Fahrzeug. Er hilft mir beim Verstauen der Koffer und ist erstaunt, wie schwer die beiden Firmenkoffer sind. Besorgt sieht er nach den Hinterrädern, ob genügend Luft drauf ist.

Wir fahren los.

Shanghai ist gewaltig!

Ich habe es mir nicht so groß vorgestellt. Hochhäuser säumen die Stadtautobahn und wechseln mit alten, heruntergekommenen Plattenbauten, die ich eindeutig als Wohnbauten erkenne. Es sind die gleichen Mietskasernen, wie ich sie in Ungarn gesehen habe. Wäsche hängt auf den Balkons zum Trocknen und überall sind die Kästen von Klimaanlagen zu sehen.

Jetzt erst bemerke ich, dass es warm und schwül ist. Ich wische mir mit einem Taschentuch die Schweißperlen von der Stirn. Der Fahrer bemerkt es und stellt die Klimaanlage kälter ein.

Es wird kühl im Innenraum des Geländewagens und ich beginne zu frieren. Mit einer Handbewegung deute ich dem Chauffeur an, dass er die Anlage ausschalten soll. Er versteht mich nicht und grinst verlegen zurück. Als ich den Temperaturregler auf 20 Grad Celsius einstelle, sieht er mich verwundert an.

Das Auto ist neu und mit vielem Schnickschnack ausgestattet. Verspielt dreht der Fahrer an verschiedenen Knöpfen, um mir zu zeigen, wie toll sein Geländewagen ist. Ich nicke ihm anerkennend zu. Meine Bewunderung für sein Spielzeug scheint ihm zu gefallen.

Es ist kurz vor 12 Uhr Mittag. Der Fahrer wird unruhig und rast mit zu hoher Geschwindigkeit durch die kleinen Siedlungen. Warum er das tut, verstehe ich nicht. Ich sehe nach hinten, ob wir verfolgt werden. Es ist kein Fahrzeug zu erkennen.

Vor uns liegt eine kleine Stadt mit vielen Geschäften an der Hauptstraße. Die Shops sehen aus, wie adaptierte breite Garagen. Eine Schar von Menschen tummelt sich davor. Auf den ersten Blick sehe ich, dass es hier vieles gibt, was man zum täglichen Leben benötigt. Gemüsestände wechseln sich mit Stoffläden, kleinen Reparaturwerkstätten und mit Kramläden ab.

Wir sind zu schnell unterwegs. Ich bin besorgt, dass wir jemand überfahren könnten. In den Orten gibt es eine Geschwindigkeitsbegrenzung von 50 Kilometer pro Stunde. Der Fahrer hält sich nicht daran.

Vor einem zweistöckigen Haus hält er an und deutet mir, ihm zu folgen. Misstrauisch gehe ich hinterher. Wir kommen in den ersten Stock. Ich sehe einen Speiseraum mit mehreren Tischen. Es ist wahrscheinlich ein Restaurant. Wir sind die einzigen Gäste und setzen uns an einen runden Tisch in der Mitte des Raums.

Der Wirt bringt die Speisekarte und wartet geduldig auf die Bestellung. Die Karte kann ich nicht lesen. Sie ist nur mit chinesischen Schriftzeichen versehen. Der Fahrer spricht mit dem Wirt. Ich nehme an, dass er die Bestellung für uns beide aufgibt und staune, wie schnell er die Schriftzeichen auf den kleinen Notizblock setzt. Am Ende bittet mich der Wirt ihm zu folgen.

Wir gehen in die Küche. Sie hat die Größe des Gästeraumes. Gemüse, Fisch, Geflügel und andere Lebensmittel sind an der Seite aufbewahrt. Der Wirt zeigt mir seine Vorräte.

Ab und zu hält er mir ein Stück Fleisch oder einen Fisch unter die Nase. Sie riechen frisch und ich nicke ihm anerkennend zu. Die Küche ist sauber, der Boden und die Wände sind gefliest. In der Mitte des Raums steht ein gefliester Tisch mit seitlicher Abflussrinne, in der sich Gemüsereste und zwei kleine Fischköpfe befinden. Auf dem Tisch sehe ich zwei Feuerstellen mit Woks und einen zusammen gerollten Wasserschlauch, der am Ende mit einem einfachen Ventil versehen ist.

Ich bin beeindruckt von der Vielzahl der Gemüsesorten und gehe zurück in die Gaststube.

Mein Fahrer raucht am Tisch eine Zigarette und trinkt Grünen Tee. Ich setze mich zu ihm und nippe vorsichtig aus einer kleinen Porzellanschale, die auf meiner Tischseite steht. Das Getränk ist farblos und schmeckt wie Spülwasser. Weitere Gäste haben sich eingefunden. Sie sitzen an einem großen Tisch neben dem Eingang. Bei näherem Hinsehen entdecke ich nur Kinder und Frauen.

Der Wirt bringt uns eine Schale mit Nüssen und eingelegtem, süßsauren Gemüse. Ich koste von dem, was der
Fahrer zu sich nimmt. Er wird sich auskennen, was
genießbar ist.

Der Wirt bringt die Speisen. Eine Porzellanschale folgt
der anderen. Mir gehen die Augen über. Wer soll das
alles essen?

Der Fahrer hat viel zu viel bestellt.

Hunger habe ich nicht. Niemals können wir das schaffen.

Zu guter Letzt stellt der Wirt eine große Suppenterrine
auf den Tisch. In ihr befindet sich ein ganzes Huhn mit
Kopf.

Mir kommt der Verdacht, dass es die Speisen sind, zu
denen ich in der Küche anerkennend genickt habe.

Was soll damit werden?

Ein wenig koste ich von jedem. Es riecht und schmeckt
großartig. Ich bin dem Fahrer dankbar, dass er gut zu-
greift. Er scheint ausgehungert zu sein. Ich wundere
mich, wie ein kleiner schmächtiger Bursche wie er, derartige Mengen verschlingen kann.

Nach einem kräftigen Rülpser, den er ungeniert von sich
gibt, winkt er nach dem Koch um zu bezahlen. Er sieht
nervös auf seine Armbanduhr, was heißen soll, dass er
es eilig hat und wir weiterfahren müssen.

Nach einem kurzen Palaver der beiden, scheinen sie sich
geeinigt zu haben. Der Fahrer schreibt eine Zahl auf den
unteren Rand der Rechnung. Ich vermute, dass es der
Betrag in Renminbi ist und nicke ihm zu. Beide sehen
mich verdutzt an. Ich begreife, dass ich die Rechnung
begleichen soll.

Es war gut, dass ich am Flughafen Geld gewechselt
habe und reiche dem Wirt zwei Hundert-Renminbi-
Scheine. Er zählt mir das Wechselgeld auf den Tisch.

Da mir der Betrag für die Vielzahl an Speisen zu gering erscheint, will ich ihm ein Trinkgeld geben. Er nimmt es nicht an.

Mein Fahrer ist aufgestanden und schlendert mit dem Zahnstocher im Mundwinkel zum Ausgang des Lokals. Ich streiche das Restgeld ein und eile ihm hinterher.
Ein schlechtes Gewissen habe ich, dass wir mehrere Speisen nicht angerührt haben und diese weggeschmissen werden.
Wir steigen ins Auto. Mir fällt ein, dass ich meine Sonnenbrille in dem Lokal auf dem Tisch vergessen habe.
Ich zeige auf meine Augen und der Fahrer scheint zu verstehen, was ich meine. Er nickt und stellt den Motor ab.
Ich laufe zurück und stürze in das Restaurant. An unserem Tisch sitzen die Kinder und Frauen, die zuvor am Eingang saßen. Sie verspeisen unsere Reste der Mahlzeit. Der Wirt hält mir meine Brille entgegen und grinst mich freundlich an. Ich nehme sie und eile zum Auto.
Zufrieden stelle ich fest, dass die Essenreste nicht weggeschmissen werden.

Nach vier Stunden erreichen wir den Ort Hongping, hinter dem die Baustelle liegt. Eine breite asphaltierte Straße durchschneidet das Wohngebiet. Rechts und links die gleichen Garagenshops, wie ich sie in den anderen Orten gesehen habe. Wir kommen zu einer mehr als zwei Meter hohen Mauer und halten vor einem eisernen Tor.
Das Camp ähnelt von außen einem Gefängnis. Ein alter Mann kommt aus einer Nebentür und sieht nach, wer wir sind. Langsam schiebt er das Tor bis zur Hälfte auf und lässt uns mit dem Auto passieren.

In dem Areal befinden sich mehrere Wohnplattenbauten, wie ich sie in Shanghai gesehen hatte. Vor einem dieser Blöcke hält der Fahrer an und läuft zu einem Bürogebäude.

In Begleitung einer Frau kommt er zurück. Sie begrüßt mich freundlich auf Englisch und zeigt mir mein Apartment. Die nächsten Tage werde ich hier wohnen. Es liegt im dritten Stock. Einen Aufzug gibt es nicht.

Meinen Privatkoffer nehme ich gleich mit und hoffe, dass der Fahrer die beiden schweren Firmenkoffer in die vierte Etage trägt.

Madame Hu, wie sich die Frau nennt, erklärt mir, dass sie die Chefin des Ausländerbüros ist und mir in allem was ich benötige, behilflich sein wird.

Sie schließt die Wohnungstür auf. Wir kommen in die Diele und ich stelle schweißüberströmt meinen Koffer ab.

Im ersten Moment bin ich entsetzt von der einfachen Ausstattung der Wohnung. Es gibt ein Schlafzimmer, mit einem Doppelbett und einen Schrank. Das Wohnzimmer ist komfortabler. Zwei Sessel und eine Sitzbank schmücken das Zimmer. Auf einer Kommode steht ein Fernsehgerät und in der Ecke erblicke ich einen Schreibtisch mit Stuhl, denen die Jahre anzusehen sind.

Madame Hu zeigt mir die Küche, bei der mir das Grausen kommt. Ebenso ergeht es mir im sogenannten Bad, das keines ist. Über der Toilette befindet sich der Brauseteller. Ein kleines Waschbecken ist an der Seite montiert. Skeptisch sehe ich mir die Wasserinstallation an und überlege, ob es ratsam ist, nur im Adamskostüm die Toilette zu benutzen. Wasserhähne sind nicht vorhanden. Sie sind durch Ventile am Ende der Wasserrohre ersetzt.

Die Dame zeigt zu dem kleinen verglasten Balkon. An der Decke des Raumes befindet sich ein riesiger Brauseteller. Es ist die Ersatzdusche. Zuziehbare Plastikvorhänge verhindern den Einblick der Nachbarn.

Zumindest gibt es eine Klimaanlage und einen Kühlschrank in der Diele. In der Mitte stehen ein Tisch und zwei Schemel.

Madame Hu sagt mir, wie ich sie im Büro telefonisch erreichen kann.

Wir gehen zusammen die Treppe hinunter zum Eingang. Die Firmenkoffer müssen noch in die Wohnung gebracht werden. Sie stehen verlassen an der Seite auf dem Hof. Überrascht stelle ich fest, dass der Fahrer mit dem Auto verschwunden ist. Madame Hu scheint es nicht zu wundern. Sie erklärt mir, dass er seit einer halben Stunde Feierabend hat. Mir bleibt nichts anderes übrig als bei 35 Grad Celsius und hoher Luftfeuchtigkeit die Koffer in das Apartment zu tragen.

Nach dem zweiten Koffer glaube ich sterben zu müssen. Ich bekomme keine Luft. Erschöpft lasse ich mich in den Sessel fallen und schließe die Augen. Die Unterkunft ist primitiv, wie ich sie nicht erwartet hatte. Ich fange an mich zu bemitleiden und döse eine Weile vor mich hin.

Es sind zwei Wochen, die ich hier ausharren muss. Ob ich es überlebe? Toni sprach von einem anfänglichen Kulturschock, der nach drei Tagen vergeht. Jetzt weiß ich was er damit meinte.

Nach einer kurzen Ruhepause fühle ich mich besser und beschließe, das Terrain zu erkunden.

In dem Camp stehen vier gleichartige Wohnhäuser, ein dreigeschossiges Bürogebäude und ein paar Garagen. Alles sieht trostlos aus. Die Fassaden haben nie eine Farbe gesehen. Sie sind grau, wie der Asphalt auf der Straße. Zwei der Wohnblocks haben Balkons. Nur bei einem sehe ich die Außenkästen für Klimaanlagen. Sie wurden nachgerüstet und sind wahrscheinlich nur für Experts, wie die langnasigen Fachleute aus dem Ausland bezeichnet werden, vorgesehen.

Vor dem Bürogebäude bleibe ich stehen und kann durch die offenstehenden Türen hineinsehen. Überall herrscht geschäftiges Treiben und keiner sieht mich.

Ein Toyota-Geländewagen kommt ins Camp. Er gleicht dem, der mich vom Flughafen abgeholt hatte. Der Fahrer ist ein anderer. Aus dem Fahrzeug steigen zwei Männer. Der eine ist ein Riese und der andere um mehr als einen Kopf kleiner als ich. Sie sehen aus wie Asterix und Obelix. Heftig diskutierend gehen sie an mir vorbei. Da bleibt der Kleine stehen und kehrt zu mir zurück.

„Sie sind neu hier?", will er wissen.

„Bin heute angekommen!", erwidere ich in gebrochenem Englisch.

Er scheint mich verstanden zu haben und fragt, woher ich komme.

„Austria!", erwidere ich kurz.

„Bist du Peter?"

Ich nicke.

„Ich bin Lars, der Gesamtbauleiter."

Freudig streckt er mir die Hand entgegen und schüttelt sie kräftig.

„Wo ist Toni?"

„Er kommt mit einer späteren Maschine."

„Okay, gehen wir in mein Büro!"

Ich folge ihm in den ersten Stock. Die Türen zu dem außenliegenden Gang stehen alle offen. Am späten Nachmittag hat sich die drückende Hitze gelegt und ein zarter Windhauch strömt, von den Bergen kommend, durch das Camp.

Lars stellt mich seinen Kollegen vor, die mich freundlich begrüßen. Manche von ihnen verstehe ich nicht, obwohl sie Englisch reden. Ich bleibe in der Nähe von Lars. Er wiederholt alles, was sie sagen. Die ganze Mannschaft stammt aus Norwegen und manche Redewendungen klingen wie in ihrer Muttersprache.

Ein Weilchen muss ich mich gedulden. Lars checkt flüchtig seine Post, die auf dem Schreibtisch liegt. Für mich ist es eine willkommene Gelegenheit mich gründlich umzusehen.

Das Büro ist funktionell eingerichtet, mehr nicht. Obwohl Lars seit einem Jahr hier ist, sieht die Innenausstattung dürftig aus. Die Möbel sind alt und stark ramponiert. Sie müssen bewegte Zeiten mitgemacht haben und stammen wahrscheinlich aus der Periode von Mao. An den Wänden hängen großformatige Konstruktionszeichnungen und auf einem Sideboard stehen ein Drucker und ein Faxgerät. Im Nachbarraum sehe ich große Bildschirme, wie wir sie in unserem Büro in Wien verwenden und PCs mit guter Ausstattung. Ob es sich um Workstations handelt, auf denen sie ihre Konstruktionszeichnungen speichern, kann ich nicht erkennen.

Die Fenster sind von außen vergittert. Ich sehe hindurch auf einen naheliegenden Hügel, der dicht mit Bambusbäumen bewaldet ist.

Ruhig fließt ein kleiner Bach zwischen ihm und dem Haus.

Lars hört auf zu telefonieren und sieht auf seine Uhr.

„Beeilen wir uns, es ist 18 Uhr, Zeit zum Abendessen in der Kantine."

Er geht mir voran.

Durch die Seitentür des Eingangstores kommen wir auf die Straße. Autos, Motorräder und Fahrräder vermischen sich mit den dazwischen entlangeilenden Fußgängern. Es ist ein Wunder, dass niemand angefahren wird. Die Arbeiter von der Baustelle strömen in die Kantine und stellen sich im Parterre an der Essenausgabe an. Angestellte mit Haarnetzen und sauberen Kitteln verteilen die Portionen. Lars geht mit mir eine Etage höher. Da befinden sich drei Räume für die Experts. Wir werden von einer netten Serviererin bedient. Unaufgefordert bringt sie uns Grünen Tee und lächelt uns an.

Lars fragt mich, wie mein Flug war und warum Toni nicht mitgekommen ist. Er kennt ihn gut, denn sie haben sich zu früheren Meetings öfter gesehen. Ich erzähle ihm, was vorgefallen war.

Ich möchte wissen wie der Tagesablauf auf der Baustelle ist.

Er beschreibt mir kurz wie alles abläuft. Es gibt drei Mahlzeiten in der Kantine: Frühstück, Mittag und Abendessen. Man muss sich vorher anmelden. Wer nicht hier essen will, kann abends in das Straßenlokal, zu Maria, gehen. Angeblich soll die Inhaberin geschmackvolleres Essen zubereiten als es die Kantine anbietet.

Die Serviererin bringt jedem von uns ein großes Tablett mit verschiedenen warmen und kalten Speisen. Es ist gebratener „Eierreis" mit gemischten Gemüse und Fleisch, die in eigenen Schälchen serviert sind. Ein Besteck vermisse ich. Ich sehe nur Löffel, Stäbchen und eine kleine Reisschüssel.

Lars gebraucht seine Stäbchen wie ein Chinese. Mir will es nicht gelingen. Der Reis fällt bei jedem Versuch zurück in die Schüssel. Das Gemüse zu fassen ist aussichtslos. Die fette Oberfläche ist zu glatt.

Lars klopft mit dem Löffel ein paarmal an seine Reisschale und die Serviererin kommt eilig zu ihm. Sie versteht kein Englisch und er sagt ihr ein paar Worte auf Chinesisch. Sofort verschwindet sie und bringt mir ein Besteck mit Teller. Die Welt sieht jetzt für mich besser aus. Ich komme mir nicht mehr wie Meister Adebar vor. Die Fabel vom Storch und dem Fuchs hatte mir als Kind gut gefallen. Darin sollte der Storch mit seinem langen Schnabel von einem Teller essen.

„Bist du jeden Tag zu den Mahlzeiten hier?", will ich von Lars wissen.

„Nur bis Ende der nächsten Woche. Meine Frau kehrt aus Norwegen zurück. Sie ist eine hervorragende Köchin. Es ist gut, wenn die Frau mit auf die Baustelle kommt. Das erleichtert das Leben, weit ab von der Heimat. Bist du verheiratet?"

„Nein, ich habe eine Freundin!"

„Frage sie, ob sie mit nach China kommen will. Wir finden eine Arbeit für sie im Büro oder woanders. Was arbeitet sie?"

„Sie ist Sekretärin."

„Das passt gut! Wenn sie gut Englisch kann, ist das perfekt."

„Wir haben noch nicht über Heirat gesprochen."

Lars macht ein bedenkliches Gesicht.

„Bei ledigen Paaren tun sich die Chinesen schwer. Mehrere Experts haben ihre Frauen mitgebracht. Eine arbeitet als Lehrerin in Hangzhou an der internationalen Schule und gibt dort Sprachunterricht. Die anderen Frauen sind zu Hause und versorgen die Familie. Es gibt welche, die ihre Kinder hier haben. Sie sind noch nicht im Schulalter."

„Hast du Kinder?", will ich wissen.

„Zwei Töchter! Die Jüngste hat im letzten Jahr geheiratet und ist von Zuhause weggezogen. Meine Frau ist jetzt frei und kann bei mir auf der Baustelle sein. Das ist angenehm für mich."

„Toni sagte mir, dass auf der Baustelle nur gearbeitet wird und die Frauen sich vernachlässigt fühlen."

„Für die eine oder andere trifft das zu. Die meisten wissen sich zu beschäftigen. Sie unternehmen vieles gemeinsam. Wenn man hier wohnt, kann man am besten das Land und Leben kennenlernen. Es ist anders als bei den Touristen. Du fühlst dich nach kurzer Zeit als Einheimischer und wirst von den Leuten hochgeachtet, nicht nur wegen des Geldes."

Das Handy von Lars läutet. Er hat einen entsetzlichen Klingelton eingestellt, damit er ihn nicht überhört. Dringend muss er zurück ins Büro und entschuldigt sich. Ich esse in Ruhe weiter.

Die Serviererin steht an der Tür und sieht verstohlen zu mir. Ob sie hofft, dass ich mich beeile und sie Feierabend machen kann?

Ich werde es nie erfahren, da sie nicht Englisch spricht und ich sie nicht in ihrer Muttersprache fragen kann. Die chinesische Sprache gefällt mir. Sie klingt melodisch und nicht wie das Bellen bei den Japanern oder Froschquaken bei den Amerikanern.

Nach dem Essen gehe ich auf der Hauptstraße entlang. Einen Bürgersteig, wie ich ihn von Wien kenne, gibt es nicht. Zwischen dem Straßenrand und den Garagen oder Hütten ist Kies aufgeschüttet oder Asphalt aufgebracht. Vorsichtig stolpere ich von einer Unebenheit zur anderen.

Es ist nur ein kleines Dorf in dem sich das Camp befindet. An der Zahl der Geschäfte könnte man eine Kleinstadt vermuten. Ein Friseurladen, Schneiderei, Kleinwarenhändler, Autowerkstatt, Bistro mit Billardtischen und vieles mehr sind wie Wildwuchs aneinandergereiht. Die meisten Arbeiter sind von der Baustelle in ihre Unterkünfte neben dem Kantinengebäude zurückgekehrt. Sie genießen bei Karaokegesang in den Lokalen den Abend oder schlendern, wie ich, durch die Straßen.

An einer Stelle gibt es einen Auflauf. Eine Traube von Menschen hat sich gebildet und starrt interessiert in die Mitte. Ich kann nichts sehen. Die Neugierde treibt mich näher zu treten.

Die Chinesen, die mich als Ausländer erkennen, machen Platz, damit ich durch eine Gasse zu dem Geschehen gelangen kann.

Ein Mann hält eine große Schlange in die Höhe und ruft aufgeregt in die Menge.

Zu seinen Füßen befinden sich Säcke, in denen sich wahrscheinlich weitere Reptilien befinden.

Was hat er mit dem Tier vor?

Will er Kunststücke zeigen?

Wie dressiert sieht die Schlange nicht aus. Sie versucht sich aus seinem festen Griff zu lösen. Die Männer neben dem Schlangenbändiger diskutieren lautstark. Sie strecken ihm ein paar zerknitterte Geldscheine entgegen. Da greift der Mann in seine Tasche und zieht eine Schere heraus. In Sekundenschnelle schlitzt er das lebende Tier auf und häutet es. Er trennt den Kopf ab und zerteilt das Reptil in mehrere Stücke. Die heftig mit ihm diskutierenden Männer bekommen einen Teil der Schlange und er steckt das zugereichte Geld in seine Jackentasche.

Der Mann neben mir grinst mich an. Er hat ein Stück von der Schlange erstanden und ist sichtlich erfreut darüber. Mit Handzeichen deutet er mir an, dass er das Schlangenfleisch für die Suppe verwendet.

Ich darf mir nicht vorstellen, dass ich Schlangensuppe esse. Bei dem Gedanken wird mir schlecht und ich dränge mich aus dem Kreis der Umstehenden heraus.

Für mich ist unvorstellbar, dass diese Lebewesen genießbar sind. Im Tiergarten Schönbrunn, dem ältesten Zoo der Welt, habe ich Reptilien gesehen. Meine Mutter ist nicht gern mit mir in das Schlangenhaus gegangen, da sie eine Abneigung gegen kriechende Tiere hat. Jederzeit vermutete sie, dass eine Scheibe der Terrarien zerspringen könnte und die Schlangen entweichen.

Ich war fasziniert von diesen Lebewesen. Es erstaunt mich noch heute, dass sie sich ohne Beine schnell fortbewegen können.

In einer Suppenterrine möchte ich kein Stück Fleisch davon finden. Ich hatte bei einer Fütterung im Schlangenhaus zugesehen, wie eine Ratte von einer Anakonda verschlungen wurde. Ebenso sind Ratten auf meiner Speisekarte niemals denkbar. Ein kalter Schauer läuft mir bei dem Gedanken über den Rücken.

Um mich von dem außergewöhnlichen Erlebnis zu erholen und von den Gedanken an Schlangen wegzukommen, sehe ich mir die Angebote in den Läden genauer an. Die Preise sind niedrig. Das Durchschnittseinkommen der Arbeiter wird wahrscheinlich gering und die Qualität der Waren nicht hochwertig sein.

Ich kaufe ein paar Flaschen Cola, Bananen, Weißbrot und mehrere Stück Butter in Portionspackungen, wie man sie am Frühstücksbuffet in Restaurants bekommt. Wenn mich nachts der Hunger plagt habe ich eine Notverpflegung. Durch die Zeitverschiebung ändern sich die Essenzeiten und daran muss sich der Organismus erst gewöhnen.

Auf meinem Heimweg kann ich von außen in Marias Bistro sehen. Es ist innen erleuchtet und viele Langnasen sitzen an den kleinen runden Tischen. Sie unterhalten sich angeregt und trinken Bier aus Dosen.
Innerlich spüre ich jetzt die Müdigkeit und entschließe mich mein Apartment aufzusuchen. Die Sonne taucht hinter den hohen Bergen unter und das Leben an der Straße scheint turbulenter zu werden.

Morgen früh bin ich 7 Uhr mit Lars zum Frühstück verabredet. Er will mir zeigen, wo meine Besprechung mit dem Kunden stattfinden wird. Der Gedanke daran besorgt mich. Ich bin nicht darauf vorbereitet, ohne Hilfe mit den Chinesen zu sprechen. Was wollen sie von mir hören?
Diesbezüglich habe ich mich auf Toni verlassen und er hat mir nicht viel gesagt, wie ein Meeting abläuft.

Die vielen Stufen, bis zu meiner Wohnung bringen mich außer Atem. Ich schalte den Fernseher ein und bin erstaunt, dass der Sender CNN freigeschaltet ist. Somit kann ich die Weltnachrichten sehen und hören.
Im Sessel mache ich es mir bequem, schließe die Augen und lasse das Tagesgeschehen im Eiltempo an mir vorüberziehen. Viel habe ich in den letzten Stunden erlebt. Ein wenig bin ich stolz auf mich, dass ich alles gepackt habe. Toni müsste jetzt in der Maschine nach Shanghai sitzen, wenn alles gut gegangen ist.

Geräusche am Küchenfenster lassen mich aufhorchen. Ich habe es geschlossen, damit keine Mücken in die Wohnung kommen. Das Licht der Lampen könnte sie anziehen.

Als ich genauer hinsehe, entdecke ich Geckos an den Glasscheiben der Fenster. Wie können diese possierlichen Tiere bis in die oberste Etage klettern? Ich betrachte sie von der Unterseite. Geduldig warten sie auf Falter, die durch das Licht in meinem Zimmer angezogen werden. Sie lassen sich durch mich nicht stören.

Bevor ich schlafen gehe, durchsuche ich alle Räume nach Kakerlaken. Ich kann keine finden. Toni sagte mir, dass sie sich gut verstecken und erst im Dunkeln auftauchen. Im Wohn- und Schlafzimmer befindet sich ein rotbraun lackierter glatter Estrich-Fußboden. Die anderen Räumlichkeiten sind gefliest. Es sind ideale Rennstrecken für die kleinen, flinken Tierchen.

Mein Hemd klebt vor Schweiß. Ich gehe duschen. Der Gebrauch der Mischbatterie für kaltes und heißes Wasser ist problematisch. Sie ist anders, als ich sie kenne. Ein Kaltwasserrohr wird mit einem vom Boiler kommenden Warmwasserrohr zusammengeführt. In beiden Zuleitungen befinden sich einfache Ventile, mit denen der Zufluss gesteuert wird. Es dauert eine Weile, bis ich die beste Einstellung herausfinde. Das Wasser fließt durch eine kleine Öffnung im Boden ab und staut sich nicht an den Füßen.

Das Duschen ist ein Hochgenuss. Der Brauseteller an der Decke ist übergroß und die feinen Wasserstrahlen prasseln auf meinen Kopf.

Jetzt erst bemerke ich, dass ich die Plastikvorhänge in der Balkonduschkabine nicht zugezogen habe. Draußen ist es dunkel und ich stehe hier, wie auf dem Präsentierteller. Ob ich heimliche Zuseher habe, kann ich nicht feststellen.

Von dem warmen Duschen bin ich munter geworden und packe meinen Koffer aus. Den Laptop habe ich in die Mitte zwischen meine Unterwäsche gelegt, damit er gegen Stoß geschützt ist. Ich schalte ihn ein und er funktioniert. Morgen will ich ihn mit zu der Besprechung nehmen. Wenn ich einen Beamer organisieren kann, könnte ich den chinesischen Technikern die letzten Änderungen in den Zeichnungen an der Projektionswand erklären. Ich werde Lars fragen, ob er mir einen besorgt.

17

Hongping, Bach

Pünktlich um 7 Uhr bin ich in der Kantine und warte auf Lars. Er sagte mir gestern, dass wir uns hier treffen wollen.

Die kleine Serviererin bringt mir unaufgefordert mein Frühstück. Das Essen ist warm. Ich koste von dem dünnen Reisbrei. Er ist gesüßt und schmeckt gut. Auf einem anderen Teller sind zwei kleine Germknödel, die ich im Ganzen in den Mund stecken könnte. Ich warte auf Lars. Wir wollen gemeinsam frühstücken und da wäre es unhöflich, früher zu beginnen.

Mein Blick fällt auf die Serviererin, die mich neugierig von der Tür aus beobachtet und sich wundert, warum ich nicht anfange. Sie kommt zu mir und fragt mich irgendetwas auf Chinesisch. Ich verstehe sie nicht und sehe sie lächelnd an.

Es scheint sie zu irritieren, warum ich ihr nicht antworte. Schmollend kehrt sie zu ihrem Platz zurück.

Lars kommt angehetzt und setzt sich an den runden Tisch.

„Entschuldige, dass ich mich verspätet habe. Ich musste noch kurz ins Büro. Warum isst du nicht?"

„Ich habe auf dich gewartet!"

„Das brauchst du nicht! Deine Reissuppe ist jetzt kalt." Die Serviererin bringt sein Frühstück. Es unterscheidet sich nicht von meinem. Lars tauscht unsere beiden Reisschalen.

„Nimm meine, die ist noch warm!"

Es ist eine nette Geste von ihm.

Mit den klobigen Porzellanlöffeln schlürfen wir den süßen Reisbrei. Bevor unsere Schalen leer sind, bringt uns die Serviererin zwei Spiegeleier.

„Die habe ich dir zu verdanken", meint Lars lächelnd.

„Wieso?"

„Vielleicht gefällst du der kleinen Chinesin, die an der Tür steht und dich beobachtet. Sie heißt Mi, das bedeutet auf Chinesisch ‚hübsch'".

Ich sehe hin und sie wendet den Blick ab.

Es ist eine Kunst, Spiegelei mit Stäbchen zu essen. Ich betrachte bewundernd Lars. Er zerteilt das Ei in kleine fassbare Stücke und tunkt mit dem Germknödel die Dotter auf. Meine Versuche scheitern kläglich. Der Serviererin muss ich bei meinen Bemühungen leidtun. Sie bringt mir aus der Küche eine Gabel. Dankbar sehe ich sie an und sie lächelt zurück. Ich möchte nicht wissen, was sie von mir denkt.

Lars erklärt mir den Ablauf des heutigen Tages. Das Meeting soll 10 Uhr beginnen. Es findet in einem der Besprechungsräume des Bürogebäudes statt. Er verspricht mir, am Anfang anwesend zu sein und will mich vorstellen. Sein Telefon läutet. Er spricht norwegisch und gestikuliert heftig mit den Händen. Ruhig frühstücken kann er nicht. Eilig verschlingt er die Bissen.

„Versuche ruhig zu bleiben, egal was passiert! Morgen wird Toni da sein. Er rief mich heute an und sagte, dass er unterwegs ist. Wenn es Probleme mit unseren Freunden gibt, kannst du mich am Handy erreichen!"

Er gibt mir seine Visitenkarte und schreibt auf die Rückseite seine Handy-, Büro- und Apartmentnummer auf.

„Irgendwo findest du mich auf jeden Fall!"

Ich bin ihm dankbar, dass er mich heute nicht in der Luft hängen lässt und stecke die Visitenkarte ein.

Wir gehen zurück ins Camp. Es ist allgemeine Aufbruchsstimmung. Auf dem Platz vor dem Bürogebäude sind die Fahrzeuge aufgefahren, die die Experts zur Baustelle bringen sollen. Lars wird von allen Seiten angesprochen. Ich erkenne, dass er die Fäden in der Hand hält. Ruhig beantwortet er die Fragen und trifft Entscheidungen. Als die Autos zur Baustelle abgefahren sind, wendet er sich mir zu.

„Ich zeige dir jetzt den Meeting-Raum und die Büroräume von deiner Firma."

Flink bewegt er sich in die untere Etage. Ich folge ihm. Der Raum ist renoviert und es riecht nach frischer Farbe. In der Mitte steht ein großer Besprechungstisch mit Stühlen. Ein Klimaschrank und Wasserspender ist an der einen Wandseite aufgestellt und an der gegenüberliegenden Wand befindet sich eine Projektionsleinwand. Gleich eilt er weiter, die Stiegen hinauf in den ersten Stock. Rechtsseitig vom Treppenaufgang führen vom Gang aus zwei Türen zu dem Büro meiner Firma. Lars schließt die Tür auf. Diese Räume sind ebenfalls neu hergerichtet und leer. Ich sehe aus dem Fenster auf einen Bach, in dem Kinder spielen und Kieselsteine zu Wasserbarrieren aneinanderreihen.

„Wo sind die Büromöbel?", will ich von Lars wissen.

„Die muss euer Bauleiter als erstes organisieren. Er kommt voraussichtlich in drei Wochen auf die Baustelle."

Ich will nicht weiter fragen. Lars könnte denken, dass ich schlecht informiert bin.

„Von wem bekomme ich einen Beamer?"

„Ich kann dir einen ausleihen."

Die Firmenkoffer mit den Dokumenten muss ich holen. Mühsam plage ich mich damit ab und trage sie von meinem Apartment in unsere zukünftigen Büroräume. Durchgeschwitzt stelle ich mich unter die Dusche. Es ist genügend Zeit bis 10 Uhr und ich nehme mir vor, es ruhig anzugehen. Meine Aufregung nimmt zu. Eine halbe Stunde vor dem Beginn des Meetings erscheine ich im Besprechungsraum. Angespannt warte ich. Es ist still, wie vor einem großen Sturm.

Kurz vor 10 Uhr stürzt eine Schar von Chinesen durch die Tür in den Raum. Mir scheint, dass es kein Ende nimmt und ich fühle mich wie erdrückt. Mit Entsetzen stelle ich fest, dass alle bleiben wollen. Sie setzen sich auf die Stühle an der Fensterseite. Ich stehe wie verloren im Raum und platziere mich ihnen gegenüber. Aufgeregt unterhalten sie sich miteinander. Einer von ihnen verteilt große Porzellanbecher mit Deckel, in denen sich frisch gebrühter Grüner Tee befindet.

Lars kommt in den Raum und stellt sich neben mich. Er trägt einen Beamer unter dem Arm und übergibt das Gerät einem der Burschen. Sie sehen für mich alle jung aus. Ich kann mich täuschen. Drei von ihnen kommen auf mich zu und strecken mir mit beiden Händen ihre Visitenkarte entgegen. Ich tue es in der gleichen Weise, wie es mir Toni geraten hat. Interessiert betrachten sie die englische Seite der Karte und versuchen laut meinen Namen auszusprechen.

Nach dieser Ouvertüre gehen wir in Media Res über. Lars stellt mich den Chinesen vor und nennt mir ein paar Namen der wichtigsten Personen von der chinesischen Seite.

Die in der zweiten Reihe sitzen scheint er nicht alle zu kennen. Er informiert, dass mein Partner Toni erst morgen anwesend sein wird und ich heute die Zeichnungen allgemein vorstellen werde. Viele nicken heftig mit dem Kopf. Ihr Dolmetscher übersetzt die Worte von Lars ins Chinesische. Es beginnt der zweite Akt, bei dem sich Lars aus dem Meeting-Raum entfernt und mich der wissenshungrigen Meute überlässt. Dass es einen Übersetzer gibt finde ich gut. Dadurch bleibt genügend Pufferzeit um mir zu überlegen, was ich als Nächstes sagen will und um die richtigen englischen Vokabeln zu finden.

Ich fange an und gebe einen kurzen Überblick über die Zeichnungen, die ich heute vorstellen will. Der Beamer wird aufgestellt und mit meinem Laptop verbunden. Es funktioniert auf Anhieb. Ich präsentiere die erste Zeichnung an der Wand. Ein Chinese legt die von uns vor einem Jahr übergebene Konstruktionszeichnung auf den Tisch und vergleicht sie mit meiner Version aus dem Laptop. Es beginnt eine heftige Diskussion und viele Fragen folgen. Ich stelle fest, dass die Wortführer gut vorbereitet sind und sich bestens mit der Materie auskennen.

Hauptsächlich reden die Jüngeren. Die Älteren in der Runde halten sich zurück. Toni sagte mir, dass er das gleiche Problem im Umgang mit älteren chinesischen Fachkollegen bei den Vertragsverhandlungen über technische Details hatte. Sein Alter und jugendliches Aussehen ließen ihn nicht erfahren und seriös genug erscheinen.

Mit der neuen Technik verschiebt sich die Kompetenzhierarchie zugunsten der Jüngeren. Ihnen fällt es leichter mit der neuen Computertechnik umzugehen. Langjährige Berufserfahrungen haben nicht mehr das Gewicht wie vor einigen Jahren. Zu schnell entwickeln sich die Dinge. Wer nicht flexibel ist und ständig sein Wissen auf den neuesten Stand bringt, ist schnell weg vom Fenster. Das Generationenproblem ist schwer in den Griff zu bekommen. Bei uns in Österreich ist es ähnlich.

Lars kommt in den Besprechungsraum und setzt sich abseits vom Tisch, auf einen Stuhl. Still beobachtet er das Geschehen. Anfangs bemerke ich ihn nicht. Ich bin in eine Diskussion mit den chinesischen Technikern verwickelt. Sie wollen bis ins Detail wissen, warum ich diese oder jene Abänderung in den Zeichnungen vorgenommen habe. Wenn es ihnen vorteilhaft erscheint, hält die Diskussion nicht lange an. Gibt es irgendwelche Zweifel, bricht eine chaotisch erscheinende Diskussion in ihren Reihen aus. Sie schreien sich gegenseitig an, dass es mir bange wird.

Ich gehe davon aus, dass es zu ihrer Umgangskultur gehört. Zwei oder mehrere Parteien bilden sich und nach heftigen Wortgefechten finden sie zu einer gemeinsamen Ansicht. Jeden Punkt der Einigung vermerke ich im Besprechungsprotokoll.

Ich bin zufrieden, dass alle meine Änderungen zu der ersten Zeichnung genehmigt werden.

Bevor ich ihnen die zweite Zeichnung erklären kann, wollen sie die zuvor abgesegneten Punkte in der ersten Zeichnung nochmals diskutieren.

„Warum?", frage ich mich.

Wenn wir in dem Tempo weitermachen, schaffen wir es in vier Wochen nicht, alle vorgesehenen Zeichnungen zu behandeln. Zwei Wochen sind für das Meeting geplant und mein Termin für den Rückflug steht fest. Ich hoffe, dass Toni das Ganze beschleunigen kann.

Pünktlich um 12 Uhr wird die Diskussion schlagartig abgebrochen. Es ist wie bei den Maurern, denen man nachsagt, dass sie die Kelle zu den Pausenzeiten aus der Hand fallen lassen. Die Mittagszeit ist jedem Chinesen heilig. Lars nickt mir anerkennend zu. Wir stehen auf und gehen in die Kantine.

„Du hast dich gut geschlagen. Toni könnte es nicht besser machen."

„Es war wie ein Sprung ins kalte Wasser!", gebe ich zu.

„Solange du dich nicht verkühlst ist es gut. Die Chinesen können unangenehm werden."

„Mit den Jüngeren von ihnen komme ich gut aus."

„Sie entscheiden nicht. Achte auf die Älteren! Wenn sie mit den Änderungen einverstanden sind, vermerke das im Protokoll und lass es von ihnen unterschreiben! Nur was abgezeichnet ist hat Gültigkeit."

„Bei uns Zuhause machen wir es ebenso, nur diskutieren wir nicht lange über Trivialitäten", bemerke ich.

„Du gewöhnst dich daran. Das Palaver verzögert viele Entscheidungen. Wenn du in Terminnot kommst, kann das für dich ein Problem werden. Sind eure Bestellungen für die Zulieferer alle draußen?"

„Nur die wo die Zeichnungen fix sind. Ich muss sehen, dass der Kunde in diesem Meeting unsere Änderungen bestätigt. Wenn nicht, bekommen wir ein Zeitproblem."

„Wie ihr damit zurechtkommt interessiert die Chinesen nicht. Wieso habt ihr Änderungen vorgenommen?", will Lars wissen.

„Von der Vertragsunterzeichnung bis jetzt, kurz vor der Bestellung bei den Sublieferanten, ist viel Zeit vergangen. Wir möchten die Verbesserungen, die sich zwischenzeitlich ergeben haben, weiterreichen."

Lars zieht die Stirn in Falten und sieht mich zweifelnd an.

„Manchmal ist es besser, Veraltetes zu liefern und sich strikt an den Vertrag zu halten", bemerkt er tiefsinnig.

Ich halte mich mit meiner Meinung zurück, da ich anderer Ansicht bin.

Er wird böse Erfahrungen gemacht haben.

„Wenn ich ein Gerät kaufe das mehr kann als im Prospekt beschrieben, freue ich mich darüber. Ich vermute, die Chinesen denken genauso", erkläre ich ihm.

„Lass dich überraschen, mein Freund! Du bist hier 10.000 Kilometer von Wien weg und da ist alles ein wenig anders als du es gewohnt bist. Ich will dir nicht deinen Optimismus nehmen."

Die Serviererin von heute Morgen bringt uns das Essen. Mir reicht sie mit einem freundlichen Lächeln einen Teller und ein Besteck. Dankbar sehe ich sie an.

Lars bemerkt es.

„Sie mag dich!"

Verlegen blicke ich auf meine Reisschale.

„Die Chinesinnen sollen gute Ehefrauen sein. Die Kleine sieht lieb aus. Gefällt sie dir?", will er wissen.

„Ich habe eine Freundin in Wien", antworte ich abwehrend.

„Sorry, ich habe es vergessen!", gibt er bedauernd zu.

Das Handy von Lars läutet. Er springt von seinem Stuhl auf, entschuldigt sich kurz und eilt nach draußen. Von seinem Essen hat er nur wenig angerührt. Er muss dringend zur Baustelle.

Ich sitze da und betrachte die Holzstäbchen und Porzellanschale auf meinem Tablett. Die Servirerin hat es sich auf einem Schemel neben der Tür bequem gemacht. Sie döst vor sich hin.

Einen Löffel Reis gebe ich in die Schale und versuche ihn mit dem Stäbchenpaar zu fassen. Obwohl der Reis klebrig ist, kann ich ihn nicht zwischen den Stabspitzen festhalten. Geduldig versuche ich es erneut. Wenn die Kinder in China damit umgehen können, warum soll es mir nicht gelingen? Ich bin in meine Übungen vertieft und bemerke die Servirerin nicht. Sie steht hinter mir und scheint sich über meine Ungeschicklichkeit zu amüsieren. Ich will aufgeben.

Mi setzt sich auf Lars Stuhl und nimmt seine Essstäbchen in die rechte Hand. Ich sehe ihr zu, wie sie die Dinger elegant zwischen ihren Fingern hin und her bewegt. Es sieht aus, als wären sie mit ihr verwachsen.

Ich versuche es ihr nachzumachen. Es gelingt mir nicht. Lachend beugt Mi sich zu mir und fasst meine Hand. Sie legt die Stäbchen an die richtige Stelle zwischen die Finger und deutet mir an, wie ich sie bewegen soll.

Mit viel Geduld von ihr und mir, gelingt es uns gemeinsam ein paar Reiskörner zu fassen und sie wohlbehalten in meinen Mund zu bugsieren. Anerkennend nickt Mi mir zu und redet wie ein Wasserfall. Sie scheint zufrieden mit meinen ersten Essversuchen und ihrer Lehrtätigkeit zu sein. Grinsend geht sie zurück zur Tür und setzt sich auf ihren Stuhl. Mir bleibt ein wenig Zeit weiter zu üben.

Zwischendurch studiere ich den Essenplan, in den ich mich für die folgenden Tage eintragen soll. Die Menüs sind mit englischen Untertiteln verfasst. Frühs, mittags und abends gibt es warme Speisen. Das dürfte meiner Figur nicht zuträglich sein. Ich werde Mahlzeiten auslassen um nicht wie ein Pfannkuchen aufzugehen. Die wenigen Tage des Meetings dürften keine Spuren hinterlassen. Wenn ich ab Herbst längere Zeit auf der Baustelle bin könnte sich mein Gewicht schnell nach oben bewegen.

Die Speisen sind schmackhaft, die mir bisher in der Kantine vorgesetzt wurden. Es besteht kein Grund, hungern zu müssen.

Mich interessiert, ob die Chinesen im großen Kantinenraum das gleiche Essen bekommen, wie die Experts. Zur Mittagszeit ist großer Andrang im Essensaal. Bevor ich zum Meeting-Raum zurückgehe, sehe ich mich neugierig um.

Es steht eine lange Schlange geduldig wartender Chinesen vor dem Ausgabetresen. Wer sein Essen bekommen hat, setzt sich an einen der zahlreichen Tische. Hastig verschlingen sie den Inhalt aus ihren Schüsseln. Von chinesischer Gelassenheit ist nichts zu erkennen.

Es scheint das gleiche Essen zu sein wie ich es bekomme. Mit ihren Stäbchen gehen sie kunstfertig um, dass mir meine Anfangserfolge wie dilettantische Versuche vorkommen.

Die Geräuschkulisse ist hoch. Das liegt nicht nur daran, dass sie sich in schreiender Tonlage miteinander unterhalten, sondern an dem lauten Schmatzen. In Wien wurde mir gesagt, dass es ein gutes Zeichen für die Qualität der Küche ist und sie damit ausdrücken, dass es ihnen schmeckt.

Ich sehe auf meine Uhr und stelle fest, dass ich mich beeilen muss. Die Straße vor dem Camp ist von Menschen überfüllt, die sich in dem Gedränge nur langsam weiterbewegen können. Dazwischen bieten Frauen aus den Dörfern Gemüse und Obst an. Ich kaufe zwei Bananen für wenige Yuan. Im Vergleich zu Wien sind die Preise niedrig.

Als ich den Meeting Raum betrete, werde ich erwartet. In fünf Minuten starten wir. Alle haben auf ihren Stühlen Platz genommen und sehen mich erwartungsvoll an. Pünktlich zur festgesetzten Zeit beginne ich mit der Präsentation der zweiten Zeichnung. Ich hoffe, dass wir jetzt schneller vorankommen.

Es ist eine trügerische Hoffnung.

Nichts hat sich geändert. Ich bin froh, bis zum Nachmittag zumindest die zweite Zeichnung behandelt zu haben. Als ich das Protokoll verfasse und mir die Änderungen in den Zeichnungen bestätigen lassen will, winken sie energisch ab.

„So geht das nicht!", erklärt mir der Dolmetscher.

„Das Protokoll muss für diesen Tag ausgedruckt und uns übergeben werden. Wir diskutieren die einzelnen Punkte am Abend und entscheiden, ob wir einverstanden sind."

„Wir haben die Änderungen zigmal besprochen und die meisten haben dazu bestätigend genickt", erwidere ich verärgert.

„Bei uns ist es üblich, dass jeder im Kollektiv überzeugt sein muss, danach können wir unterzeichnen."

Resigniert drucke ich die Seiten des Besprechungsprotokolls von diesem Tag aus und übergebe sie dem Dolmetscher. Er reicht sie einem Kollegen in der zweiten Sitzreihe weiter, der damit zum Kopiergerät geht. Es ist 17 Uhr und Feierabend.

Alle verlassen den Raum. Sie haben es eilig, dass man glauben könnte, ein Feuer wäre ausgebrochen. Ich packe in Ruhe meine Sachen zusammen und schaffe sie in unser Büro. Unterwegs treffe ich Lars. Er fragt mich, wie es mir geht. Ich lasse mir meinen Frust über den Ausgang des heutigen Tages nicht anmerken. In mir bleibt ein Gefühl der Leere. Zehn Zeichnungen wollte ich heute mit den Chinesen behandeln und nur zwei haben wir geschafft.

Die Schuld an dem Misserfolg suche ich bei mir. Ich müsste rigoroser vorgehen. Am Ende des Tages gab es kein unterschriebenes Protokoll.

Schlechtgelaunt gehe ich zu dem Gebäude, in dem sich die Kantine befindet. Lars ist noch nicht da. Die Serviererin bringt mir ein Tablett mit warmen Speisen, wie mittags. Reis, Gemüse und Fleisch sind die Hauptbestandteile. Als ich nach den Essstäbchen greife, lächelt mir die hübsche Türsteherin zu und verfolgt jede meiner Bewegungen.

Die Suppe isst man nicht am Anfang, sondern in der Mitte oder am Ende der Mahlzeit, erzählte mir Toni. Somit beginne ich mit der Hauptspeise. Ich nehme meine Essschale in die linke Hand und versuche einen Klumpen des klebrigen Reises aus der Edelstahlschüssel dort hinein zu bugsieren. Er fällt mir öfter auf das Tablett. Mi lacht schrill auf. Wie ein Kind, das sich über einen tollpatschigen Clown im Zirkus amüsiert. Ihre schönen Zähne blinken wie schneeweiße Perlen zwischen den schmalen Lippen. Ich überlege, wie ich sie dazu bringen kann, dass sie beim Lächeln nicht die Lippen geschlossen hält, sondern öfter die Zähne zeigt.

Grinsend mache ich es ihr vor. Mi versteht dies falsch. Anstatt es mir gleich zu tun, sieht sie mich böse an. Sie glaubt, dass ich sie verulken will.

An diesem Abend gelingt es mir nicht mehr, ihr ein Lächeln abzuringen. Bewusst wendet sie ihren Blick ab.

Nach dem Essen gehe ich in mein Apartment. Vorher frage ich im Ausländerbüro nach, wann Toni ankommen wird. Madam Hu meint, dass er in einer Stunde eintreffen müsste und übergibt mir die Schlüssel zu seiner Wohnung. Sie liegt einen Stock tiefer, direkt unter meiner.

Ungeduldig warte ich auf das Auto, das ihn bringen soll. Ich setze mich an das Fenster in der Diele. Von hier aus habe ich den Treppeneingang und die Straße im Blick. Zur Abendstunde tummeln sich, wie in der Mittagszeit, unzählige Menschen in der Hauptstraße. Ich hole meine Kamera und schraube das Teleobjektiv auf. Durch den Sucher beobachte ich die Leute an den Marktständen. Die Menschen scheinen greifbar nah als würde ich unter ihnen sein. Nur ihre Stimmen kann ich nicht vernehmen. Die Geräusche, die zu mir dringen sind eine Mixtur aus Schreien, Brüllen, Hupen und vielen anderen.

Der Fotoapparat wird mir nach kurzer Zeit zu schwer in der Hand. Ich hole das Stativ aus dem Koffer und stelle es neben dem Fenster auf. Jetzt kann ich alles gut betrachten, ohne zu verwackeln. An einem der Obststände entdecke ich die kleine Serviererin, wie sie einen Pomelo begutachtet. Sie dreht ihn ständig in den Händen um und scheint mit dem Händler um den Preis zu feilschen. Nach einer Weile legt sie die Frucht auf den Verkaufstisch zurück. Sie war ihr wahrscheinlich zu teuer und sie entscheidet sich für zwei Orangen.

Den Schlangenverkäufer entdecke ich durch den Sucher an einer Wegkreuzung. Er ist wie am gestrigen Abend von vielen Menschen umringt, die bewundernd dem mutigen Mann zusehen, wie er die hochgiftigen Reptilien häutet und zerteilt.

18

Hangzhou, Westsee

Das Stahltor zum Camp wird von dem Pförtner geöffnet. Ein Geländewagen fährt hindurch und hält vor meinem Treppenaufgang. Erfreut entdecke ich Toni wie er aussteigt. Ich rufe ihm von oben zu. Er kann mich wegen des hohen Geräuschpegels, der von der Straße kommt, nicht hören. Schnell eile ich nach unten.
„Hallo Toni, sei willkommen!"
Er hievt gerade seinen schweren Koffer aus dem Auto. Müde sieht er aus und quält sich ein Lächeln ab.
„Wie ich sehe, hast du dich gut eingelebt?", sagt er grinsend zu mir.
„Wie meinst du das?", erwidere ich verwundert.
„Woher hast du die hübsche Mao-Mütze?"
Ich hatte nicht gemerkt, dass ich eine Mütze aufgesetzt habe.
„Ach, die hat mir der Dolmetscher gegeben. Er hatte es auf meine grüne Rapid-Kappe abgesehen und gemeint, dass er ein großer Fußballfan ist."

„Bald wirst du nichts mehr Eigenes anhaben, wenn du gleich tauschst."

„Es ging nicht anders, wir werden ihn gut brauchen können."

Ich reiche Toni die Schlüssel und zeige ihm seine Wohnung.

„Du kennst dich gut aus, wie ich sehe. Hat dich Madame Hu als Kalfaktor eingestellt?", meint er spöttisch.

Da ich mit dem Begriff nichts anfangen kann, antworte ich nicht auf seine Bemerkung. Er stellt seinen Koffer in der Diele auf den Tisch und packt ein paar Kartons aus.

„Es sind Unterlagen, die wir gleich ins Büro bringen müssen", sagt er zu mir.

„Willst du dir deine Wohnung nicht erst ansehen?", frage ich verwundert.

„Nein! Ich kenne sie. Als wir während des letzten Meetings die Baustelle besucht hatten, war ich hier untergebracht. Wie schaut es im Büro aus? Ist es möbliert?"

„Es stehen nur ein Tisch und zwei Schemel im vorderen Raum", gebe ich Auskunft.

„Das habe ich mir gedacht. Es sollte alles eingerichtet sein, bis wir kommen!", sagt er verärgert.

„Angeblich gibt es ein Lager, aus dem wir uns Möbel entnehmen können", informiere ich ihn.

Toni wirkt gereizt. Der Flug scheint ihn mitgenommen zu haben. Näher nachfragen will ich nicht und nehme einen der beiden Kartons. Er ist schwer und ich denke daran, wie ich mich gestern mit meinen Koffern plagen musste.

Wir gehen ins Büro.

Unterwegs treffen wir Lars, der Toni wie einen alten Bekannten begrüßt und sich nach seinem Wohlbefinden erkundigt. Er begleitet uns in unsere Räume und entschuldigt sich, dass noch keine Zeit war, Möbel auszusuchen. Toni winkt enttäuscht ab. Wir stellen die Kartons auf den Tisch und gehen zurück in seine Wohnung. „Wenn man nicht dahintersteht, geschieht nichts! Lars hat mir versprochen, dass Schreibtische und Regale für die Ordner aufgestellt sind und nichts ist bisher realisiert."

„Die Arbeiten auf der Baustelle lassen ihm keine Zeit", versuche ich den Oberbauleiter zu entschuldigen.

„Jeder hat viel zu tun. Er muss es nicht selber machen."

„Vielleicht fiel ihm die Auswahl zu schwer?", bemerke ich.

„Ich wette mit dir, dass das Zeug im Depot der letzte Dreck ist, den sie für uns übriggelassen haben."

„Sei nicht pessimistisch! Ich kenne das nicht von dir", versuche ich ihn zu beruhigen.

Toni sieht mich an.

„Gehen wir zu Maria!", sagt er grinsend.

Mir fällt nicht ein, wen er damit meint.

Ich folge ihm. Wir gehen durch den Seiteneingang neben dem Tor auf die Straße. Eine der umfunktionierten Garagen ist Marias Lokal. Auf einem Schild steht ihr Name in großen Buchstaben geschrieben. Die beiden Hälften des Falttores sind zurückgeschlagen und geben den Blick in den Gastraum frei. Es gibt nur vier Tische. Mehr hätten nicht Platz. An der rückseitigen Wand ist eine Bambusbar zu sehen und daneben eine winzige Küche.

An einem der Tische sind zwei Plätze frei. Toni steuert darauf zu und wird herzlich von den Gästen begrüßt. Sie wollen wissen, wie sein Flug war. Maria kommt aus der Küche angeschwebt und umarmt ihn. Sie hat zwei

Bierdosen in der Hand und stellt sie vor uns auf den Tisch als Willkommenstrunk.

Toni reißt den Verschluss der Dose auf und das kühle Bier gluckert durch seine Kehle. Mir ist als hörte ich es zischen.

Zufrieden stellt er die Dose ab. Sein Gesicht erhellt sich als hätte er soeben einen medizinischen Zaubertrunk eingenommen.

„Ab Shanghai habe ich keinen Schluck mehr getrunken. Der Fahrer verstand mich nicht oder wollte mich nicht verstehen. Er sollte an einem Shop halten, damit ich mir eine Cola kaufen kann. Stur fuhr er weiter um bis zum Feierabend im Camp zu sein. Er bot mir von seinem Grünen Tee in der Flasche an, da ist mir der Durst vergangen. Nur die Aussicht auf Marias Dosenbier hat mich am Leben erhalten."

Die Wirtin, Inhaberin, Köchin, Kellnerin und Barkeeper in einer Person hat ihn verstanden und grinst über beide Ohren.

„Möchtet ihr essen?", fragt sie in gebrochenem Englisch. Toni nickt und sie verschwindet augenblicklich in der Küche.

„Nimmt sie keine Bestellung auf?"

„Es gibt nur ein Tagesgericht. Sei unbesorgt, es wird dir schmecken."

„Ich habe gegessen!", erwidere ich.

„Wo?"

„In der Kantine."

„Und da lebst du noch?", erwidert Toni scherzhaft.

„Die kochen gut. Was hast du auszusetzen?"

„Das schmeckt jeden Tag gleich. Gewürze kennen die keine."

Ich finde die Speisen wohlschmeckend.

Mit Toni will ich jetzt nicht darüber streiten. Zunächst muss er ein paar Fragen zu seiner Reise beantworten.

Er erzählt von dem Unfall auf der Fahrt zum Wiener Flughafen und den Pannen, die ihn ereilten.

Gespannt höre ich zu.

Was er in den letzten beiden Tagen erlebt hat, möchte ich nicht durchmachen. Nach dem Unfall auf der Stadtautobahn wollte er nach Hause fahren. Er wurde mit der Rettung in ein Krankenhaus gebracht. Eine kleine Schürfwunde an der rechten Schläfe war zu sehen. Aus versicherungsrechtlichen Gründen sollte abgeklärt werden, ob er sich bei dem Auffahrunfall weitere Verletzungen zugezogen hatte.

Unterwegs im Krankenauto informierte er die Fluggesellschaft und buchte auf den nächsten Flug nach Shanghai um. Im Krankenhaus wurde er durchgecheckt. Außer der Prellung am Kopf war nichts festzustellen. Sie wollten ihn dennoch zur Beobachtung ein paar Tage dabehalten. Auf eigenes Risiko wurde er am nächsten Tag entlassen und ist vom Krankenhaus direkt zum Flughafen gefahren.

Von den leichten Kopfschmerzen hat er den Ärzten nichts gesagt, da sie ihn nicht aus ihren Fängen gelassen hätten. Die Beschwerden hatten auf dem Flug ein wenig zugenommen und sind noch nicht abgeklungen.

Jetzt ist mir klar, warum er gereizt wirkt.

Unser Essen kommt. Es sieht lecker aus und riecht verführerisch. Obwohl ich satt bin, koste ich davon. Im Geschmack ist es anders als das in der Kantine. Es ist mehr dem europäischen Gaumen angepasst.

Toni langt zu. Er scheint großen Hunger zu haben. Meinen Teller schiebe ich zu ihm. Er soll sich nehmen, was er mag. Ich labe mich an dem chinesischen Tsingtao-Bier. Das schmeckt köstlich wie unser Einheimisches. Es wird in der ehemaligen Germania-Brauerei in Qingdao hergestellt.

Toni verschlingt das Essen wie ein hungriger Wolf. Ihm schmeckt es sichtlich und er schiebt sich die Hälfte von meinem Teller auf seinen.

Lange bleiben wir nicht im Bistro. Toni ist müde und will zeitig schlafen gehen. Ich sehe ihm an, dass er gestresst ist. Bisher habe ich ihn nie derart erschöpft gesehen.

Am nächsten Morgen hole ich ihn zum Frühstück ab. Er ist ein Frühaufsteher und ich muss nicht auf ihn warten. Wir gehen in die Kantine. Lars ist noch nicht da. An der Tür steht die gleiche Serviererin, wie an den Tagen zuvor, die uns bedient.

Mich sieht sie nicht an. Toni erhält alle Aufmerksamkeit. Es fällt ihm auf.

„Hast du sie verärgert?", fragt er spöttisch.

„Wir hatten ein Missverständnis", erwidere ich kurz.

„Hast du sie gebeten mit in dein Apartment zu kommen?"

„Wo denkst du hin! Ich bin kein Schürzenjäger. Obendrein habe ich eine Freundin in Wien."

„Reg dich nicht auf! Es ist mir nur aufgefallen, dass sie sich dir gegenüber abweisend verhält. Wie läuft es mit unseren Freunden im Meeting?"

„Schleppend!"

„Wie meinst du das?"

„Es geht nicht vorwärts. Wir sind gestern erst mit den Änderungen zur zweiten Zeichnung fertig geworden."

„Das wundert mich nicht. Es ist nicht deine Schuld. Man darf nur nicht die Geduld verlieren und muss den Ärger hinunterschlucken."

„Die tun, als hätten sie unendlich viel Zeit."

„Mehr als wir haben sie. Jede Verspätung bei der Lieferung kostet uns am Ende viel Geld. Das wissen sie und nutzen es schamlos aus."

„Was können wir tun?"

„Viele Möglichkeiten haben wir nicht. Am besten ist es, mit ihnen ein gutes Verhältnis aufzubauen, damit sie das Gefühl bekommen, von uns nicht übervorteilt zu werden. Wir sitzen zusammen in einem Boot. Das müssen sie begreifen."

„Mit den Jungen komme ich gut aus, die sind auf meiner Linie."

„Wichtig sind die Chefs. Die musst du für dich gewinnen."

„Das weiß ich. Es ist schwer herauszufinden, was sie wollen und wie sie denken. Sie sitzen den ganzen Tag nur auf ihren Stühlen, wie Buddha auf seinem Thron, und sagen kein Wort."

Toni ist mit dem Essen fertig und sieht ungeduldig auf meine Reisschale. Ich stehe auf und er ist froh, dass wir gehen können. Die Serviererin lächelt ihn an und verabschiedet sich mit „Zhai Jian". Als ich an ihr vorbeigehe, werde ich keines Blickes gewürdigt.

Wir eilen ins Büro und Toni öffnet einen seiner Kartons. In ihm befinden sich Prospekte verschiedener Firmen, bei denen wir Anlagenteile in Europa und Kanada bestellen wollen. Toni legt sie auf dem Tisch zurecht.

Kurz vor neun gehen wir in den Besprechungsraum. Die Teilnehmer vom Kunden erwarten uns. Toni begrüßt sie mit Handschlag. Die meisten kennen ihn von den Vertragsverhandlungen, bei denen alle Details für die Lieferungen diskutiert und vereinbart wurden.

Wir fangen pünktlich an.

Toni entschuldigt sich für seine verspätete Ankunft und erklärt den Grund. Anteilnehmend nicken die Chinesen ihm zu und der Dolmetscher sagt, dass sie froh sind, dass er zum Meeting angereist ist. Ich fahre mit dem Vorstellen der Zeichnungen fort, wie am Vortag.

Einen Unterschied im Verhalten der Chinesen kann ich nicht erkennen. Es geht ähnlich zäh weiter. Ständig muss ich ihnen erklären, warum wir Verbesserungen vornehmen wollen. Misstrauisch akzeptieren sie die Änderungen. Sie behalten sich die Letztentscheidung bis zum Ende des Meetings vor. Zehn Tage waren geplant. Bei dem Tempo ist es nicht zu schaffen.

Bis zum Mittag beenden wir zwei weitere Zeichnungen. Ich habe den Eindruck, als gehe es ihnen nur ums disputieren.

Um 12 Uhr werden sie unruhig. Die Mittagspause beginnt und die wollen sie nicht verpassen. Die Diskussion wird abrupt abgebrochen und jeder geht seiner Wege.

Toni nickt mir anerkennend zu.

„Das hast du gut gemacht!", lobt er mich und es tut gut, diese Worte von ihm zu hören.

„Ich komme nicht schnell genug weiter", gebe ich zu bedenken.

„Mehr kannst du nicht erreichen. Bei den Vertragsverhandlungen ging es viel zäher zu. Heute hat ihr Chef ein paar Worte gesagt. Was willst du mehr?"

Skeptisch verziehe ich den Mund.

„Kommst du mit in die Kantine?", frage ich Toni.

„Du musst ohne mich gehen, ich esse mittags nie."
„Hast du keinen Hunger?"
„Erst abends. Da besuchen wir Maria, wenn du willst."
Ich nicke ihm zu und gehe in Richtung Kantine. Unterwegs komme ich an dem Obststand vorbei, den ich gestern Abend durch das Teleobjektiv beobachtet habe. Ich sehe mir die Pomelos an und wähle aus. Der Händler reicht mir eine Plastiktüte und tippt den Preis in seinen Taschenrechner. Er streckt ihn mir entgegen. Es sind Zahlen zu sehen. Ich reiche ihm einen abgegriffenen und zerknüllten Zehn-Yuan-Schein. Er gibt mir das Restgeld zurück und sagt ein paar freundlich klingende Worte.

Mit der Frucht in dem durchsichtigen Plastik-Beutel eile ich zur Kantine. Neben dem Türeingang steht die Serviererin und wartet. Sie sieht in den Essenraum hinein, obwohl sich dort niemand befindet. Tief scheint die Kränkung in ihr zu stecken, die auf einem Missverständnis beruht.
Ich reiche ihr den Beutel und sage „Buyongxie". Meine Aussprache des Begriffs „Bitte schön" ist nicht richtig. Mi lächelt mich an und sieht ungläubig auf die Frucht, die ich ihr entgegenstrecke. Endlich nimmt sie den Pomelo und verschwindet damit.

Bald darauf kommt Mi mit meinem Essen auf dem Tablett und stellt es auf den Tisch. Zumindest würdigt sie mich eines Blickes. Ich lächele ihr zu und beginne die Suppe laut zu schlürfen, wie ihre Landsleute es tun. Mi verschwindet aus dem Raum.
Lars lässt sich nicht sehen. Als Gesamtbauleiter ist er wie das Oberhaupt in einer Großfamilie und muss je-

derzeit für alle da sein. Um seinen Job beneide ich ihn nicht.

Die Serviererin taucht auf und hält in der Hand einen Teller, auf dem sich die einzelnen enthäuteten Fruchtstücke der Pomelo befinden. Sie stellt den Teller neben mein Tablett. Ich erkenne ein neues Missverständnis zwischen uns beiden. Die Frucht war als Versöhnungsgeschenk für sie gedacht und nicht zu meinem Verzehr. Was soll ich damit tun?
Ich bin satt und kann unmöglich die ganze Portion essen.
Um jedem weiteren Irrtum aus dem Weg zu gehen, verteile ich die Fruchtstücke auf zwei Teller. Mi sieht interessiert zu mir herüber. Ich winke ihr zu kommen. Zögernd tritt sie näher. Mit meinen Stäbchen zeige ich auf den einen Teller und dann auf meinen Mund. Bei dem zweiten Teller gebe ich ihr zu verstehen, dass er für sie ist. Mi zieht die Schultern hoch. Entweder erkläre ich es schlecht oder sie ist zu dumm, es zu begreifen. Da ich den Fehler bei mir suche, wiederhole ich das Ganze.
Ich stecke mir ein Fruchtstück von dem kleinen Teller in den Mund und kaue genüsslich darauf herum. Danach nehme ich eines von dem großen Teller und halte es vor ihre Lippen.
Ihre schönen, weißen Zähne strahlen mir entgegen. Sie öffnet vorsichtig den Mund und ich stecke das Fruchtfleisch hinein. Mi genießt es. Wie ein Vogelvater komme ich mir vor, der sein Küken füttert. Ich wiederhole die Prozedur und bin froh, dass sie mich endlich versteht.

Lars kommt in den Essenraum und sieht mich beim Füttern.

214

Die Serviererin schreckt zusammen und rennt aus dem Raum.

Lars lächelt mich an und fragt: „Habe ich euch gestört? Pomelos hat es noch nie zum Nachtisch gegeben."

Ich fühle mich wie bei einer Untat ertappt, obwohl nichts passiert ist.

„Mir ist die Frucht zu viel. Ich muss jetzt zurück in den Meetingraum", erkläre ich Lars.

Die Serviererin bringt das Tablett mit dem Menü für Lars und setzt sich auf ihren Stuhl neben der Tür. Ich stehe auf und gehe ins Büro.

Toni sieht sich eines der Prospekte an.

Wir gehen zusammen in den Besprechungsraum und ich schalte den Laptop mit Beamer ein. Die jüngeren chinesischen Techniker sind da und beobachten uns bei den Vorbereitungen. Ihnen entgeht nichts.

„Wie kommst du damit klar, wenn dich ihre Augen in jeder Sekunde verfolgen", will ich von Toni wissen.

„Irgendwann gewöhnst du dich daran. Solange sie dich in Ruhe lassen und nicht ständig mit Fragen bombardieren, geht es. Lass dich davon nur nicht nervös machen! Das würden sie gleich spüren und als Schwäche auslegen."

„Ich komme mir vor wie ein Dompteur im Raubtierkäfig."

„Das ist ein guter Vergleich. Bei den Vertragsverhandlungen spielt es eine noch viel größere Rolle souverän aufzutreten. Hier beim technischen Meeting kennt man sich und es besteht ein gewisses Vertrauensverhältnis."

Der Chef der chinesischen Teilnehmer kommt in den Raum und es wird für einen Moment still.

Wir können beginnen.

Toni erläutert die Änderungen in der fünften Zeichnung und erklärt, warum wir sie vorschlagen. Das Fragen und Diskutieren nimmt kein Ende. Ich lehne mich auf meinem Stuhl zurück und schweige.

Ich stelle fest, dass Toni nicht schneller vorwärtskommt, als ich an den Tagen zuvor. Die Mittagsmüdigkeit macht sich nicht nur bei mir bemerkbar. Dem einen oder anderen Chinesen fallen die Augen zu. Wenn ich selber vortrage, bleibe ich munter. Das reine Zuhören strengt mich mehr an. Ich beobachte die Gesichter der Jungen. Konzentriert verfolgen sie die Ausführungen von Toni und bei der kleinsten Unklarheit bestürmen sie ihn mit ihren Fragen.

Der Dolmetscher tut mir leid, da er viele Fachbegriffe übersetzen muss. Er ist kein Techniker und manche Wörter sind schwierig ins Englische zu bringen. Die jungen Ingenieure haben es leichter. Während ihres Studiums hatten sie Englischunterricht und kennen die korrekten Übersetzungen. Zumindest können sie sich darunter Konkretes vorstellen.

Erstaunt bin ich über die Schnelligkeit, mit der sie mitschreiben. Die komplizierten Zeichen zu Papier zu bringen ist eine Kunst, die große Bewunderung in mir hervorruft. Ich habe den Eindruck, dass sie in ihrer Schrift genauso schnell sind, wie ich bei einer Mitschrift.

Meine Gedanken schweifen ab und ich schalte mich aus dem Vortragsgeschehen aus. Diese Möglichkeit hatte ich gestern nicht. Da musste ich hellwach bleiben. Ich bin Toni dankbar, dass er nach dem Unfall gleich gekommen ist. Was wäre, wenn ihn die Ärzte in Wien nicht weggelassen hätten?

Solche Szenarien haben wir vorher nie angedacht und besprochen. Keiner denkt daran, dass jemand von unserem Team ausfällt. Zum Glück gibt es einen Projektleiter in der Hierarchie, der sich diese Fragen stellen und entscheiden muss.

Ich schrecke auf und sehe zu Toni. Er wischt sich den Schweiß von der Stirn.
„Was ist mit dir?", frage ich ihn.
„Mir ist schwindlig. Ich brauche einen Moment Ruhe. Mach du weiter!"
Ich bitte den Dolmetscher eine Pause einzulegen. Beunruhigt betrachten die Chinesen Toni, wie er käseweiß auf seinem Stuhl zusammengesackt ist.
Mir kommt als erstes in den Sinn, dass es Nachwirkungen des Unfalls sind. Ich rufe Lars an und bitte ihn zu kommen.
Er war in seinem Büro im gleichen Gebäude und ist bald da.
„Das sieht nicht gut aus. Wir müssen ihn zum Arzt bringen!", sagt Lars zu mir.
Toni hört es und wehrt ab.
„Ich brauche nur einen Moment Ruhe."
Lars telefoniert mit Madame Hu, die sofort kommt und sich Toni ansieht. Sie ruft in der Krankenstation an und bestellt den Arzt her.
Mit einem Krankenwagen fährt er vor und untersucht Toni. Er sieht ihm in die Augen, misst seinen Puls und entdeckt die Schürfwunde an der Schläfe. Die umstehenden Chinesen fragt er in ihrer Sprache. Der Dolmetscher erzählt von dem Unfall vor zwei Tagen. Dem Arzt scheint alles klar zu sein. Er gibt ein paar Anweisungen und es tritt Stille ein.

Ich frage den Dolmetscher, was geschehen wird. Er sieht Madame Hu an, die mir die weitere Vorgangsweise erklärt.

„Der Arzt glaubt, dass Toni eine Gehirnerschütterung hat und sofort ins Krankenhaus eingeliefert werden muss."

Die Chinesen diskutieren untereinander und der Dolmetscher teilt mir mit, dass das Meeting heute abgebrochen wird und ich meinen Kollegen ins Krankenhaus nach Hangzhou begleiten kann.

Toni steigt vorsichtig in das Krankenauto und muss sich auf die Liege legen. Er protestiert unentwegt. Lars redet ihm gut zu, sich zu fügen.

„Es ist besser, wenn sie dich gründlich untersuchen. Der Dolmetscher und Peter fahren mit dir mit", sagt er zu ihm.

Eine große Menge von Neugierigen hat sich auf dem Vorplatz eingefunden, die nichts von dem Ereignis verpassen wollen. Der Dolmetscher und ich steigen in das Auto ein und es geht los.

Der Krankenwagen gehört zu der Flotte neuer Fahrzeuge, die der Kunde angeschafft hat. Die Federung ist gut. Mit eingeschalteter Sirene rasen wir durch die Ortschaften und erreichen die Provinzhauptstadt Hangzhou in weniger als zwei Stunden.

Das Krankenhaus wurde telefonisch informiert und wir werden am Eingang der Unfallstation von Sanitätern in Empfang genommen. Es ist ein modernes privates Krankenhaus. Im Warteraum nehme ich mit dem Dolmetscher Platz. Er erzählt mir von der Klinik, in der wir uns befinden. Sie wird in Kooperation mit einer US-

Amerikanischen Universitätsklinik betrieben und ist eine der besten im weiten Umkreis.

Geduldig warten wir auf das erste Ergebnis der Untersuchungen. Ein Arzt kommt nach einer Weile zu uns und erklärt, dass sie eine Computertomografie des Schädels von Toni vorgenommen haben. Die Ergebnisse müssen weiter ausgewertet werden, was längere Zeit in Anspruch nehmen wird. Auf jeden Fall muss er stationär behandelt werden und kann nicht mit zurück auf die Baustelle. Er nennt uns die Station und das Zimmer, in dem wir Toni besuchen können.

Wir irren durch das große Krankenhaus, das an Modernität keinem von unseren in Wien nachsteht. Auf den Gängen ist geschäftiges Treiben, wie in einem großen Einkaufstempel. In einer der oberen Etagen befinden sich die Stationen und das Zimmer, in dem Toni liegt.
Er winkt uns zu.
„Was machst du nur für Geschichten, wir dachten du stirbst!", sage ich bedauernd zu ihm.
„Unkraut vergeht nicht. Alles ist gut und meine Kopfschmerzen sind fort."
„Das liegt an dem Tropf, den du gerade bekommst."
Eine Schwester erscheint an seinem Bett und wechselt die Infusionsflasche aus.
Ich sehe mich um. Es ist ein Zweibettzimmer. In dem Bett neben dem Fenster liegt ein Chinese, der uns interessiert betrachtet. Ein Baderaum mit WC befindet sich neben der Eingangstür. Ich bin beruhigt, dass er gut untergebracht ist.
„Was kann ich für dich tun?", frage ich Toni.
„Nimm mich gleich mit zurück ins Camp! Ein bisschen Ruhe und ich bin fit."

„Vorerst musst du dableiben, sagte der Arzt."

„Willst du mich umbringen?"

„Ich nicht. Du musst dich schonen. Ich rufe dich morgen an. Hör auf die Ärzte und die hübschen Schwestern!"

„Wie willst du wissen, ob sie hübsch sind? Die tragen alle einen Mundschutz."

Es fällt mir erst jetzt auf, dass alle das Gesicht abgedeckt haben.

Der Dolmetscher und ich gehen zum Auto. Der Fahrer wartet ungeduldig auf uns, da er pünktlich Feierabend machen will. Um schnell im Camp zu sein, nutzt er das Signalhorn. Trotz dieses Warngeräuschs machen nicht alle den Weg frei. Manche scheinen den schrillen Ton der Sirene zu überhören. Er bremst abrupt und steigt aufs Gas. Viel zu schnell fahren wir an den im Stau stehenden Fahrzeugen vorbei.

Im Camp hat sich schnell herumgesprochen wie es Toni geht und was die Ärzte vermuten. Der Dolmetscher hatte seine Chefin, Madame Hu, nach dem Gespräch mit dem Arzt in der Privatklinik informiert. Für alle ist die Sache geregelt und in guten Händen.

19

Hongping, Hauptstraße

Ich bin in Sorge, wie es mit dem Meeting weitergehen wird. Lars, der in seinem Büro ist, beruhigt mich.
„Du packst es!"
Hilfreich sind diese Worte nicht.
Ich rufe von seinem Büro aus in Wien meinen Projektleiter an. In Österreich ist es jetzt vormittags und ich erreiche Herrn Schulze in der Firma. Kurz schildere ich, was passiert ist und Toni sich im Krankenhaus in Hangzhou befindet. Er weiß Bescheid. Toni hatte ihn angerufen und die Situation erklärt. Der Projektleiter sagt mir zu, dass er bald kommen wird. Erleichtert lege ich den Hörer auf.
Ich werde seine Hilfe benötigen, wenn ich in der Endphase des Meetings das Protokoll erstellen muss. Der Kunde wird mir gegenüber keine Rücksicht nehmen.

Beruhigt über die angekündigte Hilfe, gehe ich in Marias Bistro zum Abendessen. Es hat sich herumgesprochen, dass Toni wegen einer Gehirnerschütterung in Hangzhou liegt. Die verschiedensten Meinungen werden geäußert, wie lange es dauern kann, bis er auf die Baustelle zurückkommt. Ob er nach dem Aufenthalt im Krankenhaus richtig genesen sein wird, bezweifeln die meisten.

Lange kann und will ich mich nicht bei Maria aufhalten. Ich muss das Tagesprotokoll schreiben, das der Dolmetscher morgen früh von mir benötigt. Die Punkte vom Vormittag sind mir gut in Erinnerung. Was nach dem Mittagessen zwischen Toni und den Chinesen im Einzelnen besprochen wurde, habe ich verträumt.

Ich entschließe mich, es wegzulassen.

In der Nacht schlief ich schlecht. Missgelaunt stehe ich auf und gehe zeitig frühstücken. Lars ist da. Es überrascht mich. Er wirkt wortkarg.

„Hast du schlecht geschlafen?", frage ich ihn.

„Es gibt Ärger auf der Baustelle. Eine der Baufirmen hält ihre Termine nicht ein und unsere Leute können nicht weitermachen. Wir kommen in Verzug."

In seiner Haut möchte ich nicht stecken.

Da sind meine Sorgen unbedeutend.

Wir gehen zusammen in sein Büro und er erlaubt mir, seinen Drucker zu verwenden.

„In ein paar Wochen kommt euer Bauleiter. Der wird die notwendigen Bürosachen mitbringen oder besorgen."

„Warum stehen noch keine Möbel in unseren beiden Räumen?", frage ich ihn.

„Ich habe vor einem Monat ins Depot geschaut. Was vom Kunden dort eingelagert ist, wird euch nicht gefallen."

„Woher können wir Schreibtische und Stühle bekommen?"

„Am besten kauft ihr sie in einem Möbelladen."

Das überrascht mich. Soll ich nebenbei das Büro einrichten? Es geht nicht. Ich nehme mir vor, dieses Thema nicht mehr zu erwähnen. Damit kann sich unser Bauleiter herumschlagen, wenn er hier ist. Er soll ein alter Hase sein und hatte auf anderen chinesischen Baustellen einschlägige Erfahrungen gesammelt.

Mit dem ausgedruckten Tagesprotokoll eile ich in den Besprechungsraum und übergebe dem Dolmetscher die Blätter. Er lässt sie kopieren und verteilen. Die Anwesenden studieren den Entwurf und vermissen die Abmachungen der zuletzt behandelten Zeichnung. Mir wird heiß. Ich suche nach einer einleuchtenden Ausrede. Wie kann ich diese Klippe umschiffen?

Ich mache den Vorschlag, dass wir die letzte Zeichnung nochmals von vorn durchgehen.

Sie diskutieren heftig.

Überraschenderweise äußert sich der Chefingenieur. Alle lauschen und der Dolmetscher übersetzt.

Er ist mit dem Vorschlag einverstanden.

Erleichtert fahre ich dort fort, wo mein Protokoll endet. Nur mühsam komme ich voran. Ich versuche den Ablauf zu beschleunigen. Die Diskussionen über triviale Einzelheiten kosten zu viel Zeit.

Vor dem Mittagessen bitte ich den Dolmetscher kurz zu bleiben und erkläre ihm die Problematik. Er verspricht mir, darüber mit dem Leiter der Gruppe zu sprechen.

Nach dem Essen hat sich nichts geändert. Ich gebe die Hoffnung auf, alle Zeichnungen bis zum Ende des Meetings behandeln zu können.

Was soll werden?

Nur die vom Kunden bestätigten Dokumente haben Gültigkeit und sind Grundlage für die Bestellungen bei den Unterlieferanten. Ich weiß mir keinen Rat mehr und rufe Toni an. Von ihm erfahre ich, dass Herr Schulze unterwegs nach China ist und am Donnerstag auf der Baustelle eintrifft.

Ein Stein fällt mir vom Herzen.

Ich hoffe, dass er helfen kann.

Unruhe kommt bei den Chinesen auf. Sie haben erfahren, dass unser Projektleiter anreist und an den Besprechungen teilnehmen will. Es ist wahrscheinlich der Grund, dass ich am Donnerstag früh mehr Zeichnungen mit ihnen besprechen und diese absegnen kann als an den Tagen zuvor. Die Chinesen zeigen sich jetzt kooperativ.

Mittags trifft der Projektleiter auf der Baustelle ein. Er bezieht die Wohnung unterhalb der von Toni. Wir treffen uns in dem leeren Büro und ich erzähle ihm von den Problemen im Meeting.

Es scheint ihn nicht zu verwundern und er beruhigt mich.

„Ich bin am Nachmittag bei euch und spreche mit dem Leiter der Gruppe", sagt er zu mir.

„Möchten Sie mit mir in der Kantine Mittagessen?", frage ich ihn.

„Gern!", antwortet er kurz und wir gehen.

Die Reise scheint ihn nicht sonderlich angestrengt zu haben. Er wirkt frisch und munter.

Den Weg zur Kantine kennt er. Die Serviererin begrüßt ihn freudig. Sie kann sich scheinbar gut an ihn erinnern. Ich bekomme ein flüchtiges Lächeln. Der Versuch mit dem Pomelo zeigt seine Wirkung.

„Haben Sie sich an die Verhältnisse auf der Baustelle gewöhnt?", will er von mir wissen.

„Es hat ein bisserl gedauert", gestehe ich.

„Mir geht es genauso. Drei Tage brauche ich hier, um mich umzustellen."

„Es fehlt vieles, um ordentlich arbeiten zu können", bemerke ich.

„Ich habe gesehen, dass unser Büro noch leer steht. Der Bauleiter wird es einrichten."

„Wir haben keinen Drucker."

„Hat ihnen der Gesamtbauleiter nicht einen gegeben?"

„Er ist hilfsbereit. Ich habe in seinem Büro die Protokolle ausdrucken dürfen."

„Dann ist alles gut. Auf der Baustelle hilft man sich gegenseitig. Übrigens Herr Schuster lässt Sie schön grüßen. Ich habe ihn vor meiner Fahrt hierher im Krankenhaus in Hangzhou besucht. Es geht ihm gut. Die Ärzte wollen ihn noch zur Beobachtung dabehalten. Er hofft, dass er Ende der nächsten Woche entlassen wird."

„Dann ist das Meeting vorbei. Wie will er mir da helfen?"

„Sorgen Sie sich nicht! Es wird alles gut gehen."

Der Projektleiter wird mir nicht viel helfen können, denke ich. Toni ist der Einzige, der sich in meine Zeichnungen eingearbeitet hat und damit auskennt. Ich finde es gut, dass Herr Schulze gleich gekommen ist und mich in dem Meeting durch seine Anwesenheit unterstützt.

Wir gehen gemeinsam zu dem Besprechungsraum und treffen unterwegs Lars. Er begrüßt Herrn Schulze. Ich gehe weiter. Es ist noch Zeit bis zum Beginn des Meetings. Ein wenig muss ich mich vorbereiten.

Wir beginnen mit der nächsten Zeichnung. Es geht fließend voran. Mir ist unklar, was der Grund für die Beschleunigung ist. Die Teilnehmer haben sich nicht geändert und triviale Fragen bleiben aus. Ob die jungen Techniker mundtot gemacht wurden? Mir ist das momentan egal. Wichtig ist, dass wir das geplante Pensum schaffen. Sollen die Chinesen im Nachhinein die Wissenslücken bei ihren jüngeren Kollegen schließen. Meine Aufgabe ist es nicht, den Lehrer zu spielen.

Herr Schulze betritt leise den Raum und setzt sich bescheiden in die hintere Reihe, um nicht den Ablauf des Meetings zu stören. Viel Erfolg hat er nicht damit. Alle Augen sind auf ihn gerichtet und der Dolmetscher schlägt eine kurze Pause von 10 Minuten vor. Ich bin einverstanden und unterbreche meinen Vortrag.

Die Begrüßung beginnt. Die älteren Chinesen kennen den Projektleiter von den Vertragsverhandlungen und die Jüngeren strecken ihm mit beiden Händen eifrig ihre Visitenkarte entgegen. Diese Geste scheint ihnen wichtig zu sein. Wie eine Trophäe betrachten sie die Karte von Herrn Schulze, die auf der Rückseite die chinesische Übersetzung des Textes der Vorderseite zeigt.

In der Pause wird das heiße Wasser in den abgedeckten Teebechern nachgegossen. Der Leiter der Chinesen hatte an den Tagen zuvor nur wenige Worte gesagt. Jetzt wirkt er wie ausgewechselt und unterhält sich angeregt mit meinem Projektleiter über dieses und jenes.

Die 10 Minuten sind vorbei. Keiner macht Anstalten mit der Besprechung der Zeichnungen fortzufahren. Alle unterhalten sich angeregt. Stören will ich nicht und lehne mich auf meinem Stuhl zurück.

Nach einer halben Stunde können wir endlich weitermachen. Es brennt mir die Zeit unter den Nägeln. Ich kann mir nicht vorstellen, dass wir bis Ende nächster Woche mit allem fertig werden. Mein Rückflug ist gebucht, was soll ich tun?

Weiter geht es im Galopp. Ich pusche die nächsten drei Zeichnungen durch und bin mit dem Tagessoll zufrieden. Herr Schulze klopft mir anerkennend auf die Schulter und informiert mich, dass wir in einer halben Stunde zum Welcome-Dinner abgeholt werden.

„Wird es lange dauern? Ich muss noch das Tagesprotokoll schreiben."

„Das können wir gemeinsam tun. Ich hoffe Sie sind nicht genauso abgeneigt gegenüber Einladungen wie Herr Schuster."

„Ich denke nicht", beruhige ich ihn und räume den Beamer und meinen Laptop weg.

Mit einem Kleinbus des Kunden fahren wir in die größere Kreisstadt, die eine Stunde von der Baustelle entfernt liegt. Nicht alle Teilnehmer der Gruppe kommen mit. Ich sehe Madame Hu und den chinesischen Projektleiter, den ich in Wien kennengelernt hatte.

Wir steigen vor einem komfortablen Hotel aus und werden durch die Lobby in ein fein dekoriertes Esszimmer geführt. Der chinesische Projektleiter weist die Plätze zu. Herr Schulze sieht kritisch hinauf zur Decke. Ob er Angst hat, dass sie einbrechen könnte? In Wirklichkeit sucht er die Austrittsöffnungen der Klimaanlage. Wir sind alle sommerlich leicht bekleidet und die Kühle, die uns empfängt, ist eher unangenehm. Der Raum wirkt wie ein Eispalast. Madame Hu schlägt die Hände über der Brust zusammen, als wollte sie sich damit wärmen. Sie weist den Kellner an, die Anlage zu drosseln.

Es dauert lange bis die Temperatur auf ein erträgliches Maß angestiegen ist. Serviererinnen bringen gezuckerte und gesalzene Nüsse und eingelegtes Gemüse in kleinen Schalen als Appetitanreger. Ein junger Mann zeigt seine

Kunstfertigkeit beim Eingießen des Tees. Aus einem Meter Entfernung gießt er das heiße Wasser aus der Metallkanne in die Teebecher, ohne dass ein Tropfen daneben geht.

Ansprachen der Projektleiter verkürzen die Wartezeit auf das Essen. Wir sitzen alle an einem großen runden Tisch mit einer Drehplatte in der Mitte. Darauf stellen die Serviererinnen die Tabletts mit den bestellten Speisen ab. Bei Herrn Schulze beginnen sie. Nachdem er mit dem Porzellanlöffel ein wenig von der ersten Speise genommen hat, dreht er die kreisrunde Drehplatte ein Stück weiter zu dem chinesischen Projektleiter.

Nach der ersten Runde wird die zweite Platte gebracht und es geht weiter bis zum Schluss.

Ich habe mitgezählt. Es war ein Gericht mehr, als die Anzahl der Gäste ausmacht.

Ich trinke chinesischen Weißwein. Es ist für mich erstaunlich, dass es in China eigenen gibt. Er ist süß und mit dem aus der Wachau nicht zu vergleichen. Sie haben ihn nicht gekühlt und er schmeckt wie mit Alkohol versetztes warmes Zuckerwasser. Nicht alle Chinesen trinken Wein. Die meisten stoßen mit Bier an, dessen guten Geschmack ich in Marias Bistro kennengelernt habe.

Nach zwei Stunden brechen wir auf. Leicht angetrunken stolpern die zurückhaltenden älteren Meeting-Teilnehmer durch die Gänge zum Ausgang. Wir sind nicht die ersten, die gehen.

Ich sehe wie die Serviererinnen in den freigewordenen separaten Essräumen aufräumen. Der Anblick lässt mich nüchtern werden. Der ganze Abfall wird in die Tischdecken gepackt und weggetragen.

Mit dem Kleinbus geht es zurück ins Camp. Unterwegs fragt mich Herr Schulze, ob es mir gefällt, nach Hangzhou zu kommen.

Ich weiß nicht, was er damit meint.

„Haben Sie nicht gehört, was wir vereinbart haben?"

Verwundert sehe ich ihn an.

„Madame Hu hat mich ständig mit Fragen bombardiert. Ich habe nichts von dem mitbekommen, was Sie mit den anderen besprochen haben."

Herr Schulze winkt verständnisvoll ab. Er scheint Madame Hu seit langem zu kennen und weiß, wie interessiert sie in allen Dingen ist. Mit schwerer Zunge versucht er zu sprechen: „Ich habe erfahren, dass es im Meeting am Anfang schleppend vorwärts ging, weil viele neue Mitarbeiter in die Projektgruppe gekommen sind. Sie müssen sich erst einarbeiten. In den nächsten Tagen werden sie in den hinteren Reihen sitzen und nur zuhören. Wenn sie etwas nicht verstehen, bekommen sie es am Abend von ihren Kollegen erklärt."

„Das ist eine vernünftige Lösung. Ich habe es heute gemerkt, dass es besser wurde", bestätige ich.

„Um die Zeit aufzuholen wird das Meeting am Wochenende fortgesetzt."

Erstaunt sehe ich auf. Mir hatte der Dolmetscher am Anfang gesagt, dass am Wochenende viele zu ihren Familien nach Hangzhou fahren und am Montag auf die Baustelle kommen.

„Die Chinesen werden nicht begeistert sein, am Wochenende auf der Baustelle zu bleiben", bemerke ich.

„Deshalb wird das Meeting ab Samstagnachmittag in Hangzhou fortgesetzt. Dort ist gegenüber unserem Hotel ein Bürogebäude des Kunden mit einem großen Besprechungsraum. Die technische Ausstattung ist besser als hier auf der Baustelle."

„Wann reisen wir ab?"

„Am Samstag früh!"

Obwohl ich mich an das Camp und die Umgebung gewöhnt habe, gefällt mir die Aussicht auf den Ortswechsel. Toni ist leicht erreichbar und wenn es am Ende des Meetings Probleme mit dem Kunden gibt, kann er helfen.

Im Camp angekommen, setzen wir uns im leeren Büro an den einzigen Tisch und schreiben das Tagesprotokoll, das am nächsten Morgen den Chinesen vorgelegt werden muss. Zu zweit geht es viel schneller und wir gehen im Anschluss auf ein Bier in Marias Bistro.

Wir werden freundlich begrüßt und zum Sitzen aufgefordert. Lars ist unter ihnen und er nimmt an unserem Tisch Platz.

„Wie lange bist du noch Single?", fragt ihn Herr Schulze.

„Nicht mehr lange. Nächste Woche ist es mit dem Lotterleben vorbei."

„Freust du dich, dass deine Frau kommt?"

„Am Anfang als sie wegfuhr, empfand ich das Alleinsein angenehm. Nach einer Woche ist es fad ohne sie."

„Sind deine beiden Mädchen verheiratet?"

„Ja, die Älteste bekam vor zwei Jahren eine Tochter."

„Dann gratuliere ich dir nachträglich zum Großvater."

„Tu's lieber nicht, ich komme mir da wie ein Greis vor."

„Sei froh, dass du ein Enkel hast."

„Was nützt es mir, wenn ich weit von zu Hause weg bin und die Kleine nur zu Weihnachten sehe."

„Das ist das Los eines Bauleiters. Wenn du Tischler geworden wärst, würdest du heute in deiner kleinen Heimatstadt leben und der Enkelin eine Puppenstube bauen."

„Dieses Jahr bekommt sie eine von mir zu Weihnachten. Ich habe angefangen, Figuren zu schnitzen."

Lars zieht aus seiner Jacke eine Ausweismappe, in der sich ein Foto von der Enkelin befindet und reicht es uns. Die Kleine sieht lieb aus und ich verstehe Lars, dass er sie vermisst.

Mir wird bewusst, dass das Leben der Monteure und Bauleute, die weit ab von zu Hause ihre Arbeit verrichten müssen, ein hartes Brot ist. Vorher habe ich nur das viele Geld gesehen, dass sie verdienen. Wenn man es mit den anderen Dingen des Lebens aufwiegt, sind sie nicht überbezahlt.

Wir unterhalten uns angeregt. Nach ein paar Bier bietet mir Herr Schulze das Du an und ich nenne ihn Heinz. Es ist für mich gewöhnungsbedürftig. Manchmal vergesse ich es und sage „Sie".

Spät ist es geworden. Ich darf nicht an morgen denken. Die nächsten Tage muss ich an vorderster Front kämpfen. Erfreulich ist, dass wir am Samstag in die Provinzhauptstadt Hangzhou fahren. Ich hoffe, dass ich ein paar Stunden Freizeit habe und mir die Stadt ansehen kann. Heinz sagte mir, dass es die schönste Stadt in China wäre.

In der Nacht wurde ich nicht wach, obwohl der Lärmpegel hoch ist. Es ist das erste Mal, dass ich mich ausgeschlafen fühle. Ich sehe aus dem Fenster und die Sonne drängt sich durch den Nebel über den Hügeln. Unten im Hof ist eine Frau zu sehen, die Taichi-Gymnastik macht. Ich schaue ihr eine Weile zu, bevor ich duschen gehe. Mit dem Fotoapparat zoome ich sie heran und erkenne Madame Hu. Leicht und beschwingt bewegt sie sich auf dem asphaltierten Platz. Ihre weiße Kleidung hebt sie von dem dunklen Untergrund stark ab.

Sie kommt zum Ende ihrer Übung und greift nach einem Schwert, das auf einer Bank liegt. Es ist ein Vergnügen, ihr beim einfachen Taichi-Quan zuzusehen. Das Taichi mit Schwert ist eine Steigerung. Ich wünsche mir, es eines Tages selber praktizieren zu können.

Es ist spät geworden. Ich muss mich beeilen.

In der Kantine bin ich der Erste. Die Serviererin hat Frieden mit mir geschlossen und sieht mir freundlich in die Augen. Nur ihre schönen Zähne zeigt sie mir nicht mehr. Morgen früh werde ich das letzte Mal hier frühstücken. Herr Schulze, pardon Heinz, kommt hinzu. Er sieht übermüdet aus.

„Hast du gut geschlafen?", fragt er beiläufig.

„Wie in meinem eigenen Bett."

„Dann bist du zu beneiden. Jetzt wirkt der Jetlag bei mir."

„Ich hatte keine Müdigkeit gespürt, als ich vor einer Woche ankam", bemerke ich.

„Wenn man sich rechtzeitig auf die Zeitumstellung mental einstellt, kann man die Folgen des Jetlags abfangen. Ich hatte keine Zeit, da ich nach eurer Nachricht gleich abgereist bin."

Ein schlechtes Gewissen mache ich mir nicht. Er ist der Projektleiter und für unseren Teil der Lieferungen verantwortlich. Ich musste ihn rechtzeitig informieren. Wenn das Meeting ein Fiasko würde, könnte er mir Vorwürfe machen.

Gestern habe ich bei meinem Vortrag erfahren, wie gut es gehen kann und ich hoffe, dass wir das gleiche Tempo in den nächsten Tagen beibehalten können.

20

Hangzhou, Seebrücke

Mit den Zeichnungen kam ich gut voran. Ich bin mit Heinz auf dem Weg zu dem neuen Meetingraum in Hangzhou. Wir überqueren die Straße vor unserem Hotel und steuern auf den ausladenden Eingang eines Bürogebäudes zu.

Die Großzügigkeit der Empfangshalle ähnelt der eines Hotels. Sie dient zum Repräsentieren. Es ist eine beklemmende Stille, die uns empfängt. Ich gehe zu dem Tresen und beuge mich über die Brüstung. Ein Mann hat seinen Kopf auf die Tischplatte gelegt. Entweder ist er tot oder er macht einen kurzen Pausenschlaf. Ich klopfe auf die Frontplatte.

Erschrocken fährt er hoch. Ich frage ihn nach dem Besprechungsraum. Was ich zu ihm sage, versteht er nicht. Umständlich erklärt er mir, wo ich langgehen soll und ist froh, dass ich endlich verschwinde. Beim Weggehen sehe ich, dass er seine unbequeme Schlafstellung einnimmt.

Wir laufen durch lange Gänge und verirren uns. Per Zufall treffen wir auf den Dolmetscher und finden endlich den Besprechungsraum.

Er ist komfortabel eingerichtet, mit einer ausfahrbaren Projektionsleinwand und Beamer an der Decke. Fensterrollos verdunkeln den Raum und können elektrisch betätigt werden. In der Mitte steht ein großer ovaler Tisch und um ihn herum sind mehrere Reihen gepolsterte Stühle aufgestellt. Uns haben die Gastgeber ausnahmsweise die bessere Tischseite zugedacht. Wir sitzen mit dem Rücken zu den Fenstern und müssen nicht in das helle Sonnenlicht blinzeln. Ich schließe meinen Laptop an das Beamerkabel an und alles funktioniert von Anbeginn einwandfrei.

Heinz begrüßt die Teilnehmer und erklärt den Ablauf des Meetings. Bis Mittwoch sollen wir zum Abschluss kommen, damit uns noch zwei Tage für die Erstellung des Protokolls bleiben. Mir erscheint das unrealistisch. Er hat die Erfahrung und ich verlasse mich auf ihn.

Trotz des kurzfristig angesetzten Besprechungstermins am heutigen Samstag sind die chinesischen Teilnehmer in guter Stimmung. Diejenigen, die ihren Hauptwohnsitz nicht in Hangzhou haben, wurden in einem kleinen, benachbarten Hotel untergebracht.

Nach dem Meeting besuchen wir Toni im Krankenhaus. Freudig begrüßt er uns.

„Ist dir langweilig?", fragt ihn Heinz.

„Das kann man sagen. Ich fühle mich kerngesund und die wollen mich noch die kommende Woche zur Beobachtung dabehalten. Wie läuft es bei euch?"

„Gut! Wir kommen jetzt schneller voran. Die Hälfte der Zeichnungen haben wir bis heute geschafft und am

Mittwoch wollen wir mit allen fertig sein", informiere ich ihn.

„Da habt ihr euch ein großes Ziel gesetzt. Meines Erachtens ist das nicht zu schaffen."

Heinz ist optimistisch und meint: „Die Chinesen sind wie ausgewechselt."

Toni sieht ihn verblüfft an.

„Hast du ihnen eine Belohnung in Aussicht gestellt?"

Heinz lächelt.

„Das war nicht nötig. Den Leiter der Gruppe kenne ich gut. Er hat seinen Leuten ein wenig die Sporen gegeben."

Toni winkt resigniert ab.

„Es liegt eindeutig am Alter. Mich hatte der Chef während der Vertragsverhandlungen nicht beachtet und jetzt setzt sich das fort."

„Es wird sich ändern, wenn du zur Inbetriebsetzung hier bist und er erkennt, was du leistest", beruhigt ihn Heinz.

Wir halten uns nicht lange bei Toni auf. Unsere Mägen knurren und der Hunger plagt. Heinz kennt am Westsee ein Restaurant, wo wir zu Abend essen wollen.

Vor dem Eingang zum Krankenhaus winken wir nach einem Taxi. Heinz setzt sich auf den Beifahrersitz. Der Taxifahrer versteht kein Englisch. In Gebärdensprache erklärt ihm Heinz, wo er hinfahren soll. Es geht kreuz und quer durch viele Straßen und ich staune wie er sich hier zurechtfindet.

Endlich erreichen wir den See und steigen vor einem hell erleuchteten Gebäude aus. Es hat ein schwungvoll gewölbtes Dach, wie es bei alten Bauten in der Kaiserzeit üblich war.

Am Eingang stehen zwei junge Empfangsdamen. Sie tragen schöne lange Kleider und verbeugen sich vor den Gästen, die an ihnen vorübergehen. Im Foyer werden wir von einer seriös wirkenden Dame empfangen. Sie führt uns zu einem kleinen Tisch in dem großen Gastraum. Es ist ein schöner Platz, mit Sicht auf den Westsee.

An seinem Ufer ist reges Treiben. Jung und Alt genießen den ausklingenden Tag. Sie gehen spazieren oder sitzen in kleinen Gruppen zusammen. Es sieht friedvoll aus.

Der Ober bringt die Speisekarte. Sie ist zweisprachig, Chinesisch und Englisch. Kleine Fotos zeigen wie die Speisen aussehen. Für mich ist das eine gute Hilfe. Ich kann in den meisten Fällen mit dem englischen Begriff nichts anfangen. Heinz fragt mich, ob er aussuchen und bestellen soll. Ich überlasse ihm gern diese Aufgabe. Wichtig ist, dass mein Hunger bald gestillt ist.

Er bestellt drei Speisen, zwei mit Gemüse und einen Fisch aus dem See. Das kühle Bier ist ein Genuss an diesem warmen Abend und wir naschen gesalzene Nüsse und sauer eingelegtes Gemüse.

Es wird unruhig. Neben unserem Tisch platziert sich eine Gruppe junger Männer. Sie stoßen ständig mit ihren Schnapsgläsern an und rufen laut „Ganbei". Es bedeutet, dass sie den Inhalt aus ihren kleinen Gläsern jedes Mal ex trinken.

Wir bekommen unser Essen und ich versuche die Stäbchen zu verwenden. Es geht besser als ich anfangs vermute. Heinz hat größeren Vorlauf. Ständig nimmt er griffsicher einen der köstlichen Happen zwischen seine Stäbchen und bugsiert sie zielsicher in den Mund. Ich kann nicht mithalten und das Gluckern in meinem Magen treibt mich zur Eile an.

Der Fisch schmeckt frisch und das Gemüse ist unbeschreiblich köstlich. Vieles von dem, was auf der Schale ist, kenne ich nicht. Heinz erklärt es mir. Eines finde ich nicht nur köstlich, sondern dekorativ. Es sind geschmorte Scheiben von Lotuswurzeln, die aus dem Westsee stammen.

Am Nachbartisch wird es laut. Es wird an dem vielen Alkohol liegen, der das Blut der jungen Männer zum Wallen bringt. Eine besondere Speise, die sich in einem großen Glasgefäß befindet, macht die Runde. Sie wird interessiert begafft. Wie Kinder amüsieren sich die gut angezogenen jungen Männer darüber.

„Warum machen die ein solches Aufsehen?", frage ich Heinz.

„Bist du fertig mit dem Essen?"

Ich nicke ihm verwundert zu.

„In der großen Glasschale mit Deckel befinden sich Garnelen. Es sind welche aus den Becken, die in der Eingangshalle stehen."

„Mir sind sie nicht aufgefallen. Ich habe nur den kleinen Teich gesehen, in dem große Fische schwammen."

„Daneben stehen die Glasbecken mit den Garnelen."

„Was ist an den Krabbeltieren interessant? Die Burschen begaffen sie wie ein Weltwunder."

„Wenn du hinsiehst, kannst du erkennen, dass sie sich in dem Glasgefäß noch bewegen. Sie wurden mit hochprozentigem Reisschnaps übergossen und sind betrunken. Die Spezialität wird ‚Drunken Shrimps' genannt."

„Was passiert mit ihnen?"

„Sobald sie durch den Alkohol betäubt sind, werden sie lebend verspeist."

„Das gibt's nicht!", erwidere ich voller Ekel.

„Wenn du sie probieren möchtest, können wir das nächste Mal welche bestellen."

„Niemals würde ich die anrühren!"

Neugierig sehe ich zum Nebentisch. Der erste greift in die Schüssel und packt eine Garnele am Schwanz. Sie windet sich träge zwischen seinen Fingern. Es sind kleine Garnelen, bei denen man das Herz schlagen sieht. Mit einer flinken Bewegung reißt er dem Schrimp den Kopf ab und pellt die Schale von dem Körper. Er taucht den Rumpf in eine braune Gewürzlauge und steckt ihn in den Mund.

Die anderen Männer sehen dem Verkoster bewundernd zu. Einem von ihnen kommt diese Speise nicht geheuer vor. Er schiebt die Schüssel mit den zuckenden Tieren auf der Drehscheibe zu seinem Nachbarn weiter.

Ernüchtert von dem Anblick verlassen wir das Restaurant und fahren mit dem Taxi in unser Hotel. Das Protokoll müssen wir noch schreiben.

Die Garnelen kommen mir nicht aus dem Sinn. Ich sehe das Bild vor mir, wie sie lebend verspeist werden.

Es ist mir unbegreiflich, dass jemand das tun kann. Vor ein paar Tagen habe ich gesehen, wie Schlangen geschlachtet und zerteilt werden. Dieses Fleisch zu essen ist mir ebenso ein Graus.

Heinz amüsiert sich über meine Bedenken und meint, dass er nicht abgeneigt wäre, von allem zu kosten.

Ich kann seine Auffassung nicht teilen. Wenn ich daran denke, wird mir schlecht.

Nachdem das Protokoll geschrieben ist, gehen wir schlafen. Im Traum holen mich die „Drunken Shrimps" ein. Sie quellen aus meinem Mund und springen in die Glasschüssel. Schweißgebadet wache ich auf.

Es ist Mitternacht. Ich sehe aus dem Panoramafenster. Das Leben in der Stadt ist noch nicht zur Ruhe gekommen. Wann schlafen die Leute?

238

Aus dem sechzehnten Stock wirken die Straßen wie Adern in einem Körper. Die Lampen der Autos und Fahrräder sind wie rote und weiße Blutkörperchen, die sich ihren Weg suchen. Ich schiebe mir den Sessel vor das Fenster und betrachte das quirlige Nachtleben.

Im Hintergrund erkenne ich den Westsee. Seine Uferpromenade und die Inseln spiegeln sich auf der Wasseroberfläche. Die beiden Dämme, benannt nach den Dichtern Su Dongpo und Bai Juyi, sind deutlich zu erkennen. Sie sind durch viele Lampions hell erleuchtet.

Heinz findet Hangzhou mit seinem See schöner als Shanghai. Ich habe bei meiner Ankunft nicht viel von dieser Großstadt gesehen.

Die Müdigkeit erfasst mich und ich schlafe im Sessel ein.

21

Hangzhou, Lotos im Westsee

Die Zeichnungen hatte ich bis Mittwoch planmäßig abgehandelt. Abends sind wir zu Toni ins Krankenhaus gefahren und besprachen mit ihm die Tagesprotokolle. Wir haben eine Excel-Tabelle erstellt, in der für jeden Änderungspunkt, die sich daraus ergebende Verteuerung oder Kostenreduzierung für das Projekt ergibt. Insgesamt ist es ein Nullsummenspiel. Beides hebt sich auf.

Am Ende besteht ein Vorteil für den Kunden und für uns, weil die technische Ausführung dem neuesten Stand der Technik entspricht. Zwischen der Angebots- und Bestellphase sind viele Monate vergangen und der Fortschritt in der Computertechnik ist enorm. Der Vertrag lässt Änderungen zu, wenn sie im beiderseitigen Einvernehmen geschehen und mit Unterschrift bestätigt sind.

Für jeden Besprechungstag gibt es separate Protokolle, die nochmals im Meeting einzeln behandelt werden. Endlos ziehen sich die Gespräche hin. Die Änderungen in den Zeichnungen muss ich erneut erklären und begründen. Ich komme mir wie eine Kuh vor, die ständig wiederkäut. Es ist mühsam, fortwährend das Gleiche zu sagen. Ich habe mir die letzten beiden Tage leichter vorgestellt. Alle Änderungspunkte waren vorher abgesegnet und jetzt beginnt alles von vorn.

Nach dem Mittagessen geht es zu wie auf einem Basar. Die Chinesen meinen, dass nur wir die Änderungen wollen. Weil wir sie vorschlagen, sollen wir sie extra bezahlen. Sie wollen nur die Änderungen genehmigen, die ihnen auf den ersten Blick größere Vorteile bieten.
Wir sind nur bereit, alles als Paket geschnürt, zu behandeln.
Es entsteht eine Pattsituation und nichts geht mehr vor und zurück. Ich wundere mich, dass Heinz ruhig bleibt. Er flüstert mir zu, dass es gut für uns aussieht. Ich kann das nicht erkennen.
Meine Geduld ist am Ende. Ich verstehe die Logik der Chinesen nicht, die von uns ein besseres Produkt angeboten bekommen und extra Geld fordern. Stundenlang wird darüber diskutiert und wie beim Tauziehen liegen wir oder der Kunde vorn.
Es ist kurz vor Feierabend und kein Ende in Sicht. Ich schalte ab und lasse Heinz reden. Er druckt nach einer Stunde den aktuellen Stand des Gesamtprotokolls aus und übergibt es dem Dolmetscher.
Die Chinesen ziehen sich zurück.

Nach einer Weile kommen sie in den Besprechungsraum und sind bereit zu unterschreiben. Verblüfft sehe ich Heinz an.
„Was ist passiert?"

„Sie sind nicht dumm. Wer will eine Anlage, die veraltet ist, wenn er für das gleiche Geld eine bessere bekommen kann."

„Was müssen wir zusätzlich zahlen?"

„Nichts!"

„Das verstehe ich nicht! Vor einer Stunde sah es anders aus."

„Ich habe in meine Zauberkiste gegriffen. Wir dürfen ihnen jetzt unsere Mehrleistungen in Rechnung stellen."

„Um wieviel geht es?"

„Das müssen wir noch im Detail bestimmen und senden es ihnen in den nächsten Wochen zu. Es sind mehrere tausend US$."

„Bekommen wir das Geld in Cash?"

„Nein, es wird am Ende des Projektes, bei den kaufmännischen Verhandlungen mitberücksichtigt."

Jetzt ist für mich die Welt in Ordnung. Mir ist nur noch nicht klar, was den späten Sinneswandel bei den Chinesen ausgelöst hat. Ich will es von Heinz wissen.

„Mit ihren eigenen Waffen habe ich sie geschlagen. In den Verhandlungen wenden manche die 36 Strategeme an."

„Davon habe ich noch nichts gehört."

„Sie sind bei uns wenig bekannt. Ich beschäftige mich seit langem damit und sie haben mir bei den Vertragsverhandlungen geholfen. Wenn du dich interessierst, kann ich dir in Wien die Bücher von einem Schweizer Sinologen zum Lesen geben. Sie sind in Deutsch geschrieben und beinhalten viele Beispiele, in der Kriegskunst, der Verhandlungstechnik und im privaten Bereich. Manche von den Strategemen gehen meiner Meinung nach unter die Gürtellinie. Die muss man ausklammern."

Den Zaubertrick, den Heinz angewendet hat, habe ich nicht erfahren.

Die Chefs unterzeichnen das Protokoll. Danach setzen ein Chinese aus der vorderen Reihe und ich unsere Initialen darunter.

Alle machen einen zufriedenen Eindruck. Ich bin mir nicht sicher, ob das Lächeln bei unseren neuen Freunden nur aufgesetzt ist.

Der Dolmetscher informiert uns, dass wir gemeinsam Abendessen werden und der Kunde uns einlädt.

Mit einem Kleinbus erreichen wir den Westsee und halten vor dem Restaurant, in dem Heinz und ich am ersten Abend waren. Die Gastgeber haben einen separaten Raum im ersten Stock reserviert.

„Jetzt bekommen wir beschwipste Garnelen vorgesetzt. Das ist die kleine Rache der Chinesen", flüstere ich Heinz zu.

„Mal sehen! Es gibt noch andere Spezialitäten, von denen du dir keinen Begriff machst."

Misstrauisch sehe ich mich um. Die Plätze an den beiden runden Tischen werden zugewiesen. Ich sitze mit den jüngeren Teilnehmern des Kunden an einem der Tische. Hilfe von Heinz kann ich nicht erwarten.

Die Ansprachen der beiden Chefs dürfen nicht fehlen. Da alle hungrig sind, werden sie kurz gefasst. Kleine Abschiedsgeschenke werden von Heinz verteilt und die Serviererinnen tragen leichtfüßig die Speisen auf.

An unserem Tisch geht es lockerer zu als bei den älteren Herren nebenan. Meine chinesischen Kollegen wollen von mir wissen, wie es sich in Wien lebt und ob ich eine Freundin habe.

Es macht mir nichts aus darüber zu reden. Zumindest ist es mir angenehmer als über Änderungen in Zeichnungen zu sprechen.

Tee wird verteilt. Ich erfahre, dass es eine einheimische Sorte aus den nahen Bergen von Hangzhou ist. Er schmeckt mir nicht anders als der, den wir jeden Tag im Meeting getrunken haben. Was die Chinesen an dem grünen Tee finden, kann ich nicht nachvollziehen. Eine Cola ist mir tausendmal lieber, als das leicht gefärbte Spülwasser. Weil es die Gastgeber schätzen, nippe ich von dem heißen Getränk und verbrenne mir die Zunge. Die Geschmacksknospen an der Zungenspitze sind beleidigt. Beim Essen könnte es mir zugutekommen, wenn es Speisen gibt, die für meinen Geschmack ungenießbar sind.

Die ersten Servierschalen mit Nüssen und sauer eingelegtem Gemüse werden auf den Drehtisch gestellt und gehen die Runde. Tsingtao-Bier ist für den Durst gedacht. Es ist zu kalt. Die Flasche wärme ich zwischen meinen Handflächen an. Manche meiner jungen Freunde machen sich darüber lustig.

Mit der Kühlung müssen sie es überall übertreiben. Die eiskalten Räume sind für sie ein Zeichen von Wohlstand. Nur Reiche konnten sich früher diesen Luxus leisten. Jeder will heute zu ihnen gehören. Die jungen Männer an meinem Tisch haben studiert und zählen sich zu der Mittelschicht, die in bescheidenem Wohlstand lebt.

Mein Nachbar erzählt mir, dass er jung verheiratet ist. Sein Vater besitzt eine kleine Elektrofirma in Hangzhou und hat in der Provinzhauptstadt ein eigenes Haus. Zur Hochzeit hat ihm sein Vater eine Eigentumswohnung geschenkt. Vor zwanzig Jahren wäre das undenkbar gewesen. Heute geht es allen in der Familie gut.

Er ist stolzer Vater einer Tochter.

Sie wird ein Einzelkind bleiben, da er und seine Frau Geschwister haben. Die Regelungen in China sind diesbezüglich streng und die Regierung hofft damit die Bevölkerungsexplosion einzudämmen.

Von ihm und den anderen erfahre ich mehr darüber.

Es scheint Übereinstimmung zur Sinnhaftigkeit dieser Maßnahme zu herrschen.

„Früher sind die Menschen verhungert oder in Kriegen umgekommen. Jetzt hat jeder genug zu essen und kann seinem Kind eine gute Ausbildung ermöglichen", erklärt er mir.

„Wird damit nicht die Familie zerstört, weil zu wenig Kinder da sind?", wende ich ein.

„Auf dem Land sieht es anders aus. Dort dürfen die Bauern zwei Kinder haben."

Ich erfahre, dass es Ausnahmeregelungen gibt. Paare, wo beide Einzelkinder sind, dürfen ein zweites Kind bekommen. Für die ethnischen Minderheiten in China, die unter zehn Prozent der Gesamtbevölkerung ausmachen, gibt es keine Beschränkung in der Kinderzahl.

Die ersten warmen Speisen werden aufgetragen. Mit Freude stelle ich fest, dass es Gemüse und ein Fisch im Ganzen ist. Ständig kommen die Serviererinnen und bringen neue Tabletts. Ich probiere nur von den Sachen, die ich kenne oder die mir nicht zu ungewöhnlich aussehen.

Es gibt gebratene Spareribs. Ich hoffe, diese sind vom Schwein. Die Größe der Rippchen deutet darauf hin.

Die frittierten Hühnerfüße rühre ich nicht an. Mit Begeisterung nagen und zuzeln die Chinesen daran herum. Ich kann auf diesen Spaß verzichten. Wenn ich daran denke, wie die Hühner in den Massentierfarmen gehalten werden und im Kot herumstelzen, kommt mir das

Grausen. Die Fußknochen verschwinden bei manchen im Ganzen im Mund und werden nach einer Weile blitzblank abgenagt, auf den Tisch gespuckt.

Um nicht ständig zu den ungewöhnlichen Leckereien genötigt zu werden, erzähle ich von mir und den österreichischen Essgewohnheiten. Das lenkt sie ab, zumindest für den Augenblick.

Garnelen werden nur gekocht serviert, das beruhigt mich. Ich soll sie probieren. Höflich lehne ich ab. Ich sehe das Bild vor mir, wie sich die betrunkenen Shrimps in der Glasschüssel bewegten.

Auf solche ausgefallenen Speisen kann ich verzichten. Ich möchte bezweifeln, dass sie denen, die sich wie wild darauf stürzen, gut schmecken.

Lieber halte ich mich an die wunderbar zubereiteten verschiedenen Gemüsesorten.

Zum Schluss gibt es eine dünnflüssige Fischsuppe. Es ist sonderbar, dass die Suppen in der zweiten Hälfte eines Dinners auf den Tisch gestellt werden und nicht wie bei uns, am Anfang.

Es fließt viel Bier durch die Kehlen. In dieser Beziehung können die Chinesen gut mit uns Langnasen mithalten. Die Stimmung ist ausgelassen und ich stelle fest, dass es kurz vor 20 Uhr ist. Ein letztes „Ganbei" und die große Verabschiedung erfolgt.

Alle Mühen und der Frust der letzten Tage sind vergessen. Unsere Gastgeber hoffen mich bald wiederzusehen und ich habe den Eindruck, dass sie es ehrlich meinen. Beschwipst schütteln wir uns die Hände und wanken zum Kleinbus, der Heinz und mich ins Hotel bringt.

Heute Abend besuchen wir Toni nicht mehr. Heinz sagt mir, dass uns ein PKW vom Kunden morgen früh abholen wird und als erstes zum Krankenhaus bringt. Nach dem Besuch von Toni fahren wir zum Bahnhof.

Ich werde ohne Heinz nach Wien reisen. Er muss zur Baustelle nach Hongping. In wenigen Tagen soll unser Bauleiter dort eintreffen und da gibt es viel zu besprechen und zu tun.

Ich fahre mit dem Zug nach Shanghai. Das Wochenende steht zu meiner freien Verfügung. Mein Rückflug ist erst am Montag gebucht.
Es stört mich nicht, dass Toni nicht bei mir ist. Wir würden am Wochenende nur über den Zeichnungen brüten und die Bestellungen für die kommende Woche ausarbeiten. Er sagte mir, dass ihn Städte und Sehenswürdigkeiten in anderen Ländern nicht sonderlich interessieren.

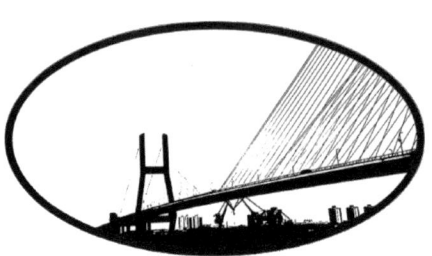

22

Shanghai, Brücke

Wohlbehalten bin ich in einem der riesigen Hotels in Shanghai angekommen. Unser Büro in Peking hatte die Reservierung für mich telefonisch vorgenommen. Es ist ein luxuriös ausgestattetes großes Zimmer. Auf dem flachen Tisch bei den Sesseln ist eine Schale mit frischem Obst und links vom Schreibtisch ein Zimmerkühlschrank mit allerlei Getränken und Knabbergebäck. Als ich die Preisliste betrachte vergeht mir der Durst.

Ich schäle mir einen Apfel und muss an Toni denken, der gern mit mir zurückgereist wäre. Die Ärzte haben ihn nicht entlassen. Eine Woche wird er noch im Krankenhaus verbringen müssen.

Heinz und ich hatten ihn heute Morgen besucht und eine Kopie unseres unterschriebenen Protokolls übergeben. Er las es schnell durch und war beeindruckt von dem Ergebnis.

„Ich hätte es nicht besser machen können", sagte er anerkennend zu mir.

Das war ein großes Lob und ich freue mich darüber. Mit den Bestellungen wollen wir beginnen, wenn er in Wien ist. Bis dahin soll ich die Unterlagen vorbereiten.

Heinz brachte mich nach dem Krankenbesuch an den Bahnhof und fuhr weiter zur Baustelle. Ich hatte kein Problem, mein Hotel in Shanghai zu finden. Den Samstagnachmittag und ganzen Sonntag werde ich für mein Hobby, die Fotografie, nutzen können.

Wohin fahre ich zuerst?

In der Rezeption hilft mir eine junge Dame hinter dem Tresen weiter. Sie sieht die Fototasche und reicht mir, bevor ich fragen kann, einen Stadtplan. Mit dem Finger tippt sie auf markierte Stellen im Bereich der Innenstadt. Sie scheint Erfahrungen mit Touristen zu haben.

Die Namen der interessanten Plätze schreibt sie in Chinesisch und Englisch auf ein Blatt Papier. Diese Liste soll ich dem Taxifahrer zeigen und die besuchten Ziele durchstreichen. Erfreut stecke ich den Stadtplan und die Liste in meine Hemdtasche. Beim Weggehen ruft sie mir nach. Sie streckt mir eine Visitenkarte des Hotels entgegen. Die ist zweisprachig, damit der Taxifahrer den Hotelnamen und die Adresse lesen kann. Dankend ziehe ich los.

Das Wetter ist wunderschön, klare Luft und Sonnenschein. In einer Seitenstraße des Hotels ist ein Taxistand. In das vordere Auto steige ich ein und reiche dem Fahrer die Liste. Er liest den ersten Zielort und sagt irgendetwas auf Chinesisch.

Wir brauchen nicht lange, um dorthin zu kommen. Ich steige aus und befinde mich in einer alten Einkaufsstraße. Unzählige Menschen strömen in alle Richtungen und der Geräuschpegel ist hoch. Unsicher sehe ich mich um. Am Ende der Straße erblicke ich einen freien Platz mit einem traditionellen Holzhaus. Das könnte eines der Sehenswürdigkeiten der Stadt sein. Ich komme näher und sehe, dass es auf Stelzen im Wasser steht. Zickzackartig verlaufende Brücken führen hinüber zu dem Gebäude. Ich fotografiere und bewege mich im Strom der Touristen über den sonderbaren Steg.

Ein Schild an der Eingangstür weist darauf hin, dass ich vor dem berühmten Huxinting-Teehaus stehe. Einzelne Tische für zwei Personen an der Fensterfront sind noch frei. Da ich seit heute Morgen nichts gegessen und getrunken habe, setze ich mich an einen der kleinen Tische. Ein Kellner kommt und ich bestelle Grünen Tee. Die Hoffnung habe ich noch nicht aufgegeben, dass er mir in Zukunft schmecken wird. Ich befinde mich hier in einem der berühmtesten Teehäuser des Landes.

Eigenartigerweise ist es in dem Gastraum leise. Ich kann mir den Grund nicht erklären. Auf dem Tisch liegt ein kleiner Reiseführer, den ein deutscher Tourist wahrscheinlich vergessen hat. Ich blättere darin und finde eine kurze Beschreibung über die Altstadt von Shanghai und deren wenige Sehenswürdigkeiten. Im letzten Krieg sollen die Japaner hier viel zerstört haben. Was man heute sieht sind Großteils Nachbauten.

Der Tee kommt.

Auf einem Tablett mit einem Rost stehen eine kleine Kanne und daneben ein Gefäß, von der Größe eines Likörglases. Der Teemeister übergießt beide mit heißem Wasser, damit sie erwärmt sind. Aus einem Schälchen gibt er einen Löffel trockene Teeblätter in die Kanne und füllt sie bis zur Hälfte mit heißem Wasser. Die Blätter gehen langsam auf und verbreiten einen angenehmen Duft. Er leert den ersten Aufguss in einen bereitstehenden Kübel und füllt die Kanne erneut mit heißem Wasser auf. Eilig geht er mit seiner Wasserkanne weiter zu den anderen Tischen.

Nach wenigen Minuten gieße ich den Tee aus der Kanne in den Trinkbecher und nippe daran. Das Getränk schmeckt aromatischer als die Tees, die ich zuvor getrunken habe.

Ein kühles Bier wäre mir lieber. Ich traue mich nicht eines zu bestellen. Bei einem Heurigen in Wien würde mir nicht in den Sinn kommen, Bier zu trinken.

In meiner Fototasche befindet sich eine Packung Manner-Schnitten als Notzehrung. Ich öffne eine Tafel und breche mir ein Stück ab. Genussvoll verspeise ich die ganze Tafel und sehe durch das Fenster hinaus auf das Treiben.

Ein besonderes Glücksgefühl überkommt mich. Ich kann es mir nicht erklären. Es ist ein Gefühl der Zufriedenheit über den Augenblick, dass ich hier sitze und das Meeting gut verlaufen ist.

Am Montag fliege ich zurück nach Wien. Es bleiben mir nur wenige Stunden bis zum Abflug. Diese Zeit will ich gut nutzen und viele Fotos machen. Karin und meine Mutter werden sich dafür interessieren.

Ich halte mich nicht lange im Teehaus auf und gehe mit den Menschenmassen durch die Geschäftsstraßen. Zu beiden Seiten sind kleine Läden, deren Warensortiment auf die Touristen abgestimmt ist. In einem der Auslagen sehe ich kunstvoll geschnitzte Steine und gehe in den Laden. Ein Mann sitzt an einer kleinen Werkbank und bearbeitet einen faustgroßen Steinbrocken. Gekonnt führt er seinen Stahlmeißel und schabt damit Schicht für Schicht ab. Ein Kopf und Arm sind zu erkennen. Ohne Vorlage arbeitet er konzentriert weiter. Ich sehe ihm ein Weilchen zu und frage, ob ich fotografieren darf. Eine junge Frau, die wahrscheinlich seine Tochter ist, erlaubt es mir.

Mehrere fertige Steinfiguren stehen in einer Vitrine. Ich betrachte sie und würde gern eine davon kaufen. Der Preis schreckt mich ab. Sie sind zu teuer für mich. Die junge Frau sieht mein enttäuschtes Gesicht und bietet mir an, dass ich einen guten Rabatt bekomme.

Sie zeigt mir Stempelsteine und erklärt, dass ihr Vater meinen Namen in chinesischen Zeichen eingravieren würde. Ich denke an ein Geschenk für Karin. Das Angebot ist groß. Es gibt Steinpaare, die eine zueinander passende Maserung haben und mir gefallen. Für ein schönes Paar kann ich 50 % Rabatt aushandeln und bekomme die Gravur der Namen gratis vom Meister. Auf dem einen Stein lasse ich die chinesischen Zeichen für Karin und auf dem anderen Peter eingravieren. Ich sehe zu, wie die Schriftzeichen in den Stein geschnitten werden. Es sieht leicht aus als würde der Meister eine weiche Masse bearbeiten.

An kleine Geschenke für die Lieben daheim hatte ich vorher nicht gedacht. Jetzt achte ich in den Auslagen darauf, was dem einen oder anderen gefallen könnte. Meiner Mutter kaufe ich ein handgesticktes Seidentuch und für meinen Vater eine mechanische Taschenuhr mit der Ansicht des Kaiserpalastes auf dem Sprungdeckel. Dass sich auf der anderen Seite das Bildnis von Mao befindet, nehme ich schmunzelnd in Kauf.

Jetzt brauche ich nur noch ein Mitbringsel für meinen Freund Martin. Er hat einen ausgeprägten Geschmack. Womit kann ich ihn erfreuen? Obwohl die Geschäfte übervoll mit den schönsten Dingen sind, kann ich mich nicht entscheiden.

Ich stehe vor dem Eingang zum Yu-Yuan-Garten. In dem Reiseführer lese ich, dass er zu den schönsten

Grünanlagen in China zählt. Hier will ich fotografieren. Ich gehe hinein und fühle mich wie in einer anderen Welt. Die Schönheit ist schwer zu beschreiben. Ich komme mir vor, als wäre ich um 400 Jahre zurückversetzt, in die Zeit der Ming-Dynastie. Bei der Anlage handelt es sich nicht um einen kaiserlichen Garten. Ein hoher Beamter ließ ihn für seine Eltern gestalten.

Am liebsten würde ich mich in einem der Pavillons ausstrecken und die Ruhe genießen.

Es wird dunkel und die Lichter gehen an. Im Strom der Menschen schlendere ich durch die Gassen der Altstadt. Sie sind hell erleuchtet und an vielen Ständen werden kleine Speisen angeboten. Holzspieße mit gegrillten Hühnerfleischstücken sehen lecker aus. Ich kaufe ein paar und stille meinen Hunger. Es ist mein Abendessen.

Um mich herum stehen junge Leute in meinem Alter, die mich freundlich ansehen und ihre wenigen Englischkenntnisse an mir erproben. Sie wollen wissen, aus welchem Land ich komme.

„Aodili", sage ich kurz und die Begeisterung findet kein Ende. Mit dem Wort „Österreich" ist Musik angesagt. Jeder kennt das Neujahrskonzert, das im chinesischen Fernsehen ausgestrahlt wird und die Komponisten Mozart und Strauß sind bekannt wie Popstars. Die Mädels spielen Klavier oder andere Instrumente. Sie wollen wissen, ob ich auch musiziere. Mit Bedauern verneine ich. Sie scheinen zu glauben, dass jeder Österreicher ein Musiker ist. Weit gefehlt, in meinem Freundeskreis spielt niemand ein Instrument. Es sind die Klischees, die jedem anhängen. Wer sie nicht erfüllt, erntet enttäuschte Gesichter.

Ich schäle mich aus dem Pulk der jungen Leute und sehe mich nach einem Taxi um.

Im Hotel genieße ich die Annehmlichkeiten eines heißen Bades und relaxe bewusst. Die Erlebnisse des Tages gehe ich durch und bin mit mir und der Welt zufrieden. Von der Liste der Sehenswürdigkeiten kann ich nur zwei streichen. In dem gefundenen Reiseführer sehe ich nach, was mich von den offenen Punkten am meisten interessiert.

Den Stadtbezirk Pudong will ich morgen besuchen. Dort stehen der Fernsehturm und viele Hochhäuser. Ich werde versuchen, in einem der hohen Gebäude mit dem Aufzug hinaufzufahren und die Stadt von oben zu betrachten und zu fotografieren. Das wäre ein guter Abschluss meiner China-Reise.

Schön wäre es, wenn Karin hier wäre. Ich bin überzeugt, dass sie sich für die Sehenswürdigkeiten in der Stadt genauso interessiert, wie ich. Meine Gedanken sind bei ihr. Ob sie mit nach China auf die Baustelle kommen wird? Ich wünsche es mir sehr und denke, dass sie mit einem Jobwechsel einverstanden ist. Sie könnte in einem der ausländischen Baustellenbüros als Sekretärin arbeiten und gemeinsam würden wir unsere Freizeit verbringen. Der Gedanke gefällt mir. Aus der Minibar hole ich mir eine kleine Flasche Rotwein und gesalzene Erdnüsse. Den Sessel schiebe ich zu dem großen Fenster, das bis zum Boden reicht und schaue über die Dächer der Häuser in die Ferne bis zum großen Fluss. Er mündet in wenigen Kilometern im Meer. Mein Blick senkt sich hinab zu den beleuchteten Straßen, die wie Adern den Fluss tangieren oder direkt zu ihm verlaufen. Wie ein gewaltiges, lebendes Gebilde erscheint mir die Stadt, schön und furchteinflößend zugleich. Wie klein und überschaubar ist dagegen Wien. Sechs Stunden Zeitverschiebung sind es. Was wird Karin jetzt machen?

Ich versuche sie telefonisch zu Hause zu erreichen. Ihre Mutter meldet sich am Telefon.

„Kann ich Karin sprechen?", frage ich.

„Sie ist in ihrem Zimmer. Ich hole sie gleich."

Im Hintergrund höre ich sie rufen: „Liebesgrüße aus Shanghai!"

Karin ruft begeistert in den Hörer: „Hallo Peter!"

Im selben Moment wird unser Telefonat unterbrochen. Es gelingt mir nicht mehr, eine neue Verbindung herzustellen. Ich bin traurig.

Ob Karin mich vom Flughafen Schwechat abholt?

Am Montagnachmittag werde ich mit der Maschine aus Shanghai ankommen. Es ist für sie ein normaler Arbeitstag und da ist es fraglich, ob sie früher das Büro verlassen darf. Es wird besser sein, wenn ich sie nicht in der Ankunftshalle erwarte. Ich erspare mir dann die Enttäuschung auf die Vorfreude. Gewiss sehen wir uns an einem der nächsten Tage oder am Wochenende wieder. Meine Gefühle zu ihr sind stärker geworden, je weiter ich von ihr entfernt bin. Ich glaube, dass sie die richtige Frau an meiner Seite ist. Wenn sie mit mir in China lebt, wird kein Heimweh aufkommen und wir werden später von unseren Erlebnissen und Erfahrungen in dem Land der aufgehenden Sonne zehren können. Die Zukunft erscheint mir rosig, wie nie zuvor. Nichts trübt die Stimmung. Mein Blick schweift auf das Etikett meiner Weinflasche. Es ist ein Rotwein aus der Wachau, dem schönen Tal der Donau zwischen Krems und Melk.

Worterklärungen

Wort   *Erklärung*

Wort	Erklärung
Aodili	chin. Bezeichnung für Österreich
Bassena	öffentliche Wasserstelle am Gang (öst.)
Backhendel-Stücke	Backhähnchen Stücke (öst.)
Bücha	Gauner (öst.)
Experts	Spezialisten (ausländische Techniker und Monteure auf der Baustelle)
Faschiertes Laiberl	Frikadelle, Bulette (öst.)
Frittatensuppe	Suppe aus Rind-Fleischbrühe und Palatschinkenstreifen
fächeln	Luft zuwehen
Ganbei	chin. Trinkspruch („Prost!", trockenes Glas, „Auf Ex!")
Gefrastsackl	unangenehmer Mensch (öst.)
Geldbörsel	Portmonee
Germknödel	Hefeklöße
geschert	primitiv, unkultiviert
Gigolo	männlicher Escort, Verführer
Grätzl	Wohngebiet (öst.)
Großkopferte	einflussreiche Personen (öst.)
hackeln	arbeiten (öst.)
Häferl	große Tasse (öst.)
händisch	mit der Hand gefertigt
Häuptlsalat	Kopfsalat
Heuriger	Weinlokal, Buschenschank (öst.)
Käsekrainer	Brühwurst mit Käse (öst.)
Kalfaktor	Hilfskraft
Kerzerl	Kerze
Knilch	unangenehmer Mann
Konsorte	Mitglied einer Interessengemeinschaft
kuraschiert	wagemutig, kühn
Laconium	trockene Sauna (ca. 55 °C)
Leckerli	ein kleines, dem Tier wohlschmeckendes Stück Futter zur Belohnung bei der Dressur
Manner-Schnitten	Wiener Waffeln mit Füllung (Neapolitaner-Schnitten)
Miesepeter	ständig schlecht gelaunter Mensch
Muselmane	Muslim

Nackerte	Nacktbadende, nackte Körper
Oida	Freund (öst.)
Obizahrer	Nichtstuer, Faulenzer (öst.)
Piefke	meist abwertende Bezeichnung für Deutsche
Pomelo	Zitrusfrucht
Renminbi	chinesische Währung
Rouge	Kosmetikartikel, Puder
Scherzl	Kanten, Endstück
Schneewechten	Schneeverwehung
Stiegen	Stufen, Treppe
Strategeme	manipulative Aktionen im Militär, der Politik oder im Geschäftsleben
Strizzi	Zuhälter, Arbeitsscheuer, leichtsinniger Bursch (öst.)
Sturschädel	sturer Mensch, Dickkopf
Transdanubien	nordöstlich der Donau liegender Stadtteil von Wien (öst.)
Wachler	Person, die in der Sauna heiße Luft zufächelt (öst.)
Workaholiker	arbeitssüchtiger Mensch
Yuan	Einheit der chin. Währung des Renminbi, 1 Yuan = 10 Jiao = 100 Fen
zuzeln	lutschen, saugen

Personen und Orte

Name	*Zuordnung*
Alfred Neumann	Arbeitskollege von Peter in der Firma NILE
Annett	ehemalige Freundin von Peter
Christian	neuer Partner von Alfred in der Firma NILE
Gabi	Freundin von Karin und Martin
Heinz Schulze	China-Projektleiter von Hongping der Firma NILE
Herr Müller	Abt.-Ltr. Konstruktion in der Firma NILE
Hongping	abgewandelter Name des Ortes der Baustelle in der chin. Provinz Zhejiang
Jian	Ort im Kreis Anji in der Provinz Zhejiang, China
Karin	Freundin von Peter in Wien
Lars	norw. Gesamtbauleiter auf der Baustelle in Hongping
Martin	langjähriger Freund von Peter in Wien
Mi	Serviererin in Hongping
NILE	Wiener Firma, in der Peter angestellt ist
Peter Pichler	Protagonist, Konstrukteur aus Wien
Susi	Nachbarfreundschaft von Peter als Kind
Toni Schuster	Inbetriebsetzer von NILE

Die Personen und Handlungen in dem Roman sind größtenteils frei erfunden. Wo ein Bezug zur Realität besteht sind die Namen von Personen und kleinen Orten geändert.

Über den Autor

 Herbert Schida wurde 1946 in Neuroda (Thüringen) geboren. Er ist verheiratet und lebt mit seiner Familie in Wien.
Nach dem technischen Hochschulstudium (Elektrotechnik) arbeitete der Autor auf dem Gebiet der Supraleitung, Elektromaschinenbau, CAD, Identifikationssysteme und Kraftwerksbau.

Publikationen von Herbert Schida

* **Im Tal der weißen Pferde.** Ein historischer Roman aus dem Thüringer Königreich, Heinrich-Jung-Verlagsgesellschaft mbH, Zella-Mehlis 2009.
* **Das Blut der weißen Pferde.** Ein historischer Roman aus dem Thüringer Königreich, Heinrich-Jung-Verlagsgesellschaft mbH, Zella-Mehlis 2011.
* **Die Spur der weißen Pferde.** Ein historischer Roman aus dem Thüringer Königreich, Heinrich-Jung-Verlagsgesellschaft mbH, Zella-Mehlis 2012.
* **Der Pferdejunge.** Fantastische Geschichten aus Rodewin, Heinrich-Jung-Verlagsgesellschaft mbH, Zella-Mehlis 2016, Herausgeber: Heimatverein Neuroda e. V.
* **Bruder Reinhold und Graf Bertel.** Elgersburger Geschichten aus dem Mittelalter mit Bildern von Rosa Bauer, Verlag Kern GmbH, Ilmenau 2017.
* **Ein Ticket nach Shanghai.** Roman, Books on Demand GmbH, Norderstedt 2018.
* **Die Geliebte aus Shanghai.** Roman, Books on Demand GmbH, Norderstedt 2018.

Weitere Informationen finden Sie unter www.schida.net.

Im BoD Verlag erschienen

Die Geliebte aus Shanghai
Roman

BoD Verlag GmbH
Norderstedt 2018
280 Seiten

(Zeit der Handlung: Mitte
1999 bis Ende 2001)

Nach einer großen Enttäuschung geht Peter nach China. Auf einer
Großbaustelle lernt er Meiling kennen und sie verlieben sich. Es
scheint die große Liebe zu sein.

Beide beschließen zu heiraten, aber da gibt es noch ein Problem. Die
Familientradition erlaubt es nicht, sich einen Ehemann ohne die
Einwilligung der Eltern auszuwählen.

Peter und Meiling stehen nun vor der vielleicht wichtigsten Entscheidung ihres Lebens, denn …